HEYNE BÜCHER

W0387050

Fantasy

Herausgegeben von Wolfgang Jeschke

Von **Terry Pratchett** erschienen in der Reihe
HEYNE SCIENCE FICTION & FANTASY:

Der Scheibenwelt-Zyklus:
Das Licht der Phantasie · 06/4583
Das Erbe des Zauberers · 06/4584
Gevatter Tod · 06/4706
Der Zauberhut · 06/4715
Pyramiden · 06/4764
Wachen! Wachen! · 06/4805
MacBest · 06/4863
Die Farben der Magie · 06/4912
Eric · 06/4953
Scheibenwelt · 06/5123
Sonderausgabe der Romane
Das Licht der Phantasie · Das Erbe des Zauberers

Die dunkle Seite der Sonne · 06/4639
Strata · 06/4911
Die Teppichvölker · 06/5124

Der Nomen-Zyklus:
Trucker · 06/4970
Wühler · 06/4971
Flügel · 06/4972

TERRY PRATCHETT

DIE TEPPICHVÖLKER

Roman

Aus dem Englischen übersetzt
von
ANDREAS BRANDHORST

Deutsche Erstausgabe

WILHELM HEYNE VERLAG
MÜNCHEN

HEYNE SCIENCE FICTION & FANTASY
Band 06/5124

Titel der englischen Originalausgabe
THE CARPET PEOPLE
Deutsche Übersetzung von Andreas Brandhorst
Das Umschlagbild malte Josh Kirby

12. Auflage

Redaktion: Friedel Wahren

Die Originalausgabe erschien 1971 bei Colin Smythe Ltd.
überarbeitete Ausgabe 1992 bei Doubleday
a division of Transworld Publishers Ltd.

Printed in Germany 2002
Umschlaggestaltung: Atelier Ingrid Schütz, München
Satz: Schaber Satz- und Datentechnik, Wels
Technische Betreuung: Manfred Spinola
Druck und Bindung: Elsnerdruck, Berlin

ISBN 3-453-07369-X

Lyn gewidmet.
Für damals und heute.

Hinweis des Autors

Dieses Buch hatte zwei Autoren, und beide sind die gleiche Person.

The Carpet People erschien zum erstenmal im Jahre 1971. Der Roman war mit vielen Mängeln behaftet, und die meisten davon standen in direktem Zusammenhang mit dem Umstand, daß er von einem Siebzehnjährigen geschrieben worden war.

Das Buch verkaufte sich eher schlecht als recht. Schließlich verschwand es aus den Läden, und damit hatte es sich.

Und dann, vor sieben Jahren, begann der Erfolg der Scheibenwelt-Geschichten. Viele Leser interessierten sich dafür und fragten: »He, was hat es mit *The Carpet People* vom gleichen Autor auf sich?« Der Verlag mußte so viele Anfragen mit dem Hinweis darauf beantworten, es gäbe keinen Markt für jenes Buch, daß jemand eine neue Auflage vorschlug.

Der inzwischen dreiundvierzig Jahre alte Terry Pratchett ging den Text noch einmal durch und meinte: He, Jungs, wartet mal. Das hier habe ich geschrieben, als ich dachte, bei der Fantasy gehe es um Schlachten und Könige. Heute neige ich zu der Ansicht, daß sich *gute* Fantasy damit befassen sollte, wie man Schlachten vermeidet und *ohne* Könige zurechtkommt. Ich nehme hier und dort einige Veränderungen vor ...

Nun, Sie wissen sicher, was geschieht, wenn man an einem losen Faden zieht und ihn aufzurollen versucht.

Sie halten das Ergebnis in der Hand. Dies ist nicht das Buch, das ich damals geschrieben habe. Es ist auch nicht die Art von Buch, das ich heute noch schriebe. Es handelt sich um eine Art Gemeinschaftsarbeit, und – ha, ha – ich brauche nicht mal das Honorar mit meinem Koautor zu teilen. Er wüßte ohnehin nichts mit dem Geld anzufangen.

Sie haben darum gebeten. Hier ist es. Danke.

Übrigens: Die Stadt Wehr ist etwa so groß: • ·

TERRY PRATCHETT
15. September 1991

Prolog

Sie nannten sich Munrungs. Es bedeutete ›das Volk‹ beziehungsweise ›die wahren Menschen‹.

Nun, die meisten Leute nennen sich so. Irgendwann begegnet der Stamm Fremden und gibt ihnen Namen wie ›das andere Volk‹ oder, an einem schlechten Tag, ›der Feind‹. Wenn ihnen Bezeichnungen einfielen wie zum Beispiel ›noch mehr wahre Menschen‹, so käme es später zu weitaus weniger Problemen.

Was keineswegs bedeuten soll, daß die Munrungs primitiv waren. Pismire sprach in diesem Zusammenhang von einem reichen kulturellen Erbe. Damit meinte er Geschichten.

Pismire kannte alle alten Geschichten und auch viele neue. Er erzählte sie, während der ganze Stamm atemlos zuhörte und die Flammen der Abendfeuer immer kleiner wurden, bis schließlich nur noch glühende Asche übrigblieb.

Manchmal schienen selbst die großen Haare zu lauschen, die außerhalb der Dorfpalisade wuchsen. Bei solchen Gelegenheiten erweckten sie den Eindruck, sich langsam näher zu schieben.

Die älteste Geschichte war auch die kürzeste. Pismire erzählte sie nicht oft, aber der Stamm kannte sie auswendig. Es handelte sich um eine Geschichte, die man überall im Teppich erzählte, in vielen Sprachen.

»Am Anfang gab es nur eine unendliche Ebene«, verkündete Pismire. »Dann kam der Teppich und bedeckte die grenzenlose Flachheit. Damals war er noch jung. Es fehlte Staub zwischen seinen Haaren, die heute krumm und schmutzverkrustet sind – damals ragten sie glatt und gerade auf. Und zu jener Zeit war der Teppich leer.

Dann kam der Staub, fiel auf den Teppich, rieselte zwischen den Haaren herab und sammelte sich in dunklen Ecken an. Immer mehr Staub kam, glitt lautlos durch die wartenden Haare, bis er schließlich eine dicke Schicht bildete.

Und aus jenem Staub webte uns der Teppich. Zuerst entstanden die kleinen Kriecher, die in Bauen und hoch oben in den Haaren leben. Es folgten die Soraths, Schlußfadenbohrer, Bläser, Ziegen, Krustenknabberer und Snargs.

Leben und Geräusche füllten nun den Teppich. Ja, und auch Tod und Stille. Doch es fehlte ein Faden in jenem Gespinst, das der Webstuhl des Lebens hervorbrachte.

Voller Leben steckte der Teppich, aber er wußte nichts von seiner Lebendigkeit. Er konnte *sein,* aber er konnte nicht *denken.* Er hatte überhaupt keine Ahnung von der eigenen Existenz.

Und deshalb wurden wir aus dem Staub erschaffen, das Teppichvolk. Wir gaben dem Teppich seinen Namen, auch den Geschöpfen, und daraufhin war das Gespinst vollständig. Ja, von uns erhielt der Teppich seinen Namen, und so erfuhr er von sich selbst.

Selbst wenn der Schreckliche Scheuerer, Hasser allen Lebens im Teppich, auf uns herabtritt, selbst wenn Schatten über uns wachsen… Wir sind die Seele des Teppichs, und das ist eine wundervolle Sache. Wir sind die Frucht des Webstuhls.

Natürlich ist das alles nur metaphorisch, aber ich halte es für wichtig. Was meint ihr?«

Kapitel 1

Alle zehn Jahre mußten sich die Stämme des Dumii-Reiches auf den Weg machen, um gezählt zu werden – so verlangte es das Gesetz.

Sie zogen nicht bis zur Hauptstadt Wehr, sondern suchten einen Ort auf, den man Tregon Marus nannte.

Die Zählung war immer ein wichtiges Ereignis. Tregon Marus gewann schlagartig an Bedeutung und schwoll durch die vielen Zelte außerhalb des Stadtwalls auf doppelte Größe an. Ein Pferdemarkt fand statt, und man feierte ein fünf Tage lang dauerndes Fest. Man sah alte Freunde wieder und tauschte viele Neuigkeiten aus.

Hinzu kam natürlich die eigentliche Zählung. Neue Namen wurden den knisternden Schriftrollen hinzugefügt, und viele Leute stellten sich vor, wie jene Dokumente schließlich Wehr erreichten und dort bis zum Großen Palast des Gebieters gelangten. Die Dumii-Beamten notierten fleißig, wie viele Schweine, Ziegen und Bläser zum persönlichen Eigentum gehörten. Dann gingen die Leute zum nächsten Tisch, um dort mit Fellen und Häuten die Steuern zu bezahlen – diese Sache war nicht ganz so beliebt wie der Rest. Eine lange Schlange bildete sich, reichte ganz um Tregon Marus herum: am Osttor in die Stadt, durch die Ausfallpforte und vorbei an den Ställen, über den Marktplatz bis zum Zählhaus. Selbst Neugeborene trug man an den Beamten vorbei, deren Federkiele unermüdlich kritzelten und kratzten. Manche Stammesangehörige bekamen seltsame Namen, weil ein Schreiber Probleme mit der Orthographie hatte. Für so etwas hält die Geschichte überraschend viele Beispiele bereit.

Am fünften Tag bestellte der Bürgermeister alle Stammesoberhäupter auf den Marktplatz, damit sie ihre Klagen und Beschwerden vorbringen konnten. Er nahm sie nie zum Anlaß, konkrete Maßnahmen zu ergreifen, aber wenigstens *hörte* er sich alles an und nickte verständnisvoll. Wodurch sich die Leute wesentlich besser fühlten, wenn sie heimkehrten. So etwas nennt man Politik.

Auf diese Weise geschah es immer. Es war eine Tradition, die in grauer Vorzeit wurzelte.

Am sechsten Tag machten sich die Gezählten auf den Rückweg und folgten dem Verlauf der Straßen, die von den Dumii konstruiert worden waren. Sie reisten nach Osten. Hinter ihnen führten die Straßen nach Westen bis nach Wehr, wo eine von ihnen Zugang zur Hauptstadt bot. Hinter Wehr gab es die Weststraße: Sie wurde immer schmaler und kurvenreicher und endete an einem fernen Außenposten namens Läufer.

Daraus bestand das Dumii-Reich. Es umfaßte den größten Teil des Teppichs, von Holzwand bis zur Ödnis im Norden, in der Nähe von Firnisholm.

Im Westen grenzte es ans Wildland und die letzten Fransen des Teppichs, und im Süden führten die Straßen bis zum Kaminland. Die für ihre bemalten Gesichter bekannten Bewohner von Täfelung, die kriegerischen Hibbolgs, selbst die Feuer verehrenden Stämme von Läufer – sie alle zollten dem Gebieter Tribut.

Einige von ihnen mochten die Dumii nicht sonderlich, vor allem deshalb, weil der Gebieter die kleinen Kriege und gut organisierten Viehdiebstähle untersagte, die in den entlegenen Gebieten eine beliebte Freizeitbeschäftigung darstellten. Der Gebieter mochte den Frieden, unter anderem auch deshalb, weil seine Untertanen dadurch genug Zeit hatten, um zu arbeiten und ihre Steuern zu bezahlen. Im großen und ganzen schien der Frieden recht gut zu funktionieren.

Die Munrungs zogen nach Osten, und für zehn Jahre verschwanden sie aus der Chronik des Reiches. Manchmal stritten sie sich, aber die meiste Zeit über lebten sie friedlich und vermieden übermäßige Kontakte mit der Geschichte, die dazu neigt, Leute umzubringen.

Und dann, eines Jahres, hörte man nichts mehr von Tregon Marus ...

Der alte Grimm Orkson, Stammesoberhaupt der Munrungs, hatte zwei Söhne. Glurk war der ältere von ihnen und trat schließlich die Nachfolge seines Vaters an.

Die Munrungs dachten langsam und besonnen, und ihrer Meinung nach gab es keinen besseren Kandidaten für den Posten des Anführers. Glurk sah wie eine jüngere Ausgabe seines Vaters aus: Er hatte breite Schultern, und der dicke Hals wirkte wie das Zentrum einer unwiderstehlichen Kraft. Er warf den Speer weiter als sonst jemand. Er war imstande, einen Snarg zu erwürgen – eine Halskette, an der lange gelbe Zähne baumelten, wies deutlich darauf hin. Er konnte: ein Pferd mit einer Hand hochheben; den ganzen Tag laufen, ohne zu ermüden; und sich so nahe an grasende Tiere heranschleichen, daß sie vor Schreck starben, bevor er die Gelegenheit erhielt, vom Speer Gebrauch zu machen. Zugegeben, er bewegte die Lippen, wenn er dachte, und seine Gedanken stießen wie Klöße in der Suppe aneinander, aber er war nicht dumm. Nein, er verdiente es nicht, als dumm bezeichnet zu werden. Sein Gehirn schaffte es, selbst komplizierte Dinge zu verstehen – es brauchte dazu nur etwas länger.

»Er ist ein Mann von wenigen Worten, und er weiß nicht, was sie bedeuten«, sagte man von ihm. Aber nur dann, wenn er sich außer Hörweite befand.

Eines Tages, am späten Nachmittag, stapfte er heimwärts und überquerte staubige Lichtungen. Unter dem linken Arm trug er einen Speer mit knöcherner Spitze, und mit der rechten Hand hielt er den langen Stock auf der Schulter fest.

Ein Snarg mit zusammengebundenen Beinen hing daran. Snibril, Glurks jüngerer Bruder, stützte das andere Ende des Stocks.

Der alte Orkson hatte früh geheiratet und lange gelebt, woraus folgte: Die breite, aus Jahren bestehende Lücke zwischen den beiden Brüdern war mit mehreren Töchtern gefüllt, und Grimm Orkson hatte dafür gesorgt, daß sie aufrechte, angesehene und vor allem *begüterte* Munrungs heirateten.

Snibril war eher zierlich, vor allem im Vergleich mit seinem Bruder. Sein Vater hatte ihn zur Dumii-Schule in Tregon Marus geschickt, damit ein Schreiber aus ihm werde. »Er kann kaum einen Speer halten«, begründete Grimm seine Entscheidung. »Vielleicht kommt er mit einem Federkiel besser zurecht. Soll er etwas Gelehrsamkeit in die Familie bringen.«

Als Snibril zum dritten Mal fortlief, beschloß Pismire, mit Grimm zu reden.

Pismire war der Schamane, eine Art Gelegenheitspriester.

Bei den meisten Stämmen gab es Schamanen, aber Pismire unterschied sich von seinen Kollegen. Zum Beispiel: Er wusch die sichtbaren Körperteile mindestens einmal im Monat, womit er viele Leute erstaunte. Andere Schamanen hießen den Schmutz geradezu willkommen und schienen der Ansicht zu sein: je dreckiger, desto magischer.

Er verzichtete darauf, Federn und Knochen zu tragen. Und er sprach auf eine sehr individuelle Weise.

Die Schamanen benachbarter Stämme aßen Pilze mit gelben Flecken – sie wuchsen tief im Haardickicht –, und anschließend hörte man von ihnen Bemerkungen wie: »Hiiieee*jahjah*heja! Hejaheja*jahjah! Hngh! Hngh!*« Nun, das *klang* zumindest magisch.

Pismire hingegen benutzte Formulierungen wie: »Genaue Beobachtung, gefolgt von sorgfältigen Schlußfolgerungen und der präzisen Festsetzung eigener Ziele – so heißen die Voraussetzungen für den Erfolg eines Unternehmens. Ist dir aufgefallen, daß wilde Bläser immer zwei Tagesmärsche von der nächsten Sorath-Herde entfernt sind? Übrigens: Iß keine Pilze mit gelben Flecken.«

Das hörte sich nicht sehr magisch an, aber es funktionierte viel besser und ermöglichte eine gute Jagd. Insgeheim glaubten einige Munrungs, das Jagdglück hänge in erster Linie von ihnen selbst ab. Pismire unterstützte derartige Meinungen. »Positives Denken ist ebenfalls sehr wichtig«, sagte er.

Er war auch der offizielle Medizinmann, und zwar ein ziemlich guter – was die Munrungs nur widerstrebend zugaben, da sie an der Tradition hingen. Die medizinischen Ideen seines Vorgängers beschränkten sich darauf, Knochen in die Luft zu werfen und ›Hjahjahjah! Hgn! Hgn!‹ zu rufen. Pismire mischte seltenen Staub, preßte aus der Masse sogenannte Tabletten und wandte sich mit solchen Ratschlägen an den Kranken: »Nimm jeweils eine davon, wenn du abends zu Bett gehst und morgens aufstehst.«

Gelegentlich gab er auch Empfehlungen in Hinsicht auf andere Dinge.

Grimm hackte Holz vor seiner Hütte, und plötzlich stand Pismire hinter ihm. »Es klappt nie«, sagte er. »Du solltest Snibril nicht noch einmal nach Tregon schicken. Er ist ein Munrung. Kein Wunder, daß er immer wieder wegläuft. Er kann nie zu einem Schreiber werden; das liegt ihm einfach nicht im Blut. Laß ihn hier bei uns bleiben. Ich sorge dafür, daß er lesen lernt.«

»Wenn du ihm das Lesen beibringen kannst... Es wäre mir durchaus recht.« Grimm schüttelte den Kopf. »Ich verstehe ihn nicht. Bläst dauernd Trübsal. Seine Mutter war so, aber als verheiratete Frau wurde sie vernünftiger.«

Grimm hatte nie lesen gelernt, doch er war von den Schreibern in Tregon Marus immer sehr beeindruckt gewesen. Sie hinterließen Zeichen auf Pergament, seltsame Schnörkel, die sich *erinnerten.* Darin kam eine gewisse Macht zum Ausdruck, und er wollte, daß auch ein Orkson daran teilhatte.

So kam es, daß Snibril Pismires Dorfschule zusammen mit den anderen Kindern besuchte, dort Zahlen sowie Buchstaben kennenlernte und auch mit den Dumii-Gesetzen vertraut wurde. Er fand großen Gefallen daran und nahm das Wissen mit solchem Eifer in sich auf, als hinge sein Leben davon ab. Was häufig tatsächlich der Fall war, behauptete Pismire.

Sonderbarerweise stellte sich bald heraus, daß er ein fast ebenso geschickter Jäger war wie sein Bruder. Allerdings benutzten sie zwei verschiedene Methoden. Glurk stellte den Tieren nach, und Snibril *beobachtete* sie. Man muß den Geschöpfen nicht folgen, lautete eine von Pismires Weisheiten. Wenn man sie lange genug beobachtet, findet man einen Ort, wo man auf sie warten kann.

Pismire war praktisch nie um Verbesserungsvorschläge verlegen.

Als der alte Grimm starb, bestattete man ihn in einem Hügelgrab aus dem Staub des Teppichs, mit einem Speer an der Seite. Die Munrungs wußten nicht genau, welchen Ort man nach dem Tod aufsuchte, aber sie sahen kaum einen Sinn darin, ihn hungrig zu erreichen.

Glurk wurde zum Oberhaupt der Gemeinschaft, und zu seinen Pflichten gehörte es, den Stamm für die nächste Zählung nach Tregon Marus zu führen. Doch der Gesandte aus jener Stadt war längst überfällig, und dieser Umstand weckte Besorgnis in Glurk. Er hatte es keineswegs eilig damit, die Steuern zu bezahlen und nach Tregon zu reisen, nur um herauszufinden, warum sich der Gesandte so sehr verspätete... Nun, das erschien ihm ein wenig übertrieben. Andererseits: Die Dumii zeichneten sich durch große Zuverlässigkeit aus, vor allem dann, wenn es um die Steuern ging.

Als er an jenem Abend zusammen mit seinem Bruder heimwärts marschierte, behielt er diese Gedanken für sich. Snibril schnaufte und stützte den schweren Stock auf die andere Schulter. Er war kleiner als sein Bruder und rechnete damit, noch kleiner zu werden, wenn er der Last weiterhin ausgesetzt blieb.

»Ich fühle mich so, als hätte ich mir die Füße abgelaufen«, klagte er. »Was hältst du davon, wenn wir rasten? Fünf Minuten können wir bestimmt erübrigen. Außerdem: Ich habe Kopfschmerzen...«

»Na schön«, brummte Glurk, »fünf Minuten, länger nicht. Es wird dunkel.«

Sie hatten die Dumii-Straße erreicht, und im Norden, jetzt nicht mehr weit entfernt, erwarteten sie Sicherheit und ein leckeres Abendessen. Die beiden Brüder setzten sich.

Glurk vergeudete nie Zeit, griff nach einem geeigneten Staubkorn und begann damit, die Spitze seines Speers zu schärfen. Auch er blickte mehrmals den Weg entlang, der im verblassenden Licht schimmerte. Die Straße reichte nach Westen und bildete eine glühende Linie in der Dunkelheit. Zwischen den Haaren rechts und links davon verdichteten sich die Schatten. Der Pfad faszinierte Snibril, seit er von Vater Grimm gehört hatte, daß alle Wege nach Wehr führten. Also erstreckte sich nur diese Straße zwischen den Portalen des Palastes und dem Eingang seiner Hütte, dachte er. Und dann die vielen Abzweigungen... Wenn man ihnen folgte, mochte man überallhin gelangen. Und wenn man sich am Straßenrand niederließ und wartete... Dann sah man sicher viele interessante Leute. Alles steht mit allem anderen in Verbindung, meinte Pismire.

Snibril stützte den Kopf auf die Hände. Das Pochen hinter der Stirn wurde immer schlimmer. Irgend etwas schien ihm langsam das Gehirn zu zerquetschen.

Auch der Teppich hatte sich heute irgendwie verkehrt angefühlt. Bei der Jagd ergaben sich gewisse Schwierigkeiten, weil die meisten Tiere verschwunden waren. Und der Staub zwischen den Haaren ruhte, rührte sich nicht in der wie erstarrten Luft.

»Die Sache gefällt mir nicht«, sagte Glurk. »Seit Tagen ist niemand mehr auf der Straße unterwegs gewesen.«

Er stand auf und griff nach dem langen Stock.

Snibril stöhnte und beschloß, Pismire um eine seiner Tabletten zu bitten.

Ein Schatten erzitterte hoch oben in den Haaren und sauste nach Süden.

Ein Geräusch erklang, so laut, daß es nicht nur in den Ohren vibrierte, sondern im ganzen Körper, und etwas traf den Teppich mit schrecklicher Plötzlichkeit. Die beiden Brüder landeten im Staub, und die Haare um sie herum neigten sich in einem jähen Sturm.

Glurk streckte die Hand nach der rauhen Borke eines Haars aus und stand auf, stemmte sich den Böen entgegen. Weit oben knickte die Spitze eines Haars, schlug hin und her. Überall wogte und wallte es. Lautes Knirschen gesellte sich dem Heulen hinzu. Es stammte von großen Felsbrocken, die vom Wind getrieben durch den Haarwald walzten.

Glurk hielt sich mit der einen Hand fest, und mit der anderen zog er seinen Bruder in Sicherheit. Sie duckten sich, während das Tosen andauerte; Bestürzung zeichnete sich in ihren Mienen ab.

Von einem Augenblick zum anderen zog der Sturm nach Süden weiter und wich stummer Dunkelheit.

Eine Art laute Stille folgte, brachte Verblüffung.

Snibril blinzelte. Was auch immer gerade geschehen war – es hatte ihn von den Kopfschmerzen befreit. In seinen Ohren rauschte es.

Kurze Zeit später hörte er das Pochen von Hufen auf der Straße.

Das Klacken wurde *zu* schnell lauter. Es deutete auf ein außer Kontrolle geratenes Pferd hin.

Als es aus der Nacht kam... Ein Reiter fehlte. Das Roß hatte die Ohren angelegt, und Panik flackerte ihm in den Augen. Schweiß glänzte auf dem weißen Fell, und die losen Zügel schwangen hin und her.

Snibril sprang vor. Als das Pferd an ihm vorbeidonnerte, griff er nach den Zügeln, sprintete zwei Sekunden lang neben den hämmernden Hufen und schwang sich in den Sattel. Er fand nie heraus, warum er sich auf diese Weise verhielt. Vielleicht lag es an genauer Beobachtung und präziser Festsetzung von Zielen. Wie dem auch sei: Er konnte sich einfach nicht vorstellen, auf eine andere Weise zu handeln.

Sie ritten ins Dorf. Das Pferd hatte sich inzwischen beruhigt, trug die beiden Brüder und zog den Snarg.

An einigen Stellen zeigten sich große Löcher in der Palisade, und Felsbrocken hatten mehrere Hütten zerschmettert. Glurk sah in Richtung Orkson-Hütte, und Snibril hörte ihn stöhnen. Das Stammesoberhaupt rutschte vom Rücken des Rosses und ging mit langsamen Schritten auf sein Heim zu.

Beziehungsweise auf die *Reste* seines Heims.

Die übrigen Munrungs unterbrachen ihre aufgeregten Gespräche und wichen respektvoll zurück. Ein recht dickes Haar war gefallen und hatte an der entsprechenden Stelle die Palisade unter sich zermalmt. Seine Spitze reichte über die Trümmer der Orkson-Hütte hinaus. In dem Durcheinander aus geborstenen Balken und zerfetztem Reet ragte wie trotzig der Türrahmen auf. Bertha Orkson kam mit den Kindern und warf sich Glurk in die Arme.

»Pismire hat uns aus der Hütte geholt, bevor das Haar fiel«, schluchzte sie. »Was sollen wir jetzt tun?«

Er klopfte ihr geistesabwesend auf die Schulter, doch sein Blick galt auch weiterhin der zerstörten Hütte. Schließlich kletterte er über den Trümmerhaufen und sah sich um.

Die Menge war so still, daß alle von Glurk hervorgerufenen Geräusche laute Echos bewirkten. Es klirrte, als er nach einem Topf griff, der die Katastrophe wie durch ein Wunder unversehrt überstanden hatte. Langsam drehte er ihn hin und her, starrte so darauf hinab, als sähe er ihn nun zum erstenmal. Dann hob er das Ding hoch über den Kopf und schleuderte es zu Boden.

Anschließend schüttelte er die Faust und fluchte. Er fluchte bei den Haaren, bei den dunklen Höhlen von Unterlage, bei den Dämonen des Bodens, beim Schußfaden und bei der Kette. Er brüllte die Unaussprechlichen Worte und schrie den Schwur des Schlichten Retwatshud, der angeblich Knochen brach, was Pismire jedoch für Aberglauben hielt.

Die Flüche segelten durch den Abend, krochen an den Haaren hinauf, erreichten die Ohren interessiert zuhörender Geschöpfe der Nacht. Sie stapelten sich aufeinander, bis sie eine Säule des Schreckens formten.

Als Glurk schwieg, zitterte die Luft. Er ließ sich auf ein Trümmerstück sinken, saß dort mit hängenden Schultern und verbarg das Gesicht hinter den Händen. Niemand wagte es, sich ihm zu nähern. Die anderen

Munrungs wechselten bedeutungsvolle Blicke, und einige hasteten davon.

Snibril stieg ab und trat zu Pismire, der etwas abseits stand und seinen Ziegenledermantel trug.

»Die Unaussprechlichen Worte hätte er nicht sagen sollen«, murmelte der Schamane wie zu sich selbst. »Natürlich ist alles nur Aberglaube, was jedoch nicht unbedingt bedeutet, daß es dafür keinen Platz in der Realität gibt. Oh, hallo! Du hast überlebt, wie ich sehe.«

»Wodurch wurde das hier verursacht?«

»Man nennt ihn den Schrecklichen Scheuerer«, antwortete Pismire.

»Ich dachte, das sei nur eine alte Geschichte, weiter nichts.«

»Selbst alte Geschichten können Wahres enthalten. Ich bin sicher, der Scheuerer steckt dahinter. Zuerst die Veränderungen des Luftdrucks... Die Tiere spürten ihn, so wie's geschrieben steht in...« Pismire unterbrach sich kurz. »Hab's irgendwo gelesen«, fügte er hinzu.

Er blickte an Snibril vorbei, und seine Miene erhellte sich.

»Du hast ein Pferd.«

»Ich glaube, es ist verletzt.«

Der Schamane schritt zum Roß und untersuchte es. »Ein Dumii-Hengst«, sagte er. »Jemand soll meinen Kräuterbeutel holen. Etwas hat das Pferd angegriffen – siehst du das hier? Keine sehr tiefe Wunde, aber sie sollte behandelt werden. Ein prächtiges Tier. Ja, wirklich prächtig. Und es saß kein Reiter drauf?«

»Wir sind ein ganzes Stück dem Verlauf der Straße gefolgt, ohne jemanden zu sehen.«

Pismire strich übers glatte Fell. »Wenn man das ganze Dorf mitsamt seinen Bewohnern verkauft... Der Erlös dürfte gerade genügen, um ein solches Pferd zu bezahlen. Wem auch immer der Hengst gehörte – er lief schon vor einer ganzen Weile weg. Alles deutet darauf hin, daß er einige Tage allein in der Wildnis unterwegs war.«

»Die Dumii lassen nicht zu, daß man irgendwelche Dorfbewohner verkauft«, wandte Snibril ein. »Sie haben die Sklaverei verboten.«

»Ich wollte damit nur sagen, daß dieses Pferd eine Menge wert ist«, erklärte Pismire.

Er summte leise vor sich hin, während er die Hufe betrachtete.

»Ich weiß nicht, woher es kommt, aber eins steht fest: Jemand *hat* den Hengst geritten.«

Der Schamane ließ das Bein los und warf einen Blick zu den Haaren. »Etwas hat ihn erschreckt. Nicht der Scheuerer – immerhin ist er schon vor einigen Tagen fortgelaufen. Räuber kommen wohl kaum in Frage, denn sie hätten sich das Pferd geschnappt. Und sie hinterlassen keine Kratzer, die von Klauen stammen. Ein Snarg könnte solche Spuren hinterlassen, doch dazu müßte er aufs Dreifache der normalen Größe anwachsen.« Er zögerte kurz. »Riesensnargs. Meine Güte...«

Ein Schrei erklang.

Für Snibril hörte es sich an, als hätte die Nacht plötzlich Mund und Stimme bekommen. Der Schrei heulte von den Haaren jenseits der beschädigten Palisade herüber – ein höhnisches Kreischen, das die Finsternis zerriß. Der Hengst scheute.

Ein Feuer war an der größten Lücke im Schutzwall angezündet worden; einige Jäger liefen dorthin und hielten ihre Speere bereit.

Sie verharrten im Schein der Flammen.

Auf der anderen Seite ragte eine große Gestalt in der Dunkelheit auf, und zwei Augenpaare glühten: das eine rot, das andere grün. Beide starrten die Dorfbewohner an, blinzelten nicht ein einziges Mal.

Glurk riß einem der Männer den Speer aus der Hand und stapfte zur Palisade.

»Nur ein Snarg«, brummte er, holte aus und warf. Der Speer traf etwas, doch die grünen Augen schienen nur etwas heller zu leuchten. Dumpfes Grollen entrang sich einer nicht sichtbaren Kehle.

»Verschwinde! Kehr zu deinem Bau zurück!«

Pismire näherte sich mit einem brennenden Scheit und warf ihn nach den Augen.

Diesmal kam es zu einem kurzen Blinzeln – und dann verschwand das Glühen. Damit war der Bann gebrochen. Stimmen ertönten. Die Jäger schämten sich ihrer Furcht und drängten nach vorn. »Halt!« rief der Schamane. »Narren! Wollt ihr euch etwa mit Knochenspeeren in die Finsternis der Nacht wagen, um ein solches Geschöpf zu jagen? Das war ein schwarzer Snarg, keiner von den braunen, die ihr kennt! Erinnert ihr euch an die Geschichten? Sie kommen aus den fernsten Ecken! Aus den Ungekehrten Gebieten!«

Von Norden her – vom weißen Kliff der Holzwand – grollte erneut der Schrei eines Snargs. Diesmal verklang er nicht allmählich, sondern ganz plötzlich.

Pismire blickte einige Sekunden lang in die entsprechende Richtung, wandte sich dann an Glurk und Snibril. »Man hat uns gefunden«, sagte er. »Darum ist das Pferd fortgelaufen. Aus Furcht vor den Snargs. Und wer Snargs fürchtet, braucht sich deshalb nicht zu schämen. Ganz im Gegenteil: Angst vor Snargs ist sehr vernünftig. Sie haben jetzt das Dorf entdeckt, was für uns bedeutet: Wir können nicht hierbleiben. Von jetzt an greifen sie jede Nacht an, bis wir schließlich nicht mehr in der Lage sind, genug Widerstand zu leisten. Wir müssen morgen aufbrechen. Und vielleicht ist es selbst dann schon zu spät.«

»Aber ...«, begann Glurk.

»In diesem Fall gibt es kein Aber. Wir alle sind gezwungen, uns dem Gebot der Notwendigkeit zu beugen. Der Scheuerer ist zurückgekehrt, und mit ihm der ganze Schrecken. Versteht ihr?«

»Nein«, sagte Glurk.

»Dann vertraut mir«, fuhr der Schamane fort, »und hofft, daß ihr nie verstehen müßt. Habe ich mich jemals geirrt?«

Das Stammesoberhaupt überlegte. »Nun, einmal hast du gesagt…«

»Bei *wichtigen Dingen,* meine ich.«

»Nein. Nein, ich glaube nicht.« Glurk wirkte nun sehr besorgt. »Bisher sind wir nie vor Snargs geflohen und immer mit ihnen fertig geworden. Warum sollte das diesmal anders sein?«

»*Diese* Snargs kommen nicht allein«, ächzte der Schamane.

»Ich habe ein zweites Paar Augen gesehen«, sagte Glurk unsicher.

»Es stammte von jemandem, der auf dem Snarg hockte«, erwiderte Pismire. »Und jene Wesen verfügen über weitaus schlimmere Waffen als Reißzähne und Klauen: Sie sind intelligent.«

Kapitel 2

»So, das wär's. Kommt jetzt!« Glurk sah noch ein letztes Mal zu den Trümmern der Hütte zurück.

»Warte!« bat Snibril.

Seine Habseligkeiten paßten in einen Beutel, aber trotzdem ging er sie noch einmal durch – um sich zu vergewissern, daß er nichts vergessen hatte. Er fand: ein Knochenmesser mit hölzernem Griff; ein zweites Paar Stiefel; eine Rolle mit Bogensehnen; mehrere Pfeilspitzen; ein Stück Glücksstaub. Ganz unten im Beutel ertasteten Snibrils Finger ein kleines Bündel. Ganz behutsam holte er es hervor, um zu vermeiden, den Inhalt zu beschädigen. Er öffnete es: zwei, fünf, acht, neun. Alles da. Der Lack glänzte, als er die kleinen Gegenstände drehte.

»Hm«, brummte Glurk, »ich weiß gar nicht, warum du die Dinger mitnimmst. Einige zusätzliche Pfeilspitzen wären viel nützlicher.«

Snibril schüttelte den Kopf und hob die Münzen. Erneut schimmerte ihr Lack.

Man hatte sie aus dem Rotholz der Stuhlbeinminen angefertigt, und auf der einen Seite zeigten sie den Kopf des Gebieters – natürlich nur ein Abbild. Es handelt sich um Tarnerii, um Münzen der Dumii. In Tregon Marus hatten sie viele Felle gekostet. Pismire meinte, daß sie Felle *symbolisierten.* Und auch Töpfe, Messer oder Speere.

Snibril verstand das nicht. Er fand es erstaunlich: Offenbar liebten die Dumii den Gebieter so sehr, daß sie bereit waren, für seine hölzernen Bildnisse viele verschiedene Dinge herzugeben. Das behauptete jedenfalls der Schamane. Tief in seinem Innern zweifelte Snibril daran, daß sich Pismire mit dem Finanzwesen erheblich besser auskannte als er.

Er verstaute seine Sachen im Beutel und kehrte zum Wagen zurück. Nur ein knapper Tag war vergangen, seit sich der Schreckliche Scheuerer angekündigt hatte. Aber jener Tag brachte erhebliche Veränderungen.

Auseinandersetzungen bestimmten ihn zu einem nicht unbeträchtlichen Teil. Den reicheren Munrungs widerstrebte es, das Dorf zu verlassen, zumal niemand ein endgültiges Ziel der Reise nennen konnte. Und Pismire war allein losgezogen, kümmerte sich um irgendwelche persönlichen Angelegenheiten.

Am Vormittag ertönten Snarg-Schreie im Süden, und jemand bemerkte Schatten, die sich hoch oben in den Haaren bewegten. Jemand anders berichtete von Augen, die über die Palisade hinwegspähten.

Diese Hinweise beendeten den Streit. Neue Stimmen wurden laut und meinten, die Munrungs seien daran gewöhnt, auf der Wanderschaft zu sein. Etwa einmal pro Jahr suchten sie sich ein neues Jagdgebiet. Wahrscheinlich hatten sie es seit Monaten geplant, dieses Dorf zu verlassen und an irgendeinem anderen Ort neue Hütten zu errichten. Wir fliehen nicht, hieß es hier und dort. Nein, von einer Flucht konnte kaum die Rede sein. Die Munrungs *gingen* fort, sogar recht langsam.

Am Nachmittag war der Bereich im Innern der Palisade mit Wagen, Karren, Vieh und Leuten gefüllt, die diverse Möbelstücke trugen. Das rege Treiben ging zu Ende, und alle warteten auf das Zeichen von Glurk. Sein Wagen, ein Erbstück der Familie, wirkte eindrucksvoller als alle anderen. Felle bedeckten das gewölbte Verdeck. Weniger als vier Ponys konnten ihn nicht ziehen. Hütten wurden so gebaut, daß sie rund ein Jahr lang hielten, aber die Wagen mußten dauerhaft genug sein, um noch von den Enkeln benutzt zu werden.

Dahinter standen mehrere Packtiere, beladen mit dem Orkson-Vermögen an Fellen. Anschließend kamen die weniger luxuriösen Wagen, nicht so üppig ausgestattet wie das Orkson-Gefährt – obgleich einige von ihnen kaum einen Vergleich zu scheuen brauchten. Es folgten die Handkarren und jene Familien, die sich nur ein Pony leisten konnten und eine Kuh mit zwei weiteren Eigentümern teilen mußten. Den Abschluß bildeten die Leute zu Fuß. Jene Personen, die ihren ganzen Besitz in einer Hand tragen konnten, schienen nicht annähernd so niedergeschlagen zu sein wie einige andere Mitglieder der Munrung-Gemeinschaft, die einen großen Teil ihrer Habe zurücklassen mußten.

Nur Pismire fehlte. Wo steckte er?

»Ist er nicht hier?« fragte Glurk. »Nun, er weiß, daß wir aufbrechen. Bestimmt gesellt er sich später zu uns. Und er will sicher nicht, daß wir auf ihn warten.«

»Ich reite voraus und suche ihn«, schlug Snibril vor.

Glurk öffnete den Mund, um seinen Bruder zu warnen, doch dann überlegte er es sich anders.

»Nun, richte ihm aus, daß wir in Richtung Verbranntes Ende ziehen, und zwar über die alten Pfade«, sagte er. »Dort können wir uns leicht verteidigen. Falls uns heute abend jemand angreift.«

Glurk wartete, bis der letzte Nachzügler die Palisade verlassen hatte, bevor er das Tor schloß. Natürlich konnte man das Dorf durch die Lücken im Wall erreichen, aber Glurk hielt es trotzdem für angemessen, das Tor zu schließen. Es war einfach... richtig. Auf diese Weise konnte man glauben, eines Tages zurückzukehren.

Snibril ließ die Kolonne immer weiter hinter sich zurück. Er ritt das weiße Roß zwar nicht sonderlich geschickt, dafür aber mit großer Entschlossenheit. Inzwischen hatte er es Roland genannt, nach einem Onkel. Niemand stellte sein Recht in Frage, dem Hengst einen Namen zu geben oder ihn zu behalten. Im großen und ganzen achtete man bei den Munrungs die Gesetze der Dumii, doch sie glaubten auch fest an das Prinzip *Wer's findet, dem gehört's.*

Nach einer Weile verließ Snibril die Straße, und es dauerte nicht lange, bis das hohe weiße Kliff der Holzwand über den Haaren aufragte. Die dicke Staubschicht auf dem Boden verschluckte alle von Rolands Hufen verursachten Geräusche, und der Teppich wurde dichter. Snibril fühlte seine Unermeßlichkeit. Das Dumii-Reich umfaßte nur einen Teil des Teppichs, und diese Tatsache veranlaßte den jungen Munrung, sich zu fragen: Wenn die von den Dumii konstruierten Straßen zu fernen Orten führte – wohin mochte man dann gelangen, wenn man dem Verlauf dieses alten Pfads folgte?

Manchmal, an stillen Abenden, nahm er irgendwo Platz, um die Straße zu beobachten. Die Munrungs waren viel unterwegs, aber meistens immer in der gleichen Gegend. Und die Straße blieb ständig gegenwärtig. Pismire sprach von Orten wie Läufer, Kamin und Rand. Wie seltsam diese Namen klangen... Der Schamane war überall gewesen und hatte Dinge erblickt, die Snibril nie sehen konnte. Er erzählte gute Geschichten.

Mehrmals glaubte Snibril, andere Hufe in der Nähe zu hören. Oder stammte das Pochen vielleicht von schwarzen Pranken? Offenbar spürte auch Roland etwas, denn er trabte schneller und schien jederzeit zu einem Galopp bereit zu sein.

Zwischen den Haaren hatte sich Staub zu kleinen

Hügeln angesammelt, und dort wuchsen Farne, die einen würzigen Duft verströmten. Eine Zeitlang wand sich der Pfad wie ziellos zwischen den Staubhügeln hin und her – bis er sich zu einer Lichtung dehnte, am südlichen Rand von Holzwand.

Das gewaltige Gebilde war vor vielen Jahren vom Himmel gefallen, maß einen Tagesmarsch in der Länge und eine Wanderstunde in der Breite. Ein unvorstellbares Feuer hatte die Hälfte davon verkohlt. Snibril entsann sich an Pismires Schilderungen: Angeblich gab es in fernen Bereichen des Teppichs ein oder zwei ähnliche Objekte. Der Schamane hatte in diesem Zusammenhang eine Dumii-Bezeichnung benutzt und von *Streichhölzern* gesprochen.

Pismire wohnte in einem Schuppen unweit des alten Holzbruchs. Vor der Tür lagen mehrere Töpfe. Einige halbwilde Ziegen sprangen fort, als Roland die Lichtung erreichte. Von dem Schamanen war weit und breit nichts zu sehen, und das galt auch für sein Pony.

Aber an der Höhle hing ein frisch gegerbtes Snarg-Fell. Und jemand lag auf einigen Farnwedeln neben einem kleinen Feuer, den Hut tief ins Gesicht gezogen. Es war ein hoher Hut, der einst blau gewesen sein mochte, doch die Zeit hatte ihn in einen formlosen rauchgrauen Filzhaufen verwandelt.

Die Kleidung erweckte den Eindruck, als hätte sie sich auf der Suche nach Wärme am Körper der Gestalt angesammelt. Ein zerlumpter Mantel diente als Kopfkissen.

Snibril ließ Roland im Schatten der Haare zurück und zog sein Messer. Er schlich zu dem Schlafenden und streckte die Hand, um den Hut mit der Messerspitze anzuheben.

Es kam zu jäher Aktivität, die damit endete, daß Snibril flach auf dem Rücken lag und das eigene Messer an der Kehle spürte. Kaum eine Nasenlänge trennte ihn vom braunen Gesicht des Fremden.

Der Mann öffnete langsam die Augen. *Er erwacht jetzt,* dachte Glurks Bruder. *Meine Güte, er hat mich überwältigt, während er schlief.*

»Mhmm?« murmelte der Fremde. »Oh, ein Munrung. Harmlos.« Er stand auf.

Snibril hatte es so eilig, empört zu sein, daß er die Furcht vergaß.

»Harmlos!«

»Nun, im Vergleich zu solchen Wesen.« Der Fremde deutete zu dem Fell. »Pismire meinte, vielleicht käme einer von euch hierher.«

»Wo ist er?«

»Er wollte nach Tregon Marus. Müßte bald zurück sein.«

»Wer bist du?«

»Nenn mich Bane.«

Er war sauber rasiert und hatte so glatte Wangen, wie man sie nur bei Dumii-Jungen sah. Das lange rotblonde Haar bildete einen Zopf, der ihm den Rücken hinabreichte. Was manche Aspekte betraf, schien er kaum älter zu sein als Snibril, doch in seinem Gesicht zeigte sich eine gewisse Härte, die auf viele Erfahrungen hinwies und von einem Lächeln gemildert wurde. Am Gürtel hing ein recht gefährlich wirkendes Kurzschwert, und ein Speer lag in der Nähe.

»Ich bin Moulen gefolgt«, sagte er. Als er die Verwirrung in Snibrils Miene sah, fügte er hinzu: »Wesen aus den Ungekehrten Gebieten. Ziemlich scheußliche Biester. Reiten auf den Geschöpfen dort.«

Einmal mehr deutete er zu dem Fell.

»Hattest du keine Angst vor den Augen?«

Bane lachte und ergriff seinen Speer.

Und dann traf Pismire ein. Der langgliedrige Schamane ritt auf die Lichtung, und seine Beine zu beiden

Seiten des Ponys berührten fast den Boden. Der Alte war nicht überrascht, als er Snibril sah.

»Tregon Marus ist gefallen«, sagte er langsam. Bane stöhnte.

»Ich meine *gefallen*«, betonte Pismire. »Zerstört. Die Tempel, der Wall – alles hin. Und in den Ruinen wimmelt es von Snargs. Der Scheuerer hat die Stadt vernichtet. Sie befand sich im Epizentrum, direkt darunter.« Er seufzte müde. »Ein langer, schrecklicher Tag liegt hinter uns. Wohin ist der Stamm gezogen? Nach Verbranntes Ende? Ausgezeichnet. Läßt sich gut verteidigen. Kommt!«

Bane hatte ein kleines Pony, das zwischen den Haaren graste. Sie ritten los und hielten sich dabei dicht an dem Holzkliff.

»Was hat es mit dem Scheuerer auf sich?« fragte Snibril. »Ich erinnere mich daran, daß du Geschichten erzählt hast, über die alten Zeiten ... Aber das alles ist ferne Vergangenheit. Ich habe mir eine Art Ungeheuer vorgestellt, das nur in unserer Phantasie existiert.«

»Die Moule verehren es«, entgegnete Bane. »Ich bin in dieser Hinsicht eine Art ... Fachmann.«

Falten formten sich in Snibrils Stirn. Bei den Munrungs gab es keine Götter; sie hielten das Leben auch so schon für kompliziert genug.

»Ich vermute das eine oder andere«, sagte Pismire. »Ich habe gewisse alte Bücher gelesen. Die Geschichten spielen kaum eine Rolle. Es sind nur Metaphern.«

»Interessante Lügen«, übersetzte Bane.

»Sie ... beschreiben Dinge, ohne zuviel erklären zu müssen. Der Scheuerer ist eine Art Kraft. Nun, ich glaube, es gab einmal Leute, die mehr darüber wußten. Ich entsinne mich an alte Geschichten über alte Städte, die plötzlich verschwanden. Heute sind es nur noch Legenden. Ach, soviel fiel der Vergessenheit anheim. Wissen, das niedergeschrieben wurde und dann verlorenging ...«

Der Teppich war voll von kleinen Pfaden: Sie verliefen nicht gerade wie die Straße, sondern wiesen viele Kurven auf, wanden sich wie Schlangen durch die Haare. Nur wenige Reisende beschritten jene Wege, was bedeutete, daß sie selten jemandem begegneten. Trotzdem waren die Pfade nie überwuchert. Bei den Dumii hieß es, Peloon, Gott der Reisen, habe sie geschaffen. Die Munrungs glaubten, daß sie ihre Existenz dem Teppich verdankten – allerdings behielten sie diese Meinung für sich. Zwar verzichteten sie auf Götter, aber sie begegneten denen anderer Stämme mit Respekt.

Unter der ›Verbranntes Ende‹ genannten zerklüfteten Spitze von Holzwand teilte sich der Weg, führte von dort aus nach Westen und Norden. Glurk hielt den Orkson-Wagen an und blickte zu den verkohlten schwarzen Graten hinauf. Er kniff die Augen zusammen, als er weit oben eine schemenhafte Bewegung bemerkte. Einige Sekunden lang schnupperte er.

»Ich habe ein ungutes Gefühl«, teilte er seiner Frau mit. »Wir warten hier auf Snibril.«

Er sprang vom Karren und ging zu Fuß in die Richtung zurück, aus der sie gekommen waren. Wieder geschah es: Aus den Augenwinkeln sah er, wie etwas davonhuschte ... Nein, nur ein Schatten. Er schnupperte erneut und schüttelte den Kopf. Ein solches Verhalten gebührte keinem Stammesoberhaupt. Sich von irgendwelchen Schatten erschrecken zu lassen ... Er hob die Hände, wölbte sie trichterförmig vor dem Mund. »Schiebt die Wagen zu einem Kreis zusammen!« rief er. »Wir lagern hier.«

Wenn man sich mit der Asche und dem nicht besonders angenehmen Anblick dieses Teils von Holzwand abfand, so gab es an dem Ort namens Verbranntes Ende kaum etwas auszusetzen – zumindest bot er Sicherheit. Die Haare waren geborsten und gebrochen, als das gewaltige Etwas aus Holz herabfiel, und deshalb konnten sich Angreifer nicht unbemerkt heranschleichen. Hinzu kam die lange und hohe weiße Barriere auf der einen Seite, die zusätzlichen Schutz gewährte. Trotzdem fühlte sich hier niemand richtig wohl. Glurk trieb den Stamm an, bis die Wagen und Karren einen Wall bildeten. Die Ponys und das Vieh brachte man in kleinen Pferchen unter. Das Stammesoberhaupt erteilte die Anweisung, einen Bewaffneten auf jedem Wagen zu postieren, mehrere Lagerfeuer anzuzünden und alles für die Nacht vorzubereiten.

Sorg dafür, daß die Leute beschäftigt bleiben. So lautete eine von drei Regeln, in die der alte Grimm seinen ältesten Sohn und Nachfolger eingeweiht hatte. Nummer eins: *Du mußt immer Zuversicht ausstrahlen.* Nummer zwei: *Sag niemals ›Ich weiß nicht‹*. Und, wenn alle Stricke rissen, Nummer drei: *Beschäftige den Stamm.* Glurk hatte schon mehrmals im Bereich von Verbranntes Ende gejagt, und daher wußte er: Stille und Ödnis in der Nähe des verkohlten Holzes konnten tiefes Unbehagen schaffen. Es existierten verschiedene Möglichkeiten, um zu verhindern, der Furcht zum Opfer zu fallen: Arbeit, lautes Lachen oder Singen, mit dem Speer herummarschieren.

Kurze Zeit später brannten Lagerfeuer im Kreis. Glurk kletterte auf seinen Wagen und blickte den Weg entlang. Das Licht der Flammen blieb gerade im Dunkeln nicht verborgen, doch andererseits schuf es neuen Mut. Und eine warme Mahlzeit konnte Wunder wirken. Das Stammesoberhaupt fragte sich, ob irgendwo dort draußen Snargs lauerten. Ihre Feigheit machte sie zu perfekten Lauerern. Darüber hinaus schienen sie geradezu ein Teil der Finsternis zu sein: Glurk war mit der Erkenntnis aufgewachsen, daß sich Nacht und Snargs kaum voneinander trennen ließen. Sie hatten genug Verstand, um darauf zu verzichten, Dörfer anzugreifen. Statt dessen fielen sie über einsame Reisende her, wenn der Erfolg sozusagen garantiert war. Die Veränderung in ihrer Verhaltensweise machte Glurk Sorgen.

Nach einer Weile kletterte er wieder vom Karren herunter und holte sein Jagdmesser. Es bestand aus dem Oberschenkelknochen eines Snargs und ließ sich auch als Schwert verwenden. Er schob es sich hinter den Gürtel und nahm von seiner Frau einen Napf mit Suppe entgegen.

Aus dem Abend wurde Nacht, und die Wächter nickten ein. Außerhalb des Lagers verdichteten sich die Schatten zwischen den Haaren. Ein zweiter dunkler Kreis schien zu entstehen und den ersten zu umgeben.

Der Angriff erfolgte im Süden. Etwas heulte, und ein Wagen erbebte. Der entsprechende Wächter lief um sein Leben – er hieß Gurth und war Glurks ältester Sohn.

»Alarm! Zu den Waffen! Den Kreis verteidigen!« rief Glurk, stürmte los und hielt einen Speer in jeder Hand, Er warf den ersten, ohne stehenzubleiben, und ein dumpfes Knirschen wies ihn darauf hin, daß er getroffen hatte.

Diese Snargs sind ganz anders als jene, die du kennst, flüsterte ein kühler Gedanke in Glurk. Sie schienen überhaupt nicht zu wissen, was Feigheit bedeutete, und sie trugen Geschöpfe auf dem Rücken, die wie Männer mit grünen Augen und langen Zähnen aussahen. Das Stammesoberhaupt zögerte kurz, und ein Pfeil streifte seinen Arm.

Pferde wieherten und rissen sich los, galoppierten durch die Menge der Munrungs und leisteten somit wichtige Beiträge für ein allgemeines Durcheinander.

Glurk beobachtete, wie ein Wagen umstürzte, und dann ragte ein Snarg mit glänzendem Halsband vor ihm auf. Etwas donnerte, etwas krachte, und … Taubheit breitete sich im Arm des Stammesoberhaupts aus und verwandelte sich in Dunkelheit, als sie den Kopf erreichte.

Die Lagerfeuer wiesen Snibril, Bane und Pismire den Weg, als sie den Pfad verließen.

»Wir sollten zum Reich reiten«, sagte der Schamane. »Dort ist die Situation bestimmt nicht so schli …«

Er unterbrach sich. Bane zog sein Schwert, stieg lautlos ab und schlich durch die Finsternis. Mit einem Wink forderte er Pismire auf, sein Schweigen zu beenden.

»Und natürlich ist Wehr in dieser Jahreszeit besonders hübsch«, fuhr der Schamane hastig fort. »Außerdem gibt es dort viele interessante Gassen und historische …«

»Kennst du Bane schon lange?« fragte Snibril und beobachtete, wie der Fremde lautlos mit den Schatten verschmolz.

»Er ist ein alter Freund.«

»Und *wer* …«

Bane tat einen weiteren Schritt vorwärts, sprang plötzlich los und bohrte sein Kurzschwert in die Nacht. Irgendwo in der Dunkelheit stöhnte jemand oder etwas, und eine Gestalt kippte nach vorn auf den Pfad. Ein schlichtes schwarzes Schwert rutschte ihr aus der Hand.

Snibril schnappte unwillkürlich nach Luft und wich zurück. Die Kleidung des Wesens bestand aus schwarzem Leder, das von Knochenringen zusammengehalten wurde. Auf den ersten Blick betrachtet schien es sich um einen Mann zu handeln, doch als Snibril genauer hinsah, bemerkte er einen Pelz und

Krallen. Das Gesicht war eigentlich kein Gesicht, eher eine Schnauze.

»Moule«, erklärte Bane. »Ich rieche sie.«

»Wir müssen fort von hier!« drängte Pismire, »Solche Geschöpfe sind nie allein unterwegs.«

»Aber es sieht fast normal aus«, wunderte sich Snibril. »Ich dachte, in den Ungekehrten Gebieten gibt's nur Ungeheuer und Tiere.«

»Oder Kreuzungen zwischen ihnen«, sagte Bane.

Etwas versperrte für ein oder zwei Sekunden den Blick auf die fernen Lagerfeuer, und ein Snarg brüllte.

Bevor der Schrei verklang, saß Snibril bereits in Rolands Sattel und ritt los, gefolgt von Pismire und Bane. Stimmen ertönten weiter vorn, und Schwarzes glitt durchs Licht. Als sie die Lichtung mit dem Kreis aus Wagen erreichten, fühlte Snibril das Roß die Muskeln zum Sprung spannen.

Er klammerte sich fest, als Roland über einen Karren hinwegsetzte, um dahinter überraschend sanft zu landen. Ein wilder Kampf fand statt, und niemand schenkte dem Neuankömmling Beachtung.

An einer Stelle brannten mehrere Wagen, und züngelnde Flammen hielten die Angreifer fern. Doch einige Snargs waren ins Innere des Lagers gelangt und knurrten wütend, während die Verteidiger Speere warfen.

Glurk lag unter der Pranke des größten Snargs, den Snibril je gesehen hatte. Die glühenden Augen bewegten sich, und ihr Blick glitt zum Bruder des Stammesoberhaupts. Er wollte fliehen, doch das Pferd unter ihm rührte sich nicht von der Stelle. Der Reiter auf dem Snarg sah ihn ebenfalls und lächelte grimmig.

Snibril schwang sich von Rolands Rücken und griff nach Glurks Speer. Das Ding erwies sich als ziemlich schwer – Glurk zog Speere vor, die andere Leute kaum heben, geschweige denn werfen konnten. Er achtete darauf, daß die Spitze nach oben wies.

Der Snarg und sein Reiter drehten sich, um ihn im Auge zu behalten. Langsam duckte sich das große Geschöpf zum Sprung.

Dadurch geriet Roland hinter das Wesen. Der Hengst schob sich etwas näher. Sein Schweif zuckte von einer Seite zur anderen…

Und er trat nach hinten aus. Beide Hufen trafen gleichzeitig das Ziel.

Der Reiter sauste an Snibril vorbei. Er war bereits tot. Niemand konnte so aussehen und noch leben.

Der Snarg knurrte überrascht, starrte Snibril an und sprang los.

Pismire vertrat den Standpunkt, daß es eigentlich gar nicht nötig war, Tieren nachzustellen. Mit genauen Beobachtungen und sorgfältigen Schlußfolgerungen sollte es möglich sein, einfach irgendwo auf sie zu warten.

Snibril reagierte aus einem Reflex heraus. Er rammte das Ende des Speers in den Boden und hielt den Schaft fest. Mitten in der Luft begriff der Snarg seinen Fehler, aber da war es bereits zu spät. Er flog nicht etwa einem hilflosen Opfer, sondern der Spitze eines Speers entgegen…

Das war die erste Schlacht.

Kapitel 3

Als Snibril erwachte, neigte sich die Nacht dem Ende entgegen. Er lag neben einem erlöschenden Feuer, und ein Fell diente ihm als Decke. Er spürte angenehme Wärme und dumpfen Schmerz. Hastig schloß er die Augen.

»Du bist wach«, sagte Bane, der an einem Faß saß, den Hut über die Augen gezogen. Rolands Zügel waren an einem Haar festgebunden.

Snibril setzte sich auf und gähnte. »Was ist passiert? Wie steht's mit den anderen?«

»Oh, es geht ihnen den Umständen entsprechend. Nun, wenigstens sind keine Toten zu beklagen. Aber viele Munrungs wurden verletzt, und dein Bruder besonders schwer. Häufig verwenden die Moule bei einem Kampf Schwerter, an deren Klingen Gift klebt. Es verursacht ... einen Schlaf, aus dem man nicht wieder erwacht. Nun, Pismire ist jetzt bei Glurk. Wenn ihm jemand helfen kann, dann er. Deine Anwesenheit würde nur stören.« Bane sah das Blitzen in Snibrils Augen und fügte rasch hinzu: »Übrigens ... Was ist los mit dir? Wir mußten dich unter einem ziemlich großen Snarg hervorziehen.«

Glurks Bruder brummte etwas Unverständliches und sah sich um. Im Lager ging es so friedlich zu, wie es die Umstände erlaubten. Mit anderen Worten: Stimmen erklangen, und Munrungs sorgten für eine abwechslungsreiche Geräuschkulisse. Es klang fröhlich und auch trotzig.

Der Angriff war abgewehrt worden, und das erste

Licht eines neuen Tages zeigte sich zwischen den Haaren. Für kurze Zeit hatte der Stamm das Gefühl, es mit dem Scheuerer und allen Snargs aufnehmen zu können. Einige verzichteten wie Bane auf Schlaf, hockten an den Feuern und bereiteten ein frühes Frühstück vor.

Bane zog wortlos einen Gegenstand aus der Asche, und ein appetitanregender Duft ging davon aus. »Snarg-Keule, im eigenen Saft gebacken«, sagte er und schnitt die Kruste auf. »Nicht ohne Stolz weise ich darauf hin, daß ich den Eigentümer selbst getötet habe.«

»Protein ist ein notwendiges Element der Ernährung«, sagte Pismire und kletterte vom Orkson-Wagen herunter. »Ich möchte ein Stück ohne Fett.«

Snibril sah die Erschöpfung im Gesicht des alten Schamanen. Neben ihm lag der inzwischen fast leere Kräuterbeutel. Eine Zeitlang aß Pismire schweigend, und dann wischte er sich den Mund ab.

»Glurk ist so stark wie ein Pferd«, sagte er und beantwortete damit die unausgesprochenen Fragen. »Die Götter aller freundlichen Geschöpfe müssen bei seiner Geburt zugegen gewesen sein – ob er an sie glaubt oder nicht. Natürlich wird er geschwächt bleiben, bis die Wirkung des Gifts ganz nachläßt. Mindestens zwei Tage lang sollte er im Bett bleiben, und deshalb habe ich Bertha mitgeteilt, es seien sechs Tage der Ruhe notwendig. Vermutlich nörgelt und quengelt er so sehr, daß sie ihn übermorgen aufstehen läßt, und dann fühlte er sich allein deshalb besser, weil er glaubt, sich mir gegenüber durchgesetzt zu haben. Positives Denken, darauf kommt's an.«

Er musterte Snibril. »Was ist los mit dir? Du kannst von Glück sagen, mit dem Leben davongekommen zu sein.« Pismire bemerkte Banes Lächeln und fügte hinzu: »Oh, ich weiß, daß solche Hinweise eigentlich sinnlos sind, aber… Meiner Ansicht nach sollten jene

Leute, die Helden besingen, auch mal daran denken, wer nach den vollbrachten Heldentaten aufräumen muß.«

Er hob seinen Kräuterbeutel. »Und zwar hiermit. Es sind nur verschiedene Sorten Staub und einige nützliche Pflanzen. Das ist keine Medizin. Damit kann man die Patienten nur bei Laune halten, während sie krank sind. Ach, wir haben soviel verloren.«

»Das hast du schon einmal gesagt«, erinnerte sich Snibril. »*Was* haben wir verloren?«

»Wissen. Richtige Medizin. Bücher. Karpographie. Die Faulheit betrifft nicht nur Personen, sondern auch Reiche. Wenn man sich nicht ums Wissen kümmert, verschwindet es nach und nach. Zum Beispiel das hier.«

Der Schamane holte einen Gürtel hervor, der aus sieben unterschiedlich gefärbten Quadraten bestand. Riemen hielten sie zusammen.

»Dieses Objekt stammt von den Schlauen. Na los, frag mich ruhig!«

Snibril kam der Aufforderung nach. »Wer, äh, sind die Schlauen?«

»Na bitte. Ein alter Stamm. Einst *der* Stamm – das erste Teppichvolk. Den Schlauen gelang es, die Fliesen zu überqueren und das Feuer zu holen. Sie brachen Holz bei Holzwand. Sie fanden heraus, wie man Lack von *Einstuhlbein* schmilzt. Heute bekommt man sie nur selten zu Gesicht, aber damals waren sie immer und überall zugegen, schoben ihre großen Kessel fürs Kochen von Lack von Dorf zu Dorf. Die erstaunlichsten Dinge konnten sie damit anstellen... Wie dem auch sei: Sie fabrizierten diese Gürtel, aus sieben verschiedenen Substanzen: Teppichhaar, Bronze von Hochtorland, Lack, Holz, Staub, Zucker und Schotter. Jeder Schlaue mußte einen anfertigen.«

»Warum?«

»Um zu beweisen, daß er dazu fähig war. Mystizismus. Nun, das war vor langer Zeit. Seit Jahren habe ich keine Schlauen mehr gesehen. Und jetzt verwendet man ihre Gürtel als Halsbänder für schwarze Snargs. Ja, wir *haben* viel verloren. Zuviel wurde niedergeschrieben und dann vergessen.« Pismire schüttelte den Kopf. »Ich mache jetzt ein Nickerchen. Weckt mich, wenn wir aufbrechen.« Er schlurfte zu einem der Karren und zog sich dort eine Decke über den Kopf.

»Was bedeutet das?« fragte Snibril.

»Ein Nickerchen«, antwortete Bane. »Das ist ein kurzer Schlaf.«

»Nein, ich meine die Behauptung, es sei zuviel niedergeschrieben worden. Wer hat zuviel niedergeschrieben? Und warum?«

Zum erstenmal entdeckte Snibril Anzeichen von Unbehagen in Banes Gesicht.

»Laß dir das von Pismire erklären«, sagte er. »Jeder hat … gewisse Dinge, an die er sich erinnert.«

Glurks Bruder beobachtete, wie Bane geistesabwesend auf Rolands Schnauze klopfte. Wer war er? Irgendwie gelang es ihm, andere Leute davon abzuhalten, entsprechende Fragen zu stellen. Er wirkte wie ein Wilder, doch gleichzeitig ging etwas Seltsames von ihm aus … Snibril dachte in diesem Zusammenhang an einen Topf, der über Arme und Beine verfügte und dessen Inhalt fast überkochte. Eine angemessene Beschreibung für Bane, fand er. Alle seine Bewegungen erweckten den Eindruck, vorher genau überlegt und geplant worden zu sein. Snibril wußte nicht, ob er einen Freund in dem Fremden sehen durfte. Er hoffte es, denn bestimmt war er ein schrecklicher Feind.

Mit dem Gürtel im Schoß lehnte er sich zurück und dachte an die Schlauen. Irgendwann schlief er ein. Einerseits erschien es ihm wie Schlaf, doch andererseits hörte er nach wie vor die Geräusche des Lagers und sah auch die Konturen von Verbranntes Ende jenseits der Lichtung. Es handelte sich um ein sonderbares Erlebnis, das wie ein Traum anmutete. Ein verschwommenes Bild in der von Rauch erfüllten Luft zeigte Snibril den Teppich. Er flog durch die Haare, ein ganzes Stück über dem Staub. Es war Nacht und dunkel, aber trotzdem sah er gut. Über grasende Herden schwebte er hinweg, über Fremde, die Kapuzen trugen und einen Karren schoben – Schlaue! –, über ein schlafendes Dorf... Dann änderte sich sein Kurs, und er glitt zu einer einzelnen Gestalt zwischen den Haaren. Als er sich ihr näherte, wurde sie zu einer ganz in Weiß gekleideten Person. Alles an ihr glänzte weiß. Sie drehte sich um und sah zu ihm her, schien sich seiner Gegenwart durchaus bewußt zu sein. Und er sank den hellen, aufmerksam blickenden Augen entgegen...

Plötzlich erwachte Snibril, und das Bild verblaßte, während er sich aufsetzte und mit beiden Händen nach dem Gürtel aus sieben Quadraten griff.

Kurze Zeit später brachen die Munrungs auf, und Pismire steuerte den ersten Wagen.

Glurk lag darin, bleich und geschwächt, aber immer noch stark genug, um bei jeder Erschütterung hingebungsvoll zu fluchen. Manchmal grollte der Schrecklicher Scheuerer in der Ferne.

Bane und Snibril, der sich den Gürtel um die Taille geschlungen hatten, ritten voraus.

Der Teppich wechselte die Farbe. Das allein war nicht außergewöhnlich. Im Bereich von Holzwand zeigten die Haare eine dunkelgrüne und graue Tönung, doch westlich von Tregon Marus präsentierten sie sich in einem staubigen hellen Blau. Jetzt ging das Grün allmählich in Gelb über, und die Haare wirkten dicker, knotiger. Einige von ihnen trugen Früchte:

große stachelige Kugeln, die direkt aus dem Haarstamm wuchsen.

Bane schnitt eine mit dem Messer auf und zeigte Snibril, daß sie mit dickflüssigem süßen Sirup gefüllt waren.

Nach einer Weile passierten sie eine Art Konstruktion hoch oben in den Haaren. Gestreifte Geschöpfe blickten von ihrer hohen Festung herab und summten verärgert, während sie die dahinrollenden Wagen beobachteten.

»Hymetors!« rief Pismire, während das Brummen immer lauter wurde. »Beachtet sie nicht! Sie sind friedlich, wenn man sie in Ruhe läßt. Doch wenn sie glauben, daß man es auf ihren Honig abgesehen hat... Dann stechen sie.«

»Sind sie intelligent?« fragte Snibril.

»Nur ihre Gemeinschaft. Das jeweilige Individuum ist dumm. Ha! Damit stellen sie das Gegenteil von uns dar. Übrigens: Die Stiche wirken tödlich.«

Nach dieser Bemerkung wagte es niemand mehr, auch nur *in Richtung* einer Sirupkugel zu blicken. Bane starrte immer wieder nach oben, und die rechte Hand ruhte auf dem Knauf des Schwerts.

Schließlich erreichten sie eine Stelle, an der sich zwei Wege kreuzten. Eine Schotterpyramide erhob sich dort, und darauf saßen ein Mann und eine Frau mit Bündeln zu ihren Füßen. Im Vergleich mit ihrer zerlumpten Kleidung schien Banes Mantel Teil eines prächtigen Festgewands zu sein.

Die beiden Fremden aßen Käse. Als sich Bane und Snibril näherten, wichen sie zunächst ein wenig zurück, doch dann entspannten sie sich.

Der Mann freute sich offenbar über die Gelegenheit, mit jemandem zu reden. Als er den Mund öffnete, kam ein wahrer Wortschwall heraus.

»Ich bin Camus Cadmes«, stellte er sich vor. »Habe

als Haarschneider für die Sägemühle von Marus gearbeitet. Vermutlich bin ich noch immer Haarschneider – falls jemand an meinen Diensten interessiert ist. Hmm? Oh. Ich war unterwegs, um Haare fürs Schneiden zu markieren, und Lydia hier brachte mir das Mittagessen, und plötzlich fühlte sich alles *schwer* an, und dann …«

Und dann genügten Worte nicht mehr, um einen Eindruck von den Geschehnissen zu vermitteln. Camus ruderte mit den Armen, und sein Gesicht brachte Entsetzen zum Ausdruck.

»Als wir zurückkehrten, existierte nur noch ein kleiner Teil des Walls. Alle Häuser waren eingestürzt. Wir versuchten zu helfen, aber … Nun, wer fortziehen konnte, nahm diese Möglichkeit wahr. Nach einer solchen Verheerung ist praktisch kein Wiederaufbau möglich. Kurz darauf hörten wir das Heulen der wolfartigen Wesen, und daraufhin … flohen wir.«

Der Haarschneider nahm ein Stück Fleisch von Snibril entgegen und biß hungrig hinein.

»Ist sonst noch jemand entkommen?« fragte Glurks Bruder.

»Entkommen? Aus einem solchen Chaos? Nun, vielleicht haben noch einige andere Leute überlebt, die sich zum Zeitpunkt der Katastrophe außerhalb des Walls aufhielten. Bis gestern hat uns Barlen Corronson begleitet, aber er hatte es auf den Sirup der Summbiester abgesehen, und sie erwischten ihn. Jetzt ziehen wir nach Osten. Ich hoffe, dort einige Verwandte zu finden.«

Snibril und seine Gefährten schenkten den beiden Flüchtlingen neue Kleidung sowie Proviant, und dann verabschiedeten sie sich von ihnen. Camus und Lydia eilten so hastig davon, als hielten sie die Munrungs für einen weiteren plötzlich erschienenen Schrecken des Teppichs.

»Alle laufen weg«, sagte Snibril. »Wir alle.«

»Ja«, bestätigte Bane und blickte den nach Westen führenden Weg entlang. Seine Miene veränderte sich fast unmerklich. »Selbst jene Leute.« Er streckte den Arm aus, und Snibril sah einige vornübergeneigt stapfende Personen, die einen schweren Wagen zogen.

KAPITEL 4

»Schlaue«, sagte Bane. »Ich rate dir zu schweigen – bis du von ihnen angesprochen wirst.«

»Gestern nacht habe ich sie in einem Traum gesehen…«, begann Snibril.

Das überraschte Pismire nicht. »Du hast einen ihrer Gürtel. Weißt du, wenn man wirklich hart an etwas arbeitet, dann bleibt ein Teil des eigenen Selbst im Werk zurück. Das gilt zumindest für die Schlauen.«

Snibril nahm den Gürtel ab und verstaute ihn im Rucksack – ohne zu wissen, was ihn dazu veranlaßte.

Hinter ihnen rollten die übrigen Wagen zum Rand des Weges.

Der von den Schlauen gezogene Karren rumpelte weiter, bis er die Schotterpyramide erreichte. Beide Gruppen musterten sich gegenseitig. Ein kleiner Schlauer wandte sich vom Wagen ab und trat auf Snibril und Bane zu. Aus der Nähe betrachtet stellte sich heraus, daß der Umhang des Fremden nicht völlig schwarz war: Dünne graue Linien bildeten ein komplexes Gittermuster. Das Gesicht blieb unter der Kapuze verborgen.

»Hallo«, sagte der Schlaue.

»Hallo«, erwiderte Bane.

»Hallo«, wiederholte die Gestalt.

Anschließend stand sie reglos da und gab keinen Ton mehr von sich.

»Verstehen sie unsere Sprache?« fragte Snibril.

»Ich glaube schon«, antwortete Pismire. »Immerhin haben sie sie erfunden.«

Snibril fühlte einen Blick auf sich ruhen, der seinen Ursprung unter der Kapuze hatte. Der im Rucksack ruhende Gürtel schien sein Gewicht plötzlich zu verdoppeln oder zu verdreifachen. Nach einer Weile sah der Schlaue Bane an. »Heute abend essen wir das Festmahl der Bronze. Ihr seid eingeladen, und natürlich nehmt ihr die Einladung an. Wir erwarten sieben Personen, wenn die Feuer der Nacht brennen.«

»Einverstanden«, erwiderte Bane ernst.

Der Schlaue drehte sich um und kehrte zum Wagen zurück. »Heute abend?« fragte Pismire. »Das Festmahl der Bronze? So wie das Festmahl des Zuckers oder Haars? Erstaunlich. Ich wußte gar nicht, daß auch Fremde dazu eingeladen werden.«

»Wer hat wen eingeladen?« erklang eine Stimme im Orkson-Karren. Es knirschte und wackelte, Glurk schob den Vorhang beiseite und schaute nach draußen.

»Ich habe ausdrücklich darauf hingewiesen, daß du mehr Ruhe brauchst«, sagte Pismire nur der Form halber – Glurk war bereits angezogen. Er wechselte einen kurzen Blick mit Bane und Snibril und zwinkerte ihnen zu.

»Schlaue?« brummte Glurk, nachdem man ihm alles erklärt hatte. »Ich dachte, sie existieren nur in Märchen und so. Wie dem auch sei: Man hat uns eine Gratismahlzeit angeboten, und daran gibt's sicher nichts auszusetzen. Um ganz ehrlich zu sein: Ich weiß kaum etwas über jenes Volk, aber ich habe noch nie von bösen Schlauen gehört.«

»Bis vor kurzer Zeit hatte ich überhaupt keine Ahnung von ihnen«, murmelte Snibril.

»Tja, du wurdest zu spät geboren und hattest dadurch keine Gelegenheit, unseren alten Großvater kennenzulernen«, erwiderte Glurk. »Er erzählte mir, daß er einmal einem Schlauen begegnete, draußen zwischen den Haaren. Lieh ihm seine Axt.«

»Hat er sie zurückbekommen?« erkundigte sich Pismire.

»Nein.«

»Dann muß es tatsächlich ein Schlauer gewesen sein«, meinte der Schamane. »Meistens sind sie viel zu sehr mit Wichtigem beschäftigt, um an einfache Dinge zu denken.«

»Großvater wies darauf hin, es sei eine gute Axt gewesen.«

»Wir dürfen die Einladung auf keinen Fall ablehnen«, sagte Pismire.

»Auf keinen Fall«, bestätigte Bane.

»Aber die Sache ist ziemlich riskant«, fuhr der Schamane fort. »Die Schlauen sind sehr sensibel und glauben an viele seltsame Dinge. Das dürft ihr nicht vergessen. Erklär's ihnen, General.«

»Die Sieben hat bei den Schlauen eine ganz besondere Bedeutung«, sagte Bane. »Sieben Elemente im Teppich, sieben Farben ...«

»Die Chays«, warf Pismire ein. »Erzähl ihnen von den Chays.«

»Darauf wollte ich gerade zu sprechen kommen. Die Chays sind wie ... Zeitabschnitte. Allerdings unterliegt ihre Länge keinen Beschränkungen. Sie können kurz sein – oder auch nicht. Nur die Schlauen wissen darüber Bescheid. Nehmen wir die Gürtel: Die sieben Quadrate symbolisieren verschiedene Chays. Das Chay des Salzes betrifft einen Zeitraum des Friedens und Wohlstands. Während des Schotter-Chays werden Reiche und Wälle gebaut ... Könnt ihr mir folgen?«

General? dachte Snibril. *So hat Pismire ihn genannt. Bestimmt nicht ohne Grund. Ein General ist eine Art Stammesoberhaupt der Soldaten ... Oh, alle sehen mich an. Niemand von ihnen hat was gemerkt!*

»Hm?« erwiderte er und versuchte, sich an die letzten Worte Banes zu erinnern. »Oh. Das Festmahl heute abend bedeutet also, daß wir im Chay der Bronze sind, oder?«

»Es bedeutet den Beginn des entsprechenden Chays«, sagte Pismire. »Damit ist eine Zeit des Krieges und der Zerstörung gemeint.«

Glurk hüstelte. »Und wie lange dauert sie?«

»Das wissen nur die Schlauen. Und frag mich nicht, woher sie es wissen. Nun, heute abend zelebrieren alle Schlauen des Teppichs das Festmahl der Bronze. Es hat etwas mit ihren Erinnerungen zu tun.«

»Klingt unglaublich«, kommentierte Glurk.

»Ja. Doch es kann trotzdem stimmen.«

»Du weißt eine Menge über die Schlauen«, sagte Snibril.

»Nein«, widersprach Pismire. »Man weiß nie etwas, wenn's um Schlaue geht. Geschichten fallen einem ein; man beobachtet, sammelt hier und dort Kenntnisse, ohne jemals Gewißheit zu erlangen.«

»Na schön.« Glurk erhob sich und trat aufs Kutschbrett des Orkson-Wagens. »Die Schlauen haben uns eingeladen, und deshalb nehmen wir an dem Festmahl teil. Offenbar bleibt uns ohnehin nichts anderes übrig. Bertha kommt mit, und Gurth und, laßt mich mal überlegen ... Ja, und Damion Kauzfuß. Eine Einladung der Schlauen kann man nicht ablehnen, oder? Man muß ihr folgen, mit sechs Begleitern.«

Unsicher betraten sie das Lager der Schlauen und drängten sich unwillkürlich zusammen.

Schlaue waren immer in Gruppen unterwegs, die aus sieben, einundzwanzig oder neunundvierzig Personen bestanden. Niemand wußte, was mit überzähligen Schlauen geschah. Vielleicht wurden sie von den anderen getötet und verspeist, meinte Glurk, der eine ererbte Abneigung Axtdieben gegenüber zeigte. Pismire forderte ihn auf, still zu sein.

Der älteste Schlaue in der Gruppe bekleidete den Rang des Meisters. Diese Gemeinschaft bestand aus einundzwanzig Mitgliedern, und Pismire deutete auf einen großen Lackkessel auf dem Wagen. Die Schlauen waren darauf spezialisiert, jenen Lack zu schmelzen, den man im Norden bei Firnisholm gewann: Dort ragte eine gewaltige Säule aus Rotholz auf, in der Dumii-Sprache als *Einstuhlbein* bekannt. Sie zogen von Dorf zu Dorf und verkauften den geschmolzenen Lack, aus dem man viele Dinge herstellen konnte, darunter Speerspitzen und Messer.

Snibril fragte sich, wie lange es dauern mochte, bis jemand den Gürtel im Rucksack bemerkte. Wenn die Schlauen das Ding fanden, erhoben sie bestimmt Anspruch darauf, doch Glurks Bruder wollte sich nicht davon trennen.

Sieben Feuer brannten dicht nebeneinander, und an jedem saßen drei Schlaue. Sie schienen völlig identisch zu sein. *Wie unterscheiden sie sich voneinander?* dachte Snibril.

»Oh, da fällt mir etwas ein«, sagte Pismire, als die Gastgeber in großen Kochtöpfen rührten. »Die Schlauen haben ein absolutes Gedächtnis. Äh. Sie erinnern sich an alles. Deshalb fällt es ihnen so schwer, mit gewöhnlichen Leuten zu reden.«

»Ich verstehe nicht...«, erwiderte Snibril.

»Sie können dir Antworten zu geben, bevor du die Fragen gestellt hast«, fuhr der Schamane fort. »Manchmal sind selbst *sie* verwirrt.«

»*Ich* bin es schon *jetzt*.«

»Wie ich eben sagte: Sie erinnern sich an alles. Und damit meine ich wirklich *alles* – alle Ereignisse, die in irgendeinem Zusammenhang mit ihnen stehen. Ihre Gehirne arbeiten nicht so wie unsere. Vergangenheit und Zukunft gehören für sie zusammen. Um es anders auszudrücken: Sie erinnern sich an Dinge, *die erst noch geschehen müssen.*«

Snibrils Kinnlade klappte nach unten.

»Dann könnten wir sie fragen…«, begann er.

»Nein! Das dürfen wir nicht!« Pismire holte tief Luft, als sich ein Schlauer näherte und ihm einen Teller reichte. »Das, äh, sieht lecker aus«, sagte er in einem etwas normaleren Tonfall.

Sie aßen schweigend, und Snibril dachte: *Sind die Schlauen still, weil sie bereits wissen, was sie gesagt haben? Nein, das ist unmöglich. Sie müssen erst miteinander sprechen, um sich dann zu erinnern. Oder?*

»Ich bin Noral der Ofenmeister«, sagte der Schlaue links von Glurks Bruder.

»Mein Name…«

»Ja.«

»Wir…«

»Ja.«

»Es kam zu…«

»Ich weiß.«

»Woher?«

»Nach dem Essen erzählst du mir davon.«

»Oh.« Snibril trachtete danach, einen klaren Gedanken zu fassen. Pismire hatte recht. Es war fast unmöglich, sich mit jemandem zu unterhalten, der bereits das ganze Gespräch kannte. »Wißt ihr wirklich über alle zukünftigen Ereignisse Bescheid?« brachte er schließlich hervor.

Im Schatten unter der Kapuze zeichnete sich ein Lächeln ab. »Nicht über alle. Wie kann man alles wissen? Nun, viele Dinge sind uns tatsächlich bekannt.«

Snibril sah sich verzweifelt um. Bane und Pismire sprachen mit anderen Schlauen und schenkten ihm überhaupt keine Beachtung.

»Aber, aber… Angenommen, ihr kennt Zeitpunkt

und Umstände des eigenen Todes. Angenommen, euch erwartet der Angriff eines wilden Tiers.«

»Ja?« fragte Noral höflich.

»Dann könntet ihr einfach nicht zugegen sein, oder?«

»Beim eigenen Tod fehlen?« erwiderte der Schlaue. »Das wäre ein guter Trick.«

»Nein! Ich meine, ihr könntet vermeiden ...«

»Ich weiß, was du meinst. Aber das ist nicht unmöglich. Es ist schwer zu erklären. Besser gesagt: Es ist leicht zu erklären, aber schwer zu verstehen. Wir müssen dem Faden folgen. Dem einen Faden. Und er darf nicht reißen.«

»Gibt es überhaupt keine Überraschungen für euch?« erkundigte sich Snibril.

»Ich weiß nicht. Was ist eine Überraschung?«

»Kannst du mir mitteilen, was mich – beziehungsweise uns alle – erwartet? Ihr wißt, was geschehen ist, was geschieht und was geschehen wird. Es wäre recht nützlich für uns, einen Blick in die Zukunft zu werfen.«

Die dunkle Kapuze wandte sich ihm zu.

»Das bezweifle ich. Dadurch kann das Leben ziemlich problematisch werden.«

»Wir brauchen Hilfe«, drängte Snibril. Er sprach jetzt leise, flüsterte fast. »Wer oder was ist der Schreckliche Scheuerer? Wo sind wir sicher? Was sollen wir jetzt unternehmen? Kannst du uns Auskunft geben?«

Der Schlaue beugte sich ein wenig näher.

»Bist du imstande, ein Geheimnis zu hüten?« fragte er in verschwörerischem Tonfall.

»Ja!« bestätigte Snibril sofort.

»Ich meine, kannst du es *wirklich* für dich behalten? Selbst wenn alles in dir danach verlangt, davon zu erzählen? Auch wenn das Schweigen so heiß brennt wie eine glühende Kohle in der Hand? Bist du auch dann fähig, das Geheimnis zu wahren?«

»Äh, ja.«

»Gut«, sagte der Schlaue und lehnte sich wieder zurück. »Wir sind ebenfalls dazu in der Lage.«

»Aber ...«

»Laß es dir schmecken.«

»Wird mir die Mahlzeit gefallen?«

»Wenn ich mich recht entsinne, warst du von ihr begeistert.« Der Schlaue drehte sich halb um, zögerte und richtete seine Aufmerksamkeit erneut auf Snibril. »Den Gürtel kannst du behalten.«

»Oh, du weißt davon.«

»Jetzt ja.«

Der Munrung runzelte die Stirn. »He, wart mal! Das habe ich nur gesagt, weil du ...«

»Du solltest nicht versuchen, es zu verstehen«, sagte Noral sanft.

Snibril aß eine Zeitlang, doch ihm fielen immer neue Fragen ein.

»Alles passiert«, verkündete der Ofenmeister. »Es ist wie ein Faden des Teppichs. Nichts kann verändert werden. Selbst die Veränderungen sind bereits Teil der Zukunft. Mehr brauchst du nicht zu wissen.«

Snibril fühlte sich sonderbar: Er konnte nie wissen, ob sein Gesprächspartner dem lauschte, was er in zehn Minuten sagen würde. Zu einer erheblichen Verbesserung der Stimmung kam es, als einer der Schlauen Glurk eine Axt reichte. Sie stammte von seinem Großvater, obgleich Griff und Klinge mehrmals ersetzt worden waren.

Bane und Pismire schwiegen, als sie schließlich zum Lager der Munrungs zurückkehrten.

»Haben die Schlauen *euch* etwas verraten?« fragte Snibril.

»Nein«, antwortete der Schamane. »Sie verraten nie etwas. Aber ...«

»Ihr Verhalten gibt Aufschluß«, ließ sich Bane vernehmen. »Sie können es nicht vermeiden, mit ihrem Gebaren den einen oder anderen Hinweis zu liefern.«

»Was auch immer sie uns nicht sagen«, brummte Pismire, »es macht ihnen große Sorgen.«

Kapitel 5

Eine Woche verging. Die Wagen rollten weiter nach Norden, und um sie herum veränderte sich der Teppich. Zu beiden Seiten des schmalen Weges ragten die Haare auf, und jetzt waren sie dunkelrot. Die Fusselbüsche und das Staubgestrüpp wuchsen ebenfalls in unterschiedlichen Rotschattierungen.

Snibril hatte das Gefühl, durch ein gewaltiges plötzlich erstarrtes Feuer unterwegs zu sein. Zum Glück blieb alles kühl und friedlich, und zum erstenmal seit Beginn der Reise hörten sie des Nachts keine Snargs.

Was natürlich dazu führte, daß einige Munrungs anhalten wollten. »Zumindest für einige Wochen«, sagte der Speermacher Cadmic Hargolder eines Abends. Mit mehreren anderen war er zu Glurks Wagen gekommen. »Ich bin sicher, die Snargs haben uns inzwischen vergessen. Vielleicht können wir heimkehren.«

»Snargs und Moule vergessen niemanden«, erwiderte Bane. »Wir müssen weiter, nach Wehr.«

»Ihr beide könnt von mir aus den Weg fortsetzen«, brummte Cadmic. »Was mich betrifft…«

»Was *uns* betrifft…«, betonte Glurk. »Wir bleiben zusammen, solange ich Oberhaupt dieses Stammes bin. Meiner Meinung nach sind wir erst in Sicherheit, wenn kein Zweifel mehr daran besteht, daß der nächste Moul *sehr* weit entfernt ist. Ich halte es für sinnvoll, nach Wehr zu ziehen. Dort dürfte die Lage nicht annähernd so kritisch sein wie in den hiesigen Gebieten. Ihr habt natürlich das Recht, anderer Ansicht zu sein. Allerdings…«

Die letzten drei Silben hatten einen ganz besonderen Klang: Sie steckten voller unausgesprochener Drohungen.

Doch das Murren verstummte nicht. Bis sie dem Moul begegneten.

Snibril und Bane marschierten auf dem Weg vor der Kolonne, achteten jedoch darauf, in Hörweite der Wagen zu bleiben. Glurks Bruder gab kaum einen Ton von sich und dachte über den ›General‹ nach.

Er hatte gelegentlich Dumii-Offiziere gesehen. Nur ab und zu – Tregon Marus war eher unwichtig, und so fern der Heimat fühlten sich die Dumii nicht sonderlich wohl. Bane *bewegte* sich wie ein Soldat. Andererseits: Leute, die man ›General‹ nannte, durften eigentlich nicht so schäbig aussehen …

Und jetzt reisten sie offenbar nach Wehr. Niemand hatte darüber gesprochen. Es schien einfach zu … passieren.

Nun, in Wehr ging bestimmt alles mit rechten Dingen zu. Immerhin handelte es sich um den berühmtesten Ort des ganzen Teppichs. In Wehr drohte gewiß keine Gefahr. Hunderte von Soldaten sorgten dort für Sicherheit …

Wahrscheinlich ahnte Bane Snibrils Überlegungen, aber er plauderte munter drauf los, ohne ein Thema dem anderen vorzuziehen. Damit zeigte er ein für ihn ungewöhnliches Verhalten.

Sie sahen den Moul erst, als sie ihn fast erreicht hatten. Er wurde von einem Snarg getragen, der mitten auf dem Weg hockte. Die Hand des Reiters war nach dem Schwertheft ausgestreckt, und Entsetzen zeigte sich in seinem Gesicht.

Bane zischte, riß seine Klinge hervor und fiel fast, als ihn Snibril an der Schulter packte.

»Was soll das, du Narr?«

»Sieh ihn dir an!« erwiderte der junge Munrung.

Bevor man handelt, sollte man genau beobachten. So lautete einer der vielen Ratschläge des Schamanen Pismire.

Der Moul verharrte auch weiterhin in völliger Reglosigkeit. Snibril schob sich langsam näher, klopfte dem Wesen versuchsweise auf die Schnauze und deutete dann zu den Beinen des Snargs. Staub hatte sich an ihnen angesammelt.

Eine dünne Patina aus Staub bedeckte auch den Leib des Mouls. Wie eine Statue saß er auf dem Rücken des Snargs und starrte ins Leere.

»Aber wie ...«, begann Snibril.

»Keine Ahnung«, unterbrach Bane den Munrung. Er sprach schroffer als sonst, vielleicht deshalb, weil er sich ziemlich dumm vorkam. »Komm. Du nimmst den Kopf und ich die Beine.«

Sie zogen den Moul vorsichtig vom Snarg herunter, und er nahm auch weiterhin eine sitzende Haltung ein, während ihn Snibril und Bane zu den Wagen trugen.

Glurks Bruder rückte sein Messer so zurecht, daß er es jederzeit ziehen konnte. Doch derartige Vorsichtsmaßnahmen waren nicht notwendig: Der Moul schien aus Schotter zu bestehen.

Pismire war bereits beschäftigt, als sie ihn erreichten. Das Stammesoberhaupt hatte gejagt und ein Wildschwein gefangen. Besser gesagt: eine entsprechende Statue.

»Es gab eine ganze Herde davon«, sagte Glurk.

Er klopfte mit dem Speer an das Schwein, und ein *Boinng* erklang.

»Völlig verkehrt«, stellte er fest. »Ein *Oink* sollte ertönen, kein *Boinng*.«

Pismire nahm Snibrils Messer und klopfte damit auf die Brust des Mouls. Das Ergebnis bestand aus einem *Ping*.

»Jetzt müßten wir eigentlich ein *Aaarh* hören«, meinte Glurk.

»Sind diese ... Dinge tot?« fragte Snibril.

»Ich weiß es nicht«, erwiderte Pismire, was zwei oder drei der nervöseren Zuschauer veranlaßte, sich umzudrehen und davonzueilen. »Sieh nur!«

Snibril kam der Aufforderung nach und starrte in die Augen des Mouls. Sie standen weit offen und boten dem Blick des Betrachters Schwärze dar. Doch irgendwo tief in ihrem Innern glühte ein winziger Funken, gefangen in Dunkelheit.

Der Munrung schauderte und wandte sich an Pismire.

»Bemerkenswert«, sagte der Schamane. »Vorzeitige Versteinerung. Ich wußte gar nicht, daß es in dieser Gegend Zänker gibt. Heute nacht sollten wir Wächter einsetzen, die gut hören können.«

»Warum?« fragte Glurk.

»Weil wir ihnen die Augen verbinden.«

»Warum?«

Ein Schrei – und Yrno Berius lief zum Schamanen. Er hielt einen seiner Hunde in den Armen.

»Er hat gebellt«, schnaufte Berius. »Und als ich nach dem Rechten sah, fand ich ihn so.«

Pismire untersuchte das Tier.

»Du kannst von Glück sagen«, meinte er.

»Das bezweifle ich«, erwiderte Yrno.

»Meine Worte bezogen sich nicht auf den Hund, sondern auf dich.«

Der Hund hatte sich zum Sprung geduckt, die Zähne gefletscht und den Schwanz eingezogen.

»Zänker?« wiederholte Snibril und wandte den Blick ab. »Was meinst du damit?«

»Geschöpfe ganz besonderer Art«, sagte Pismire. »Wir wissen nur, wie sie von hinten aussehen. Leider haben wir nicht die geringste Ahnung, wie Gesicht oder Schnauze beschaffen sind. Wer Gelegenheit bekam, einen Blick auf die betreffende Körperseite zu werfen, konnte uns nachher nichts mehr erzählen. Der Grund: Die betreffenden Personen – oder Tiere – verwandeln sich in Stein. Warum? Darauf weiß niemand eine Antwort. Faszinierend. Habe seit Jahren nichts mehr von den Zänkern gehört. Dachte schon, sie seien alle ausgestorben.«

An jenem Abend kam der Schamane nur knapp mit dem Leben davon. Er war immer der Ansicht gewesen, Ziegenmilch sei für einen Philosophen sehr wichtig. Deshalb hatte er von Glurk kurz nach Beginn der Reise eine Ziege gekauft.

Sie hieß Chrystobella und haßte Pismire mit der ganzen Kraft ihres animalischen Wesens. Wenn sie nicht gemelkt werden wollte, was zweimal am Tag geschah, sorgte sie im Lager für beliebte Unterhaltung, indem sie zwischen den Wagen hin und her hüpfte, während der keuchende Pismire sie einzufangen versuchte. Mütter weckten ihre Kinder, damit sie zusehen konnten. Einen solchen Anblick würden sie nie wieder vergessen, hieß es.

Diesmal sauste Chrystobella mit lautem Blöken an den Karren vorbei in den Wald aus Haaren. Der Schamane folgte ihr, eilte durch die Dunkelheit und stolperte über etwas Hartes…

Weiter vorn verschmolz ein Schatten mit der Finsternis, und irgendwo klimperte es.

Pismire kehrte mit der Statue einer Ziege zurück. Langsam stellte er sie ab und klopfte ihr auf die Schnauze.

Es machte *Ping*.

»Jetzt sollte ein lautes ›Määäääh‹ ertönen«, sagte der alte Schamane. »Heute nacht verläßt *niemand* das Lager.«

Zehn Männer standen mit verbundenen Augen am Rand des Kreises. Zu ihnen gehörte auch Snibril. Er hielt neben Roland Wache, der Scheuklappen trug.

Am nächsten Abend wiederholte sich dieses Ritual. In der übernächsten Nacht erwischte es die Kuh der Witwe Mulluck. Das arme Tier gab ein leises *Ping* von sich, verzichtete auf das laute und vertraute *Muu-uuh.*

Niemand wollte weiterziehen, und die Munrungs schoben die Wagen enger zusammen, ohne daß jemand Anweisungen erteilte.

Manchmal hörten sie ein sonderbares Klirren zwischen den Haaren.

In der dritten Nacht hielt Snibril bei einem der Karren Wache und war halb eingeschlafen, als er plötzlich dumpfes Knirschen hinter sich vernahm. Etwas Großes lauerte im Gebüsch – er hörte deutlich, wie es atmete.

Er wollte sich umdrehen, als ihm das Klimpern an die Ohren drang.

Das Geschöpf ist hier, fuhr es ihm durch den Sinn. *Es befindet sich direkt hinter mir. Wenn ich mich jetzt umdrehe, erstarre auch ich zu Stein. Aber wenn ich mich* nicht *umdrehe … Verwandle ich mich dann in eine Mahlzeit?*

Etwa hundert Jahre lang stand er reglos …

Nach einer Weile wurde das Schnaufen leiser, und Snibril riskierte einen Blick. Im trüben Licht sah er etwas Massiges, mindestens zweimal so groß wie er. Das Wesen verschwand zwischen den Büschen …

Ich sollte jemanden rufen, dachte der Munrung. *Aber dann laufen die anderen durcheinander, schreien, geben sich gegenseitig Anweisungen und stolpern über alle möglichen Dinge. Was dem Zänker Zeit genug gibt, im Haarwald zu verschwinden. Andererseits: Ich muß* irgend etwas *unternehmen. Sonst gibt es bald eine Statue, die* Ping *macht, obwohl man ein* Hallo *von ihr erwartet.*

Er eilte zu Roland und legte ihm rasch das Zaumzeug an. Für den Sattel blieb nicht genug Zeit. Anschließend führte er das Pferd so leise wie möglich in die Richtung, aus der das Klimpern kam.

Kapitel 6

Der Zänker war so alt, daß er sich gar nicht mehr an seine Jugend erinnerte. Undeutlich entsann er sich an andere Zänker, aber damals hatte er sie mit einer schier unerschöpflichen Kraft vertrieben.

Später gab es Leute, die ihn für eine Art Gott hielten und ihm einen Tempel bauten, in dem er wohnen konnte. Man verehrte ihn, weil seine Anwesenheit so verheerend wirkte. Dafür gibt es in der langen Tradition von Verehrungen viele Beispiele, aber langfristig gesehen funktionieren derartige Religionen nicht, und das war auch hier der Fall: Er verwandelte Dutzende von Personen in Statuen, und die übrigen flohen und ließen ihn allein im Tempel zurück.

Jetzt hatte er keine Gesellschaft mehr. Selbst die Tiere hielten sich vom Tempel fern. Er wanderte umher und rief immer wieder nach seinen Artgenossen im Süden. Eine Antwort blieb aus. Vermutlich war er der letzte lebende Zänker im Teppich.

Manchmal versuchte er, der Einsamkeit zu entkommen. In diesem Zusammenhang war ihm alles recht, wenn es nur lebte. Er verzichtete sogar darauf, es zu fressen. Trotzdem mußte er immer wieder Enttäuschungen hinnehmen. Er brauchte sich nur dem anderen Leben zu nähern, und schon wurde es aus irgendeinem Grund steif und kalt und unfreundlich.

Er kehrte nun zu den Ruinen seines Tempels zurück und zog den Schwanz hinter sich her. Dicht vor dem Portal nahm er plötzlich den Geruch wahr: das fast vergessene Aroma von Gesellschaft.

Snibril hatte den Tempel kurz zuvor erreicht, und Rolands Hufe pochten nun über ein hartes Holzpflaster hinweg. Ein mattes Glühen zeigte dem Munrung teilweise geborstene Mauern, und zwischen den Trümmern standen und lagen viele Statuen. Einige von ihnen hielten Schachteln in den ausgestreckten Händen und verneigten sich tief; anderen waren halb umgewandt, die Hände zu den Augen gehoben. Auch wilde Tiere sah Snibril, und keins von ihnen rührte sich…

In der Mitte des Tempels erhoben sich die Reste eines Altars, und von dort kam das Glühen. Wahre Schätze lagen auf der Steinplatte: Salzkristalle und Gagat, Schatullen mit klarem Lack und Rotholz, mit Schnitzereien verzierte Knochenringe, Kronen aus Bronze – alles bildete einen großen Haufen.

Snibril band Roland an einer Säule fest und erschauerte.

Jemand anders hatte sein Roß dort vor ihm angebunden, und es stand noch immer da. Es wirkte wie ein Pony, war jedoch nicht größer als ein Munrung-Hund und verfügte über sechs Beine.

Glurks Bruder hätte es einfach hochheben können, und er betrachtete das seltsame Tier verblüfft. Eine dünne Staubschicht hatte sich darauf gebildet. Roland senkte den Kopf und schnüffelte verwirrt an der reglosen Schnauze.

Snibril wandte sich schließlich ab, trat zu dem Schatz und riß voller Ehrfurcht die Augen auf. Auch Münzen lagen hier, keine Tarnerii, sondern große Holzscheiben mit seltsamen Zeichen. Er sah lange Schwerter und mit Salzsteinen besetzte Truhen, die Schotter enthielten. Er starrte und starrte – und dann sah er aus den Augenwinkeln eine Gestalt.

Es handelte sich um einen Krieger, und er hatte die Hand ausgestreckt…

Deshalb war er gekommen. Doch bevor er einen Teil des Schatzes stehlen konnte, fiel er dem Zänker zum Opfer.

Etwas klimperte, und Snibril sah ein Spiegelbild im glänzenden Schild der Statue. Er zeigte ihm etwas Schuppiges und Unförmiges.

Das Ungeheuer steht im Portal, dachte der Munrung. *Direkt hinter mir ...*

Aber wenn ich mich jetzt umdrehe ...

Er griff nach dem Schild des Kriegers und hielt ihn so, daß er über die eigene Schulter sehen konnte.

Das Klirren wiederholte sich. Am ledrigen Hals trug der Zänker Ketten aus Lack und Rotholz. An jeder Klaue funkelten Ringe. Arm- und Fußreifen schmückten den langen schuppigen Schwanz. Das Klimpern erklang immer dann, wenn er den mit einem großen Schnabel ausgestatteten Kopf bewegte.

Der Zänker blickte in den Tempel und schnupperte. Seine Augen jagten Snibril selbst als Abbild im Spiegel einen gehörigen Schrecken ein. Sie waren groß, blau und trüb. Solche Augen konnten dafür sorgen, daß man sich selbst verlor – oder zu Stein erstarrte.

Roland wieherte und verstummte jäh. Die Statue eines Pferds stand nun neben der eines sechsbeinigen Ponys.

Alles in Snibril drängte danach, sich zu dem Zänker umzudrehen, aber er hielt diesem Verlangen stand und überlegte fieberhaft, während sich ihm das Klirren und Klimpern langsam näherte.

Einige Sekunden später glaubte der Munrung, eine Lösung für sein Problem gefunden zu haben. Er gab dem Drängen nach und drehte sich um, wobei er den Schild vor die Augen hob. Darunter sah er die Beine des Zänkers. Der Abstand zu ihnen schrumpfte immer mehr. Und das Geschöpf *blieb* in Bewegung. Die hornigen Füße mit den langen Krallen kamen immer näher...

Ich hätte mich in Stein verwandeln sollen, dachte Snibril. *Ich habe die Augen gesehen.* Das mit dem Schild war zweifellos eine ausgezeichnete Idee. Leider erschöpfte sich damit sein Vorrat an guten Einfällen.

Langsam wich er zurück. Und dann verharrte der Zänker. Weil er einen anderen Zänker sah: Der Schild präsentierte ihm ein schuppiges grünes Gesicht. Eine Halskette reichte übers rechte Ohr hinweg. Endlich hatte das Wesen die Gesellschaft eines Artgenossen gefunden. Unglücklicherweise konnte es sich nicht lange daran erfreuen, denn Snibril zitterte so sehr, daß er den Schild neigte. Das grüne Gesicht verschwand.

Zunächst herrschte entsetzte Stille, und dann heulte der Zänker kummervoll – ein Geräusch, das laut im Haarwald widerhallte. Ein gewaltiger Fuß stampfte auf, und unmittelbar im Anschluß daran sank das Wesen zu Boden, hockte dort und schluchzte hingebungsvoll. Gelegentlich hob und senkte sich der Schwanz, um auf das hölzerne Pflaster herabzuhämmern. Genau dort schien das Schluchzen zu beginnen: Es hatte seinen Ursprung in der Schwanzspitze, und auf dem Weg zum Schnabel schwoll es immer mehr an.

Es klang nicht nur entsetzlich, sondern auch mitleiderweckend. Nichts und niemand sollten so viele Tränen vergießen dürfen.

Snibril beobachtete, wie sie eine Lache bildeten, die immer mehr wuchs und die Statue eines Haarschweins an der Wand erreichte. Die daraufhin in Bewegung geriet: Ihre Schnauze zuckte. Und noch weiter dehnte sich die Lache aus, wurde zu einem kleinen Teich. Einige andere Statuen erwachten aus ihrer Starre, als sie von dem Naß berührt wurden, doch die ältesten blieben reglos, verharrten unter der dicken Schicht aus Staub und Kletterpflanzen. Zwischen ihren Beinen schwammen kleine Geschöpfe und versuchten tapfer, in die Freiheit zurückzukehren.

Snibril schöpfte die Tränen mit dem Schild und bespritzte Roland damit. Dann kam das kleine Pony an die Reihe – verdutzt sah es zu dem Munrung auf. Er eilte zum Krieger am Schatz und wiederholte dort die Behandlung.

Es erfolgte keine sofortige Reaktion. Mehrere Sekunden verstrichen, bis schließlich ein Lid zuckte. Die ausgestreckte Hand mit der Halskette senkte sich. Einen Augenblick später war der kleine Krieger plötzlich sehr lebendig. Er ließ die Kette fallen, sah Snibril überrascht an und brachte hervor: »Bei Kones Knochen – wo kommst du denn plötzlich her?«

Dann bemerkte er den Zänker in einem ganz persönlichen Meer aus Tränen. Die Hand tastete zum Hals, entdeckte dort die Ranke einer Schlingpflanze.

Er bedachte Snibril mit einem nachdenklichen Blick.

»Seit wann bin ich hier, Fremder?«

»Keine Ahnung. Dies ist das dritte Jahr nach dem Zweiten Zählen während der Herrschaft des Gebieters Targon von Wehr.«

»Bist du ein Dumii?« fragte die erlöste Statue und befreite sich von der Ranke.

»In gewisser Weise.«

»Ich nicht«, verkündete der Krieger stolz. »Wir *zählen* nicht. Aber ich habe von Targon gehört. Während seines siebenundzwanzigsten Herrschaftsjahrs kam ich hierher.«

»Dann hast du etwa ein Jahr an diesem Ort verbracht«, meinte Snibril.

»Ein Jahr«, murmelte der kleine Mann. »Seit einem Jahr bin ich fort. Viel zu lange.« Er verbeugte sich würdevoll. »Ich bitte tausendmal um Entschuldigung, Fremder. Du sollst belohnt werden. Ich, Brocando, Sohn von Broc, des Herrn von Wagnis, verspreche es. Ja, dir gebührt Belohnung.«

»Ich habe dich nicht gerettet, um dafür belohnt zu

werden«, erwiderte Snibril. »Ich wollte nur, daß der Zänker endlich damit aufhört, alles in Statuen zu verwandeln.«

»Was führt dich hierher?« fragte Brocando, und es glitzerte in seinen Augen. »Der Schatz, nicht wahr?«

»Nein. Äh, was hältst du davon, wenn wir diesen Ort verlassen?« Er deutete zum weinenden Zänker hinüber. »Wenn das Wesen dort beschließt, den Blick auf uns zu richten ...«

Brocando zog sein Schwert.

»Ein Jahr meines Lebens!« rief er. »Das wird er büßen!«

Snibril sah zu dem Geschöpf hinüber. Es lag jetzt still.

»Ich glaube, du kannst dem Zänker kaum mehr etwas antun«, sagte er. »Sieht schon jetzt wie ein Häufchen Elend aus. Das heißt: wie ein *großer* Haufen Elend.«

Brocando zögerte. »Vielleicht hast du recht. Eigentlich hat es gar keinen Sinn, sich an einem dummen Tier zu rächen. Und was das hier betrifft ...« Er winkte, und seine Geste galt dem schimmernden Schatz. »Ich habe den Gefallen daran verloren. Sollen die Sachen hier liegenbleiben.« Er schniefte. »Meiner Ansicht nach eignen sich solche Dinge nur für Zänker. Obwohl, diese Halskette ... Nein.«

Snibril hatte einige Gegenstände gesehen, die ihn stumm aufzufordern schienen, sie in seinem Rucksack zu verstauen. Außerdem: Brocando schien vor allem deshalb auf Schätze verzichten zu können, weil ihn zu Hause genug Reichtum erwartete. Trotzdem verzichtete der Munrung darauf, Einwände zu erheben.

Es klimperte leise, als sich der Kopf des Zänkers nach oben neigte. Snibril griff hastig nach dem Schild, doch er glitt ihm aus den Händen und rollte die Treppenstufen hinunter.

Das große Geschöpf streckte eine Pranke danach aus, drehte das Objekt... Und sah erneut sein Spiegelbild.

Zu Snibrils großer Überraschung begann der Zänker damit, leise zu gurren und zu schnurren. Einmal mehr sank er zu Boden, hielt den Schild dabei in den Vorderläufen und wiegte ihn hin und her. Und dann, mit einem letzten Klirren, starb das Wesen friedlich in einem Tempel, der vor einer Ewigkeit zu seinen Ehren erbaut worden war.

Später behaupteten Bänkelsänger und Geschichtenerzähler, den Zänker habe der Tod ereilt, als er sein Spiegelbild im Schild sah. Nun, man sollte Liedern immer mit einer gehörigen Portion Skepsis begegnen. Oft kommt es bei den entsprechenden Texten nur darauf an, daß sie gut klingen. Die Balladen behaupteten, der Zänker sei durch seinen reflektierten Blick zu einer Statue erstarrt. Aber der Tod eines solchen Wesens war weitaus komplizierter. Das ist bei den meisten Dingen der Fall.

Snibril und Brocando zerrten das Geschöpf über die Stufen und begruben es unter dem Altarstein. Der Munrung erinnerte sich an Chrystobella und die anderen Tiere im Lager, nahm eine Schatulle aus dem Schatz und füllte sie mit den Tränen des Zänkers. Er wollte auch die übrigen Statuen ins Leben zurückrufen, doch der Krieger riet davon ab.

»Jene Leute haben die Zänker verehrt, heißt es«, sagte er. »Sie gehörten zu einem grausamen Volk. Sollen sie in ihrem derzeitigen Zustand bleiben. Um der Gerechtigkeit willen.«

Als sie fortritten, sagte Snibril: »Gegen eine *kleine* Belohnung hätte ich nichts einzuwenden. Wenn es dir recht ist.«

»Natürlich!«

»Mein Stamm braucht einen Ort, wo er für eine

Weile bleiben kann. Um die Wagen zu reparieren und so weiter. Einen Ort, wo man nicht dauernd über die Schulter sehen und nach Gefahren Ausschau halten muß.«

»Kein Problem. Meine Stadt steht dir zur Verfügung. Dort wird man euch herzlich willkommen heißen.«

»Sind bei euch alle so klein wie du?« fragte Snibril, ohne vorher nachzudenken.

»Wir Deftmenen *haben genau die richtige Statur*«, erwiderte Brocando. »Es ist nicht unsere Schuld, wenn alle anderen Leute viel zu groß geraten sind.«

Nach einer Weile, als sie sich dem Lager der Munrungs näherten, meinte Snibril: »Weißt du, ich glaube gar nicht, daß du ein Jahr verloren hast. Wahrscheinlich verstrich gar keine Zeit für dich, während du eine Statue gewesen bist. Woraus folgt: In gewisser Weise hast du ein Jahr gewonnen. Alle anderen sind älter geworden.«

Brocando dachte darüber nach. »Bin ich trotzdem verpflichtet, dich zu belohnen?«

»Ich glaube schon«, entgegnete Snibril.

»Na gut.«

Kapitel 7

Sie trafen gerade rechtzeitig genug im Lager ein, um dem Einsatz einer Suchgruppe vorzubeugen. Brocando stand sofort im Mittelpunkt des allgemeinen Interesses, was ihm offenbar sehr gefiel. Außerdem schien er daran gewöhnt zu sein. Snibril war mehr oder weniger vergessen. Mehr oder weniger …

»Wo bist du gewesen?« fragte Pismire mit einer Mischung aus Erleichterung und Ärger. »Einfach so fortzugehen! Weißt du denn nicht, daß sich da draußen Moule herumtreiben?«

»Tut mir leid«, erwiderte Snibril. »Die Ereignisse, äh, überstürzten sich.«

»Nun, jetzt spielt's ohnehin keine Rolle mehr«, brummte der Schamane. »Was passiert da drüben? Haben die Tölpel überhaupt keine Ahnung, wie man einen König begrüßt?«

»Ich glaube nicht«, sagte Snibril. »Er ist recht tapfer und leicht erregbar. Außerdem hört er einem kaum zu.«

»Klingt ganz nach einem König«, meinte Pismire.

Brocando befand sich im Zentrum einer Menge aus schwatzenden, starrenden Munrungs. Er lächelte gutmütig.

»Tja, da stand ich nun«, erzählte er. »Nur einen Schritt vom Schatz entfernt. Und plötzlich klimperte etwas! Das Ungeheuer näherte sich mir von hinten, und ich …«

Mit den Ellbogen bahnte sich Pismire einen Weg durch das Gedränge, nahm den Hut ab und verbeugte sich so tief, daß sein Bart den Boden berührte. In dieser Haltung verharrte er und bot dem überraschten Brocando sein weißes Haupt dar.

»Ich grüße dich, o König«, sagte der Schamane. »Es ehrt uns sehr, daß der Sohn einer so vornehmen Familie unseren Stamm für würdig ... äh, für würdig hält. Wir sind bereit, alles mit dir zu teilen, kühner Herr. Ich bin Pismire, ein bescheidener Philosoph. Das ist ...«

Er schnippte fast verzweifelt mit den Fingern und sah zu Glurk hinüber. Mit offenem Mund beobachtete das Stammesoberhaupt einen Pismire, der noch immer verneigt vor dem Zwergenkrieger stand.

»Na los, worauf wartest du noch? Das Protokoll ist sehr wichtig. Verbeug dich vor dem König!«

»Was ist ein König?« fragte Glurk und blickte sich verwirrt um.

»Zeig Respekt!« riet ihm der Schamane.

»Wieso? Mein Bruder hat *ihn* gerettet, oder?«

Snibril sah Bane, der weiter hinten stand, mit verschränkten Armen und grimmiger Miene an. Er verband keine sehr angenehmen Erinnerungen mit der Schule in Tregon Marus, aber er hatte dort einige Dinge gelernt und wußte: Die Dumii verabscheuten Könige. Sie zogen Gebieter vor, weil man sie leichter loswerden konnte.

Auf dem Rückweg vom Tempel hatte er Brocando gefragt, was der Hinweis bedeutete, sein Volke *zähle* nicht. Die Antwort ließ keinen Platz für Zweifel: Der Krieger und die anderen seiner Art hielten nichts von den Dumii.

Brocando nahm in dieser Hinsicht kein Blatt vor den Mund. »Ich hasse sie. Habe gegen sie gekämpft, weil sie überall gerade Straßen anlegen, Dinge numerieren und Karten von Orten zeichnen, die nicht auf Karten erfaßt werden sollten. Sie verwandeln alles in etwas, das *gezählt* werden kann. Sie würden die Haare des Teppichs in säuberlichen Reihen wachsen lassen, wenn sie dazu in der Lage wären. Schlimmer noch: Sie gehorchen Befehlen. Sie gehorchen lieber Befehlen als nachzudenken. Auf diese Weise *funktioniert* ihr Reich. O ja, die Dumii sind fair, beim Kampf und bei allem anderen. Aber sie wissen nicht, wie man lacht, und wenn's nach ihnen ginge ... Dann stünde alles in Reih und Glied. Dann gäbe es überhaupt keinen Spaß mehr im Leben.«

Und jetzt sollte der Krieger einem Dumii vorgestellt werden.

Brocando überraschte Snibril. Er trat auf Glurk zu und schüttelte ihm freundlich die Hand. Als er sprach, klang seine Stimme ganz anders als im Tempel. Es war jene Art von Stimme, die einem dauernd auf den Rücken klopft.

»Du bist also das Oberhaupt dieses Stammes, wie?« fragte er. »Bemerkenswert! Dein Bruder hat mir viel von dir erzählt. Dein Job muß ziemlich schwer sein. Und ich vermute, man braucht dazu jede Menge Geschick, nicht wahr?«

»Nun, äh ...«, erwiderte Glurk verblüfft. »Kommt drauf an ...«

»Tja, an Führungsgeschick mangelt es dir bestimmt nicht. Da bin ich *ganz* sicher. Faszinierend! Und dann die ungeheure Last der Verantwortung, die auf deinen Schultern ruht. Hast du eine besondere Ausbildung hinter dir?«

»Äh, nein«, gestand Glurk. »Vater starb. Daraufhin gab mir jemand seinen Speer und sagte: ›Jetzt bist du der Anführer.‹«

»Im Ernst? Diese Sache sollten wir später ausführlich erörtern.« Brocando drehte sich halb um. »Und das ist Pismire, nicht wahr? Oh, richte dich ruhig wieder auf. Philosophen brauchen sich nicht zu verbeugen. Ausgezeichnet. Und wen haben wir hier? General Baneus Catrix, nehme ich an.«

General! dachte Snibril.

Bane nickte.

»Wie viele Jahre sind verstrichen, Euer Majestät?« fragte er.

»Fünf, glaube ich«, antwortete der König. »Das heißt, sechs.«

»Ihr kennt euch?« erkundigte sich Snibril.

»Ja«, bestätigte Brocando. »Die Dumii schickten immer wieder Heere zu uns und bestanden höflich darauf, daß wir uns als freiwillige Untertanen des Gebieters dem Reich hinzugesellten. Wir wiesen mehrmals auf unseren Wunsch hin, unabhängig zu bleiben. Es widerstrebte uns, *gezählt* zu werden ...«

»Wenn ich mich recht entsinne, bezogen sich eure Einwände in erster Linie auf die Steuern«, sagte Bane ruhig.

»Wir fragten uns, warum wir bezahlen sollen, ohne etwas dafür zu bekommen.«

»Die Gegenleistung besteht darin, daß euch das Reich verteidigt.«

»Bisher haben wir es auch ohne Hilfe verstanden, uns auf eine recht wirkungsvolle Weise zu verteidigen«, betonte Brocando. »Und zwar gegen *alle* Feinde.« Er lächelte. »Schließlich schickte man den General zu uns, um den Vorschlag noch einmal zu wiederholen, diesmal mit etwas mehr Nachdruck«, fuhr er fort. »Er meinte, es bleibe kaum jemand von uns zum *Zählen* übrig, wenn wir uns nicht dem Reich anschlössen.«

»Und du hast geantwortet, es bleibe kaum jemand übrig, der eine *Zählung* vornehmen könne.«

Snibrils Blick glitt zwischen den beiden Männern hin und her. Er merkte plötzlich, daß er die Luft anhielt, und ließ den Atem langsam entweichen. »Und was geschah dann?« kam es von seinen Lippen.

Bane zuckte mit den Schultern. »Ich entschied mich gegen einen Angriff«, sagte er. »Weil ich nicht einsah, warum gute Leute sterben sollten. Ich kehrte nach Wehr zurück und teilte dem Gebieter mit, Brocandos Volk gebe bessere Verbündete als Untertanen ab. Außerdem: Nur ein Narr wäre bereit, *jene* Stadt anzugreifen.«

»Ich habe mich immer gefragt, wie die Antwort des Gebieters lautete«, brummte Brocando.

Bane blickte an seiner zerschlissenen Kleidung herab. »Er schrie ziemlich lange.«

Eine nachdenkliche Pause folgte.

»Es fand ein Angriff statt«, sagte Brocando schließlich. »Nach deiner, äh, Versetzung.«

»Und haben die Angreifer den Sieg errungen?«

»Nein.«

»Na bitte«, kommentierte Bane. »Narren.«

»Tut mir leid«, murmelte Brocando.

»Schon gut. Es war nur eine von vielen Meinungsverschiedenheiten zwischen mir und dem Gebieter.«

Snibril ergriff beide an den Schultern. »He, vielleicht seit ihr Erzfeinde, aber das bedeutet nicht, daß ihr keine Freunde sein könnt, oder?«

Während der Abendmahlzeit sagte Glurk zu seiner Frau: »Er ist sehr liebenswürdig. Zeigte großes Interesse an mir. Ich habe einen *König* kennengelernt. Er ist sehr wichtig. Ich glaube, man nennt ihn Protokoll.«

»Ein guter Name. Klingt vornehm.«

»Und Pismire hat sich als Philosoph bezeichnet.«

»Dieses Wort höre ich jetzt zum erstenmal. Was ist ein Philosoph?«

»Er hat's mir erklärt«, verkündete Glurk. »Jemand, der denkt.«

»Nun, *du* denkst. Ich habe oft gesehen, wie du dagesessen und gedacht hast.«

»Ich denke nicht immer«, erwiderte Glurk bescheiden. »Manchmal sitze ich einfach nur da.« Er seufzte. »Wie dem auch sei: Es geht nicht nur ums Denken. Nachher muß man auch fähig sein, auf unterhaltsame Art davon zu erzählen.«

Kapitel 8

Der Stamm wandte sich nach Westen. Allgemeine Fröhlichkeit herrschte während der Reise nach Wagnis, und Brocando ritt neben dem Orkson-Wagen an der Spitze. Für die gute Stimmung gab es einen Grund: Immerhin begaben sie sich nun zu einem Ort, den nur ein Narr angriffe.

Die meisten Munrungs begegneten dem kleinen König mit Ehrfurcht, doch Glurk wurde schnell zu einem unkritischen Royalisten. Brocando spürte den Respekt des Zuhörers und benutzte ihm gegenüber jenen Tonfall, den Adlige für gewöhnliche Leute reserviert haben: Nach dem Gespräch ist der Bürgerliche bester Laune, obwohl er sich kaum daran erinnern kann, was man ihm gesagt hat.

Snibril blieb die meiste Zeit über auf der anderen Seite des Wagens, hörte mit dem einen Ohr Brocando zu und horchte mit dem anderen auf irgendwelche Anzeichen des Schrecklichen Scheuerers. »Im Nordflügel des Palastes ließ mein Vorgänger Broc dem Gründer Kone einen Tempel erbauen. Die Schlauen brauchten sieben Jahre, um die Säulen aus Lack und Holz herzustellen und das große Mosaik des Teppichs zu legen. Wir bezahlen noch immer dafür. Salz und Gagat zieren die Wände; der Altar besteht aus Rotholz und Bronze. Eigentlich bildet er den Mittelpunkt des gegenwärtigen Palastes, der von meinem Urgroßvater errichtet wurde, dem Siebten Broc, der zum Anlaß seiner Krönung das Hölzerne Portal hinzufügte. Oh, und dann die Schatzkammern. Ich glaube, es sind mindestens neun. Und nur der regierende König darf sie betreten. Die Krone stammt vom Holzschnitzer Tarma. Hat sieben Zacken, und sie alle sind mit Salzkristallen geschmückt.«

»Wir hatten einen Läufer in unserer Hütte«, sagte Glurk.

Auf diese Weise ging es weiter. Glurk folgte dem Defmenen interessiert durch die Schatzkammern und das Arsenal, durch die Bankettsäle und Gästezimmer. Unterdessen näherte sich die Kolonne einem Sicherheit verheißenden Ort namens Wagnis.

Allmählich veränderte sich wieder die Farbe des Teppichs: Aus dem Rot wurde erst Purpur und dann dunkles Blau. Die Munrungs lagerten im Schatten blauer Haare, jagten kleine, mit Panzern ausgestattete Geschöpfe, die in Staublöchern hausten. Viele von ihnen überlegten sich: Wenn Wagnis wirklich so paradiesisch war, wie Brocandos Schilderungen vermuten ließen, so sollten sie besser mit dem Essen und Trinken aufhören, damit sie genug Platz im Bauch hatten, wenn die Feste begannen.

Der Pfad verwandelte sich allmählich in eine Straße. Es handelte sich um keine der großen weißen Straßen, wie die Dumii sie konstruierten, sondern um einen Weg, der aus hölzernen Planken auf einer Unterlage aus festem Staub bestand. Rechts und links wuchsen nun dünnere Haare, und Snibril bemerkte viele Stummel. Damit nicht genug. Munrungs säten nicht. Sie verschmähten kein Gemüse, wenn sie sich welches besorgen konnten, und sie wußten, was wo wuchs und welche Haare genießbare Samen hervorbrachten. Aber selbst wenn sich der Stamm für längere Zeit an einem Ort niederließ: Was in der Nähe wuchs, blieb dem Zufall überlassen. Die einzige Ausnahme bildete Pismires Kräutergarten. Die Gründe dafür hielt ein Munrung für offensichtlich. Wenn man etwas pflanzte, mußte man innehalten und beobachten, wie es wuchs. Dann wurde es notwendig, nicht nur Tiere abzuwehren, sondern auch hungrige Nachbarn, die zufällig vorbeikamen. Mit andere Worten: Dann blieb einem nichts anderes übrig, als Zeit zu vertrödeln, wie Glurk es nannte. Für Munrungs stellte Gemüse etwas dar, mit dem man Fleisch ein zusätzliche Aroma gab.

Doch im blauen Land von Jabonya, im Bereich der kleinen Stadt Wagnis, hatten die Deftmenen den Teppich zu einem Garten gestaltet. Hier gab es Haare, die selbst Pismire zum erstenmal sah: Ihre Stämme waren nicht so dick wie die in den anderen Regionen, sondern wesentlich schmaler, und viele Früchte hingen an den Zweigen. Zwischen ihnen hatte man den Staub zu Beeten angehäuft, und dort gediehen verschiedene Gemüsesorten. Man zeigte den Reisenden Knollen, die nach Pfeffer und Ingwer schmeckten, auch sogenannte Meisterpilze, die getrocknet und ein ganzes Jahr lang gelagert werden konnten, ohne ihren herzhaften Geschmack zu verlieren. Der Weg führte über die Gärten hinweg, und an seinem Rand bildeten kleinere Haare Büsche und Hecken. Dies war ein Land, in dem Ordnung herrschte.

»Mir ist nie aufgefallen, daß es hier so aussieht«, meinte Bane.

Brocando brummte leise. »Eins steht fest: Ohne lagernde Dumii-Heere sieht es hier wesentlich besser aus.«

»Die Männer unter meinem Kommando bekamen immer die Anweisung, Rücksicht auf das Land zu nehmen.«

»Andere Soldaten zeigten weniger Respekt.«

»Wo sind die Bewohner?« fragte Glurk. »Zugegeben, eine gut gebackene Wurzel schmeckt nicht schlecht, aber solche Sachen wachsen wohl kaum, indem man einfach nur pfeift. Als Bauer muß man dauernd im Boden herumstochern und so weiter.«

Von irgendwelchen Bewohnern war weit und breit nichts zu sehen. Das Obst hing schwer in den Büschen zu beiden Seiten der Straße, aber niemand pflückte es – sah man einmal von den Munrung-Kindern ab. Aber sonst befand sich niemand in der Nähe.

Snibril griff nach seinem Speer. Er kannte verschiedene Arten der Stille, und aus einem Reflex heraus schlüpfte er in die Rolle des Jägers,

Es gab eine Stille, die von etwas verursacht wurde, das um sein Leben fürchtete. Eine andere Stille ging auf kleine Geschöpfe zurück, die sich nicht bewegten. Eine dritte Stille verdankte ihre Existenz großen Geschöpfen, die auf eine Gelegenheit warteten, kleine Geschöpfe zu packen. Manchmal blieb es einfach deshalb still, weil niemand zugegen war. Ja, und dann gab es da noch eine Stille, eine sehr scharfe und heiße Stille, hervorgerufen von etwas, das *beobachtete.*

Bane zog sein Schwert, und Snibril dachte: *Auch Soldaten kennen sich mit den verschiedenen Arten der Stille aus.*

Sie wechselten einen Blick.

»Sollen wir die Wagen hier zurücklassen?« fragte Glurks Bruder.

»Wir sind sicherer, wenn wir zusammenbleiben. Man teile niemals die eigene Kraft – die erste Regel der Taktik.«

Die Karren rollten langsam weiter, und alle spähten zu den Haaren.

»Die Büsche weiter vorn und rechts«, sagte Bane, ohne den Kopf zu drehen.

»Ja, ich glaube auch«, erwiderte Snibril.

»Dort verbergen sich irgendwelche Leute und behalten uns im Auge.«

»Ich vermute, es ist nur eine Person«, ließ sich Snibril vernehmen.

»Soll ich sie von hier aus mit dem Speer erledigen?« fragte das Stammesoberhaupt.

Bane schüttelte den Kopf. »Nein. Wer auch immer sich dort versteckt: Er soll uns einige Fragen beantworten. Wir schleichen uns von beiden Seiten an den Burschen heran und überraschen ihn.«

Snibril schlich links an den Haaren vorbei, und Bane näherte sich von der anderen Seite. Für einen Mann seiner Größe konnte sich Glurk erstaunlich leise bewegen: Wie durch Magie erschien er vor dem Busch, mit wurfbereit erhobenem Speer.

»Fertig?«

»Fertig.«

»Ja.«

Bane griff nach einer Staubflade und zog.

Ein kleiner Junge blickte zu drei grimmig dreinblickenden und kampfbereiten Männern auf.

»Ähm«, sagte er.

Und zehn Minuten später …

Einige Deftmenen arbeiteten bei den Staubbeeten zwischen den Haaren. Sie wirkten weder besonders glücklich noch gut genährt. Wächter standen in der Nähe, und schon von weitem sah Snibril ihre langen Schnauzen.

Weiter vorn erhob sich Wagnis.

Die kleine Stadt war auf einem großen Stück Schotter errichtet worden. Ein Weg führte mehrmals um den Schotterbrocken herum und bildete eine lange Spirale, die schließlich an dem Ort endete. Unten gab es ein Tor, das jedoch kaum einen praktischen Zweck erfüllte: Niemand konnte dem Verlauf der Straße folgen, wenn es dem Willen der Leute weiter oben widersprach.

Etwas bewegte sich im Staub neben Snibril, und Glurk kroch zu ihm.

»Der Junge hatte recht«, sagte er. »Überall wimmelt's von Moulen und Snargs. Es sind so viele, daß man sie gar nicht zählen kann.«

»Haben sie die Stadt unter ihre Herrschaft gebracht?« fragte Snibril.

Glurk nickte. »Das kommt davon, wenn der König dauernd unterwegs ist, um nach irgendwelchen Schätzen zu suchen«, meinte er mißbilligend. »Er sollte zu Hause bleiben und sich um seine Pflichten kümmern.«

»Komm«, sagte Snibril, »kehren wir zum Lager zurück!«

Die Wagen standen weiter hinten im Gebüsch, und einige Munrungs hielten Wache.

Pismire, Bane und Brocando saßen im Halbkreis und beobachteten, wie der Junge einen Napf Suppe nach dem anderen leerte – sein Magen schien unbegrenzt viel Nahrung aufnehmen zu können. Während er aß, beantwortete er ehrfurchtsvoll Brocandos Fragen.

»Mein eigener Bruder!« knurrte der kleine Krieger, als Snibril und Glurk eintrafen. »Wenn man nicht mal den Angehörigen der eigenen Familie trauen kann – wem dann? Kaum bin ich einige Tage fort ...«

»Ein Jahr«, warf Bane ein.

»... und schon ernennt er sich zum König! Antiroc hat mir nie gefallen. Drückte sich dauernd herum und murmelte leise vor sich hin. Außerdem hielt er nichts vom Sport.«

»Aber wie gelangten Moule in die Stadt?« erkundigte sich Snibril.

»Er ließ sie herein. Sag's ihm, Strephon!«

Der Junge war etwa sieben und wirkte völlig eingeschüchtert.

»Ich ... ich ... sie waren ... alle haben gekämpft ...«, brachte er hervor.

»Na los, na los! Heraus damit!«

»Vielleicht solltest du dir ein wenig die Beine vertreten«, schlug Bane vor. »Dann fällt es dem Knaben möglicherweise leichter, mit uns zu reden.«

»Ich bin sein *König!*«

»Genau das meine ich. Wenn sie direkt vor einem stehen, führen Könige manchmal zu einer Sprachstörung. Was hältst du davon, die Wache zu inspizieren oder so...?«

Brocando grummelte, stapfte mit Glurk und Snibril davon.

»Ha, Brüder!« klagte er. »Bereiten einem nur Probleme, nicht wahr? Man kann ihnen nicht trauen. Drücken sich dauernd herum und planen Verschwörungen und wollen einem den Thron stehlen.«

Glurk fühlte sich verpflichtet, Solidarität mit dem inoffiziellen Verband älterer Brüder zu zeigen.

»Snibril hat nie sein Zimmer aufgeräumt«, sagte er vorwurfsvoll.

Als sie zurückkehrten, trug Strephon Banes Helm und schien nicht mehr annähernd so verunsichert zu sein wie vorher. Der General gab ihm einen angeblich sehr gefährlichen Auftrag, und der Junge eilte begeistert fort.

»Wenn ihr's in der Erwachsenensprache hören wollt...«, begann Bane. »Dein Bruder nahm die Krone, als du verschwunden bliebst. Er war nicht sehr beliebt. Auseinandersetzungen fanden statt, und als eines Tages Moule kamen... Er lud sie in die Stadt ein.«

»Der Kerl muß den Verstand verloren haben!« entfuhr es Brocando.

»Er glaubte, sie als Söldner in seine Dienste nehmen zu können – sie sollten für ihn kämpfen. Nun, sie kämpften *tatsächlich*. Es *heißt*, dein Bruder sei noch immer König, aber seit einer ganzen Weile hat ihn niemand mehr gesehen. Die Moule kümmern sich ums Regieren. Viele Leute ergriffen die Flucht, und die anderen sind Sklaven, mehr oder weniger. Bauen Schotter ab oder müssen auf den Feldern arbeiten und so.«

»Die Moule erwecken nicht den Eindruck, als seien sie an Gemüse interessiert«, sagte Snibril.

»Sie essen Fleisch.«

Pismire saß mit dem Rücken an einem Wagenrad und hatte sich in eine Decke gehüllt – das ständige Reisen vertrug er nicht besonders gut. Die anderen hatten ihn fast vergessen.

Sein Hinweis stimmte die übrigen Männer sehr nachdenklich. Es lag nicht nur allein an den Worten – alle aßen Fleisch. Aber der Schamane verlieh ihnen einen besonderen Klang, der vermuten ließ, daß es sich in diesem Fall nicht um gewöhnliches Fleisch handelte ...

Brocando erbleichte.

»Soll das heißen ...?«

»Die Moule essen Tiere«, sagte Pismire, und in seinem Gesicht zeigte sich ein Kummer, den Snibril dort noch nie zuvor gesehen hatte. »Unglücklicherweise halten sie alle Nicht-Moule für Tiere. Äh. Ich weiß nicht, wie ich es ausdrücken soll ... Wißt ihr, was das Wort ›Moul‹ in der Moul-Sprache bedeutet? Hmm? Man kann es mit ›wahre Menschen‹ übersetzen.«

Das sorgte für weitere Betroffenheit.

»Wir greifen heute abend an«, knurrte Brocando entschlossen. »Ich lasse nicht zu, daß jemand meine Untertanen verspeist.«

»Äh«, sagte Glurk.

»Ja«, bestätigte Bane. »Genau. Nicht einmal fünftausend Soldaten könnten Wagnis erobern.«

»Stimmt«, brummte Brocando. »Wir ...«

»Äh«, wiederholte Glurk.

»Ja?« fragte der Zwerg.

Ein Schatten der Sorge senkte sich auf die Miene des Stammesoberhaupts herab. »Ich habe eben ein-

oder zweimal das Wörtchen ›wir‹ gehört, und ich glaube, in diesem Zusammenhang sollten wir etwas klären. Ich möchte niemandem zu nahe treten, aber ... Als Belohnung für deine Rettung erlaubst du uns nun, eine Stadt anzugreifen, die nicht einmal von einem großen Heer aus Dumii-Soldaten erobert werden konnte? *Außerdem* soll mein Stamm gegen eine Moul-Horde kämpfen? Wir Munrungs haben jetzt kein Heim mehr, und du erwartest von uns, daß wir deine Stadt für dich retten? Habe ich das alles richtig verstanden?«

»Guter Mann,« erwiderte Brocando, »ich wußte, daß ich mich auf dich verlassen kann. Ich brauche ein halbes Dutzend unerschrockene Männer.«

»Ich kann dir einen Verblüfften anbieten«, sagte Glurk.

»Wir müssen ihm helfen«, warf Snibril ein. »Der Stamm ist müde und hat es satt, dauernd wegzulaufen. Darüber hinaus: Was geschieht, wenn wir jetzt nichts unternehmen? Früher oder später müssen wir gegen die Moule kämpfen. Warum nicht hier und jetzt?«

»Wir sind dem Feind zahlenmäßig weit unterlegen«, wandte Bane ein. »Und ihr seid keine Soldaten.«

»Nein«, entgegnete Glurk, »wir sind Jäger.«

»Bravo!« rief Brocando.

Glurk gab Snibril einen Stoß mit dem Ellbogen. »Haben wir uns gerade freiwillig bereit erklärt, praktisch in den sicheren Tod zu gehen?«

»Ich glaube schon.«

»Das Königsein ist erstaunlich«, meinte Glurk. »Wenn wir diese Sache überleben, probiere ich's vielleicht aus.«

Die Nacht begann. Ein blauer Dachs brach früh zur Jagd auf, sah sich plötzlich einer langen Reihe von

Kriegern und Jägern gegenüber. Hastig watschelte er davon.

Die Deftmenen flüsterten miteinander. Einige von ihnen wollten singen, während sie in die Schlacht zogen – so verlangte es die Tradition. Brocando wies immer wieder darauf hin, daß sie diesmal *heimlich* in den Kampf zogen, doch einige unerschütterliche Traditionalisten bestanden auf ihrem Recht, Friedenslieder zu singen. Sie meinten, auf diese Weise gelänge es bestimmt, den Feind zu verwirren. Schließlich setzte sich Brocando durch, indem er seinen Status als König nutzte und damit drohte, jeden umzubringen, der sich ihm nicht fügte. Glurk war sehr beeindruckt.

Als Snibril glaubte, bereits seit einer Ewigkeit im dunklen Teppich unterwegs zu sein, erreichten sie wieder die Straße. Weiter vorn, im flackernden Schein von Fackeln, erhoben sich die Mauern der Stadt Wagnis.

Kapitel 9

Die Schlauen hatten Wagnis erbaut. Sie holten Rotholz und glänzenden Lack von *Einstuhlbein,* um die Straßen zu pflastern. Vom Kaminland aus führten sie große Karawanen an, die erlesenen Gagat transportierten, bestimmt für Kuppeln und Gesimse, außerdem Zinder und Asche für Ziegel und Mörtel. Im fernen Hochtorland der Vortgorner tauschten sie Lackwaren gegen gehämmerte Bronze für Türen und Säulen. Schwitzende Pferde zogen große Salz- und Zuckerkristalle durch den Haarwald, bestimmt für Wände und Dächer. Des weiteren brachten die Schlauen unterschiedlich gefärbte Haare aus allen Teilen des Teppichs herbei. Aus einigen davon entstanden Bretter und Dachsparren, doch andere pflanzte man in der Nähe des Ortes.

Überall gab es Gärten. Im verblassenden Licht des Abends wirkte alles friedlich, doch zweimal mußten sich die Munrungs und ihre Begleiter verbergen, als Patrouillen aus Moul-Reitern vorbeikamen.

»Sie beherrschen *meine* Stadt«, ächzte Brocando.

»Ich hoffe, du hast einen Plan«, sagte Bane.

»Es gibt einen anderen Weg hinein«, erwiderte der Zwergenkönig.

»Das wußte ich nicht.«

»Tatsächlich nicht?« Brocando gab sich erstaunt. »Na so was! Erst gaben wir uns soviel Mühe, einen geheimen Zugang zu konstruieren, und dann vergaßen wir, den Gebieter davon zu unterrichten. Erinnere mich daran, ihm eine Nachricht zu schicken.

Jetzt nach rechts zu dem kleinen verborgenen Weg da drüben«

»Welchen Weg meinst du?«

Brocando lächelte. »Gut, nicht wahr?«

Es sah nach einem Wildpfad aus, und er führte in Schlangenlinien an den Haaren vorbei. In diesem Bereich wuchsen noch dichtere Staubbüsche.

»Gepflanzt«, erklärte Brocando.

Als es fast ganz dunkel geworden war, erreichten sie eine kleine Lichtung mit einer weiteren Tempelruine.

»Hier bleiben die Tempel nicht lange von Bestand, oder?« fragte Snibril und sah sich um. Hier und dort standen Statuen, von Staub bedeckt.

»Dieses besondere Exemplar wurde bereits als Ruine gebaut«, sagte Brocando. »Von den Schlauen. Für einen meiner Vorfahren. Der dort drüben, mit dem Vogelnest auf dem Kopf und den hoch erhobenen Armen…« Er zögerte und sah den General an. »Du bist ein Dumii, und ich habe dich zum geheimen Ort geführt. Ich sollte dir eine Augenbinde anlegen lassen.«

»Nein«, entgegnete Bane. »Wenn du willst, daß ich für dich kämpfe, mußt du auf eine Augenbinde verzichten.«

»Aber eines Tages kommst du vielleicht mit einem Heer zurück.«

»Ich bedaure sehr, daß du so denkst«, sagte Bane steif.

»*Ich* bedaure es *nicht*«, brummte Brocando. »Als König *muß* ich so denken.«

»Ha!«

»Das ist doch Unsinn«, warf Snibril ein. »Warum Zeit mit einer Augenbinde verlieren?«

»Eine reine Vorsichtsmaßnahme«, verteidigte sich der Zwerg.

»Früher oder später müssen wir lernen, einander zu vertrauen«, sagte Snibril. »Euch bleibt gar nichts anderes übrig. Ihr seid doch Ehrenmänner, oder?«

»So einfach ist das nicht«, klagte Brocando.

»Dann macht es einfach!«

Er begriff plötzlich, daß er geschrien hatte. Selbst Glurk war verdutzt.

»Jetzt ist nicht der geeignete Zeitpunkt für einen Streit«, fügte Snibril etwas ruhiger hinzu.

Brocando nickte. »Ja. Na schön. Vielleicht hast du recht. Ich bin sicher, er ist ein ehrenwerter Mann. Zieht an Brocs Arm!«

»Wie bitte?« fragte Bane.

»Hinter dir. Die Statue. Zieh sie am Arm!«

Der General zuckte mit den Schultern und streckte die Hand nach dem Arm aus.

»Zum erstenmal greift ein Dumii nach der Hand eines Deftmenen«, sagte er. »Wohin das wohl führen mag ...«

Etwas knirschte unter ihren Füßen. Eine Platte des Tempelbodens geriet in Bewegung und schob sich beiseite. Darunter kamen Stufen zum Vorschein.

»Auf diese Weise gelangen wir zum Palast.« Brocando lächelte jetzt wieder.

Sie starrten in die Dunkelheit hinab.

»Sollen wir etwa in die ... *Unterlage?*« brachte Glurk schließlich hervor.

»Ja!«

»Aber ... aber ... Dort unten lauern grauenhafte Ungeheuer.«

Brocando winkte ab. »Das sind nur Geschichten, mit denen man Kinder erschreckt. Da unten gibt es nichts Angsterregendes.«

Er trat über die Stufen. Bane machte Anstalten, ihm zu folgen, blieb noch einmal stehen und sah zu den Munrungs zurück.

»Was ist los?« fragte er.

»Nun…«, begann Snibril. *Was soll ich sagen? Geschöpfe aus uralten Sagen und Legenden leben dort unten: Thunorgs, die gräßlichen Graber, Schattenwesen ohne Namen. Geschöpfe, die an den Wurzeln des Teppichs nagen. Die Seelen der Toten. Alles Schlimme. Ungeheuer, vor denen man sich fürchtet, wenn man … klein ist.*

Er sah zu den anderen Munrungs hinüber, die nun zusammenrückten.

In einer solchen Situation müssen wir alle *das Alte vergessen,* dachte er.

»Keine Sorge«, sagte Snibril und versuchte, wie ein zuversichtlicher Anführer zu klingen. »Kommt! Wer als letzter …«

»Wer interessiert sich für den letzten?« erklang eine Stimme ziemlich weit hinten. »*Wir* möchten sehen, was mit dem *ersten* passiert.«

Am Ende der Treppe stolperte Snibril und fiel in weichen Staub. Brocando entzündete eine Fackel, die aus einem Gestell an der Höhlenwand stammte. Die anderen Munrungs folgten langsam. Schließlich betätigte der Zwergenkönig einen Hebel, und oben knirschte es, als sich der Zugang wieder schloß. Dunkelheit kroch in eine Höhle, in der es plötzlich sehr eng geworden war. Nur rötlicher Fackelschein verhinderte völlige Finsternis.

»Sind alle da?« fragte Brocando. Er wartete keine Antwort ab, schob sich durch einen Spalt und verschwand.

Es ist sicher sehr unangenehm festzustellen, daß die schlimmsten Alpträume plötzlich Wirklichkeit werden, überlegte Snibril. *Aber wenn* nichts *geschieht … Das kann sogar noch unangenehmer sein.*

Das Licht der Fackel glitt über braune Wände, aus denen kleine glitzernde Haare wuchsen. Gelegentlich kamen sie an den Zugängen anderer Tunnel vorbei, aber nirgends lauerten irgendwelche Ungeheuer mit langen Reißzähnen.

Der Weg führte nach unten, und plötzlich trübte sich der Fackelschein. Snibril zuckte unwillkürlich zusammen – und dann begriff er, daß sie nun eine gewaltige Höhle unter dem Teppich erreicht hatten. Die Wände waren so weit entfernt, daß sie das Licht nicht mehr reflektierten. Es blieb nicht bei diesem einen großen Gewölbe. Sie wanderten durch einige weitere, und manchmal führte der schmaler werdende Pfad an großen Haarsäulen hinauf, wurde dabei so steil, daß Unachtsame Gefahr liefen, aus dem Gleichgewicht zu geraten und zu fallen. Ab und zu spiegelte sich das Licht irgendwo an einer fernen Wand wider. An einer Stelle schrumpfte der Pfad so sehr zusammen, daß man die Füße nicht mehr nebeneinander setzen konnte, und kalte Luft wehte aus einem tiefen Abgrund herauf. Genau dort rutschte Snibril aus. Bane ging direkt hinter ihm und war geistesgegenwärtig genug, um die Hand auszustrecken: Er packte den Munrung an den Haaren, als er in die Tiefe zu stürzen drohte. Doch dadurch verlor er die Fackel. Sie fiel in die bodenlose Kluft, wurde dabei erst zu einem Fleck und dann zu einem winzigen Punkt, bevor die Finsternis ihr Licht völlig schluckte. Etwas bewegte sich in den schwarzen Tiefen der Unterlage; Snibril hörte, wie *es* fortglitt.

»Was war das?« fragte er.

»Wahrscheinlich ein Silberfisch«, antwortete Brocando. »Seine Zähne sind größer als ein Mann. Und er hat Dutzende von Beinen.«

»Du hast doch gesagt, hier unten gäbe es nichts Angsterregendes!« rief Glurk.

»Und?« erwiderte Brocando überrascht. »Wo steht geschrieben, daß man vor solchen Wesen Angst haben *muß?*«

Wenn es weitere Geschöpfe in dem dunklen Abgrund gab: Vermutlich sahen sie die Wanderer weit oben gar nicht. Oder sie nahmen sie nur als winziger Tupfer an den Wurzeln der Haare wahr. Nach einer Weile winkte Brocando, und sie verharrten am Rand einer anderen Kluft. Eine schmale Brücke reichte darüber hinweg, und auf der gegenüberliegenden Seite bemerkte Snibril die Umrisse einer Tür.

Der König hob seine Fackel. »Wir sind jetzt direkt unter dem Felsen.«

Die Decke der Höhle wies eine deutliche Wölbung auf: Sie neigte sich unter dem großen Gewicht darüber nach unten.

»Abgesehen von den Königen der Stadt Wagnis seid ihr die einzigen, die hierüber Bescheid wissen«, fuhr Brocando fort. »Nach der Konstruktion des geheimen Zugangs brachte Broc alle Arbeiter um, damit niemand etwas verraten konnte.«

»Ach? Gehört das dazu, König zu sein?« fragte Glurk.

»Früher schon«, gestand Brocando. »Heute natürlich nicht mehr.«

»Ha!« kommentierte Bane.

Als sie die Brücke überquert hatten, schob der Zwerg die kleine Holztür auf. Dahinter zeigte sich eine Wendeltreppe; grünes Licht sickerte von oben auf sie herab. Der Aufstieg war lang und die Treppe so schmal und steil, daß man aufpassen mußte, um nicht auf die Hände der Person zu treten, die einem folgte. Der unstete Fackelschein projizierte die Schatten von Riesen an die Wände. Es wirkte gespenstisch und unheimlich, aber Snibril hieß diesen Anblick trotzdem willkommen – er verabscheute die Finsternis unter dem Teppich.

Kurz vor dem Ursprung des grünen Glimmens endete die Wendeltreppe an einer Plattform, die genug

Platz für alle Wanderer bot. In der Wand sah Snibril eine weitere Tür.

»Wo ...«, begann Glurk.

Brocando schüttelte den Kopf und hob den Zeigefinger an die Lippen.

Stimmen erklangen jenseits der Tür.

Kapitel 10

Drei verschiedene Stimmen ertönten, und zwar so laut, daß die betreffenden Personen nur einen Meter von der verborgenen Tür entfernt sein konnten.

Snibril versuchte, sich passende Gesichter vorzustellen. Eine Stimme klang dünn, schrill und jammernd.

»Noch einmal hundert? Aber erst vor ein paar Tagen hast du fünfzig bekommen!«

»Und jetzt brauchen wir noch einmal hundert«, erwiderte eine leisere, fast sanfte Stimme, die dafür sorgte, daß es Snibril kalt über den Rücken lief. »Ich rate dir, dieses Dokument zu unterzeichnen, Euer Majestät. Anschließend wählen meine Wachen hundert aus, und damit hat es sich. Sie werden nicht zu Sklaven, sondern zu ... Assistenten.«

»Ich frage mich, wieso du sie dir nicht einfach nimmst«, entgegnete die erste Stimme verdrießlich.

»Nun, du bist der *König*«, lautete die Antwort. »Es *muß* richtig sein, wenn du es sagst. Deshalb brauchen wir deine Unterschrift.«

Snibril brauchte sich nicht umzudrehen, um zu wissen, daß Bane lächelte.

»Aber es kehrt nie jemand zurück«, sagte Stimme Eins.

Die dritte Stimme kam dumpfem Grollen gleich. »Es gefällt ihnen so sehr in unserem Land, daß sie unbedingt bleiben wollen.«

»Das glaube ich nicht«, meinte Stimme Eins.

»Was eigentlich kaum eine Rolle spielt.« Etwas schärfer fügte Stimme Zwei hinzu: »Unterschreib!«

»Nein! Ich weigere mich! Ich bin der König ...«

»Ich habe dir den Thron gegeben«, sagte Stimme Zwei leise. »Ich kann ihn dir auch wieder nehmen.« Eine kurze Pause. »Euer Majestät.«

»Ich beschwere mich bei Jornarileesch über dich!« heulte Stimme Eins. Es sollte vermutlich eine Drohung sein, aber sie klang nicht sehr überzeugend. »Ja, er wird alles über dich erfahren!«

»Jornarileesch!« schnurrte Stimme Zwei. »Glaubst du etwa, die anderen scheren sich darum, was hier geschieht? Unterschreib endlich! Oder möchtest du, daß Gorasch hier einen anderen Verwendungszweck für deine Hände findet?«

»Ja«, ertönte Stimme Drei. »Ich fertige eine Halskette daraus an.«

Brocando wandte sich um, während die Stimmen jenseits der Tür abwechselnd drohten oder klagten.

»Mein Bruder«, sagte er. »Das Jammern erkenne ich sofort. Hier ist der Plan: Wir stürmen durch die Tür und bringen möglichst viele Moule um.«

»Hältst du das für einen besonders klugen Plan?« fragte Bane.

»Meiner Ansicht nach klingt's vernünftig«, sagte Glurk.

»Aber es sind Hunderte von Feinden in der Stadt, nicht wahr?« gab Bane zu bedenken.

»Mein Volk wird sich gegen die Unterjocher erheben und sie überwältigen«, zischte Brocando.

»Verfügen deine Untertanen über Waffen?« erkundigte sich der General.

»Nein, aber die Moule haben welche«, entgegnete der Zwerg. »Die Deftmenen brauchen sie ihnen nur abzunehmen.«

Bane stöhnte. »Uns allen steht der Tod bevor. Dies ist keine Taktik. Man nennt so etwas ›aus dem Stegreif improvisieren‹.«

»Und wenn schon.« Brocando hob den Fuß zur Tür und drückte. Das hölzerne Portal bewegte sich ein wenig und verharrte wieder.

»Was ist los?« fragte Snibril.

»Etwas befindet sich auf der anderen Seite«, erwiderte Brocando. »Etwas, das dort nichts zu suchen hat. Helft mir mal!«

Mehrere Schultern stemmten sich gegen die Tür. Sie hielt den gemeinsamen Bemühungen nur kurz stand, bevor sie aufflog. Jemand schrie.

Ein oder zwei Sekunden lang erstarrte alles im Saal.

Ein Thron hatte die Geheimtür blockiert und lag nun auf dem Boden. Darunter war ein dünner Deftmene eingeklemmt und gab mitleiderweckende Geräusche von sich. Weiter hinten standen zwei Moule und starrten verblüfft zum offenen Zugang. Der eine erwies sich als groß und breitschultrig, und sein blasses Gesicht blieb halb unter einem Lederhelm verborgen. In der einen Hand hielt er eine zusammengerollte Peitsche. *Stimme Drei,* dachte Snibril. *Er sieht sogar wie jemand aus, der Gorasch heißt.* Der zweite Moul war ein ganzes Stück hagerer, trug einen langen schwarzen Umhang und grinste wie ein Wolf nach dem Mittagessen. *Stimme Zwei,* vermutete Snibril. *Er sollte einen Namen haben, in dem sich der Buchstabe S mehrmals wiederholt, einen Namen, den man zischen kann.*

Die beiden Gruppen musterten sich.

Dann lief Brocando wie ein wütender Hahn los und holte mit seinem Schwert aus. Der dünne Moul sprang zurück und zog die eigene Klinge mit einer Schnelligkeit, die zur Vorsicht gemahnte. Gorasch hob die Peitsche, mußte jedoch feststellen, daß plötzlich Bane zwischen ihm und dem König weilte.

Die Munrungs beobachteten das Geschehen interessiert. Es schien zwei verschiedene Methoden des Schwertkampfs zu geben. Brocando verwandelte sich in eine Art mobile Windmühle, trieb den Gegner mit purer Entschlossenheit und Kraft zurück. Im Gegensatz dazu wirkten Banes Bewegungen weniger spektakulär und maschinenhaft: stehenbleiben, zustoßen, parieren – *tick-tock-tick.*

»Sollten wir ihnen nicht helfen?« fragte Snibril.

Glurk schüttelte den Kopf. »Nein. Zehn zu zwei ist nicht fair.«

Die Tür in der gegenüberliegenden Wand öffnete sich, und mindestens zwölf Moule stürmten in den Thronsaal.

»So ist es besser, nicht wahr?« meinte Snibril.

Glurk warf seinen Speer, und einer der Wächter schrie.

»Ja, viel besser«, bestätigte er.

Snibril stellte fest, daß man mit Speeren gut gegen Schwerter kämpfen konnte, solange man sie nicht warf. Wenn man damit zustieß, mußten die Klingen parieren. Als noch mehr Wächter hereinkamen, gelangte Glurks Bruder zu einer weiteren Erkenntnis: Es brachte auch Vorteile, dem Feind zahlenmäßig unterlegen zu sein. Zum einen wurde es dadurch einfacher, einen Gegner zu treffen. Und da es so viele von ihnen gab, war niemand *allzu* versessen darauf, aktiv am Kampf teilzunehmen. Warum etwas riskieren, wenn man die Möglichkeit hatte, alles Gefährliche anderen Leuten zu überlassen?

So denken die Deftmenen, dachte Snibril, als er mit einem Speer zuschlug – er zerbrach auf dem Kopf eines Mouls. *Man wähle immer einen größeren Feind, denn er ist leichter zu treffen ...*

Plötzlich stand er Rücken an Rücken mit Bane, der noch immer auf seine Tick-tock-Art kämpfte, so als sei er den ganzen Tag dazu imstande.

»Mein Speer ist zerbrochen!«

»Dann nimm ein Schwert!« Bane parierte den Hieb

eines verzweifelten Wächters. »Es liegen genug auf dem Boden.«

»Aber ich weiß nicht, wie man damit umgeht.«

»Ganz einfach: Das stumpfe Ende gehört in die Hand, das spitze stößt man in den Gegner.«

»Sicher steckt noch mehr dahinter.«

»Ja. Man darf die beiden Enden nicht miteinander verwechseln.«

Und dann war es vorbei. Die wenigen überlebenden Wächter traten sich gegenseitig auf die Füße – so eilig hatten sie es, den Saal zu verlassen. Gorasch lebte nicht mehr. Der dürre Moul wich einem letzten Hieb des Generals aus und sprang durch die offene Tür in den Geheimgang. Schritte hasteten die Treppe hinab.

Snibril blickte auf sein Schwert. Blut klebte an der Klinge, und er hoffte, daß es nicht von ihm selbst stammte.

»Eigentlich war's gar nicht so schwer«, meinte Glurk.

»Draußen gibt es Hunderte von weiteren Gegnern«, mahnte Bane.

Brocando trat zum Balkon. Frühes Morgenlicht glitt über die Haare, als der Zwerg die Hände hob und sie trichterförmig vor dem Mund wölbte.

»Ich bin zurüüüüück! Brocandoooo!«

Er packte einen toten Moul, zerrte ihn zum Balkon und schob ihn übers Geländer.

Es standen bereits einige Deftmenen unten auf dem Platz. Sie jubelten.

Der König rieb sich die Hände.

»Helft mir mit dem Thron!« bat er.

Zu dritt richteten sie ihn auf, und darunter kam Antiroc zum Vorschein. Glurk zerrte ihn auf die Beine und hielt ihn einem schlaffen Bündel gleich fest.

»Gib mir die Krone«, sagte Brocando in einem Tonfall, der nichts Gutes verhieß. »Damit meine ich das Ding auf deinem Kopf. Jenes Objekt, das dir nicht zusteht.«

»Wir hielten dich für tot ...«

»Und jetzt scheinst du dich sehr über meine Rückkehr zu freuen«, brummte Brocando. Ein Blick in sein Gesicht genügte, um entsetzt zu sein.

»Jemand mußte dich als König vertreten. Ich wollte nur das Beste für unser Volk ...«

Draußen kam es zu Unruhe. Ein Moul taumelte durch die Tür, und ein Pfeil steckte in seinem Leib. Er fiel, und fünf oder sechs Deftmenen stiegen über ihn hinweg. Entschlossene Schritte führten sie zu Antiroc. Sie schenkten Brocando keine Beachtung, packten seinen Bruder und trugen ihn zum Balkon.

»Das kannst du nicht zulassen!« rief Snibril.

Vier Deftmenen ergriffen Antiroc an Armen und Beinen, schwangen ihn hin und her, hoch über den Dächern von Wagnis. Die Zwerge sangen: »Und eins und zwei ...«

»Warum nicht?« fragte Brocando.

»Er ist dein Bruder!«

»Hmm? Oh, ja, na schön.« Und zu den Deftmenen: »Laßt ihn los. Ich sage nicht, ihr sollt ihn fallen lassen – das könntet ihr falsch verstehen. Wißt ihr, ich darf nicht erlauben, daß Untertanen Verwandte von mir vom Balkon werfen ...«

»Gut«, lobte Snibril.

»Ich erledige es selbst«, fügte Brocando hinzu.

»Nein!« ertönte es aus mehreren Kehlen. Antiroc stimmte mit besonderer Hingabe in den Chorus ein.

»War nur ein Scherz«, behauptete Brocando und versuchte, seine Enttäuschung zu verbergen. »Ach, wenn man damit anfängt, auf andere Leute zu hören ... Vielleicht bekomme ich jetzt sogar Gewissensbisse, wenn's darum geht, Verräter von hohen Felsen zu stürzen – obgleich das eine königliche Tradition ist. Wie dem auch sei … Laßt ihn gehen.«

Antiroc sank auf Hände und Knie. »Bitte nicht! Die Leute würden mich umbringen.«

»Meinst du vielleicht jene Leute, deren Familienangehörigen du an die Moule verkauft hast?« fragte Brocando. »Nun, was hältst du davon, deinem Freund zu folgen?«

Er deutete zur Tür hinterm Thron. Antiroc riß entsetzt die Augen auf.

»Gormaleesch ist in den Tunnel geflohen!« heulte er.

»Ach, so heißt er?« brummte Brocando. »Der Name paßt zu ihm. Ich schlage vor, du redest mit ihm über die guten alten Zeiten.« Er nickte den vier Zwergen zu, die bestrebt gewesen waren, die Amtszeit des unrechtmäßigen Königs auf eine recht drastische Weise zu beenden. »Helft ihm, wenn er sich nicht aus freiem Willen entschließen kann, meinen Rat zu beherzigen.«

Die Deftmenen näherten sich, und Zorn irrlichterte in ihren Augen. Antiroc warf seinem Bruder einen flehentlichen Blick zu, zögerte kurz und sprintete dann zum hölzernen Portal.

Mit einem Knall schloß es sich hinter ihm.

»Soll er Gormaleesch töten oder sich von ihm umbringen lassen – es ist mir gleich. Wer weiß – vielleicht findet er sogar einen Weg nach draußen.« Brocando seufzte. »Was uns betrifft … Kümmern wir uns um die letzten Moule. Ich schätze, wir haben jetzt nicht mehr viel Widerstand von ihnen zu erwarten.«

»Und wenn es uns gelingt, einige von ihnen lebend zu fassen, Euer Majestät?« fragte ein Deftmene.

Der König wirkte müde. »Nun, wir haben hier nicht viele Kerker. Vielleicht läßt sich das Problem lösen, indem ihr vermeidet, Moule am Leben zu lassen.«

»Es gehört sich nicht, einen wehrlosen Feind zu töten«, sagte Bane streng.

»Ach?« knurrte Brocando. »Man lernt nie aus. Ich dachte immer, das sei eine besonders gute Gelegenheit, um Feinde zu erledigen.«

Kapitel 11

Snibril saß vor den Palastställen und beobachtete, wie Roland den Inhalt eines Futtersacks erforschte. Die Deftmenen brachten ihre sechsbeinigen Reittiere in kleinen Boxen unter, die dem weißen Roß nicht genug Platz boten, und deshalb mußte es auf dem Hof bei den Wagen angebunden werden.

Im Thronsaal fand ein Fest statt, und wenn Snibril aufmerksam lauschte, konnte er hören, wie Pismire die Flötenharfe spielte. Die vom Schamanen verursachten Klänge ließen sich leicht erkennen, selbst dann, wenn die Zwerge auf ihren Instrumenten spielten: Es gelang ihnen mit geübtem Geschick, Takt und Melodie zu meiden. Eigentlich seltsam, fand Snibril. Je mehr Mühe sich Pismire in Hinsicht auf die Flötenharfe gab, desto schriller wurden die Töne.

Als der Munrung nach draußen gegangen war, hatte Glurk für eine Menge Spaß gesorgt, indem er eine Sitzbank hob und die zwanzig darauf hockenden Deftmenenkinder durch den Saal trug. In den großen Kaminen brannten wärmende Feuer, und Teller wurden geleert und wieder gefüllt. Niemand dachte an die dunklen Haare jenseits der Stadt, die im Nachtwind seufzten, an jene Zwergengruppen, die Moule jagten.

Snibril rieb sich die Schläfen. Er litt erneut an Kopfschmerzen, und Pismires Musik brachte keine Linderung.

Geistesabwesend streichelte er Roland und blickte über Wagnis hinweg zum dunklen Haarwald.

»Tja, hier sind wir«, sagte er. »Ich weiß nicht einmal,

welche Richtung man einschlagen muß, um zu unserem alten Dorf zurückzukehren. Brocando meinte, wir könnten so lange hierbleiben wie wir möchten. Angeblich gibt es hier uneingeschränkte Sicherheit. Er sagte, einige große Leute seien bestimmt nützlich. Aber Bane will morgen nach Wehr aufbrechen. Nur für den Fall, wie er sich ausdrückte. Und mir tun die Ohren weh.«

Es ist ein großer Teppich, dachte er. *Brocando und Bane sind ... nun, sympathisch, aber sie sehen alles aus völlig verschiedenen Perspektiven. Man nehme nur die Dumii. Oft wird deutlich genug, warum die Deftmenen sie nicht mögen. Sie sind so* fair, *und zwar auf eine einfallslose Weise. Und mit ihrer phantasielosen Art, mit dem Ticktock-Kampf, haben sie ein großes Reich geschaffen. Bane verabscheut Könige. Aber die Deftmenen kämpfen so, als fänden sie großen Gefallen daran. Sie belasten sich nicht mit zu vielen Regeln, genießen ihr Leben und sind bereit, für ihren König durch dick und dünn zu gehen. Man kann nicht erwarten, daß so unterschiedliche Völker gut miteinander zurechtkommen ...*

Roland schnaubte leise und offenbarte Anzeichen von Unruhe. Snibril hob den Kopf und hörte, wie das Flüstern des Nachtwinds verstummte. Die Haare rührten sich nicht mehr.

Er spürte ein sonderbares Prickeln in den Füßen, und die Kopfschmerzen wurden immer schlimmer. Der Teppich schien zu warten ...

Roland wieherte und zerrte an der Leine. In den Boxen traten die sechsbeinigen Ponys aus. Hunde bellten in der Stadt.

Snibril entsann sich an dieses Empfinden. *Aber hier kann es nicht passieren,* fuhr es ihm durch den Sinn. *Hier sind wir sicher. Oder?*

Und: *Nein. Es gibt keine absolute Sicherheit. Der Schreckliche Scheuerer kann überall zuschlagen.*

Er fuhr herum und eilte die Palaststufen hinauf.

»Der Scheuerer!« rief er, doch in dem Lärm verstand ihn niemand. Einige Feiernde winkten ihm fröhlich zu.

Der Munrung stürmte zu den Musikanten und riß einem verblüfften Deftmenen die Trompete aus der Hand. Er wußte nicht, wie man damit umging, blies einfach mit voller Kraft hinein. Ein lautes und ziemlich disharmonisches Blöken rückte ihn ins Zentrum der allgemeinen Aufmerksamkeit.

»Fühlt ihr es nicht?« platzte es aus Snibril heraus. »Der Scheuerer kommt!«

»Hierher?« fragte Pismire.

»Fühlt ihr es nicht? Fühlt ihr es nicht?« Ungeduld und Schmerz sorgten dafür, daß Snibril am ganzen Leib bebte. Erstaunte Blicke klebten an ihm; die Mehrheit der Anwesenden hielt ihn für übergeschnappt.

»Zu den Wagen!« rief Pismire.

»Ich spüre überhaupt nichts«, meinte Brocando. »Außerdem: Hier in Wagnis sind wir vor jedem Feind geschützt ...«

Der Schamane deutete nach oben. Große Kronleuchter hingen an der Decke, und sie schwangen jetzt langsam hin und her.

Könige brauchen eine Weile, um sich zu gewissen Erkenntnissen durchzuringen. Doch wenn sie das Ziel des Verstehens erreicht haben, reagieren sie sofort.

»Lauft los!« donnerte Brocando. »Nach draußen!«

Die Munrungs eilten bereits durchs Portal. Tische stürzten um, als sich das Fest in eine Massenflucht verwandelte. Mütter griffen nach ihren Kindern und bahnten sich mit hysterischem Eifer einen Weg durch die Menge. Pismire hielt sich an einer Säule fest, um nicht von dem Strom aus Leibern mitgezerrt zu werden. »Die Ponys!« schrie er, um das Getöse zu übertönen. »Spannt sie vor die Wagen!«

Die Bewegungen der Kronleuchter waren jetzt noch

deutlicher zu erkennen. Ein Krug stürzte von einem Tisch und zerbrach. Kerzen fielen aus wie wild tanzenden Lampen.

In der Ferne pochte es dumpf, und eine heftige Erschütterung erfaßte den Schotterbrocken, auf dem sich Wagnis erhob.

Der schwere Türsturz über dem Portal erbebte und gab nach. Glurk trat vor, schob mit sanftem Nachdruck einige Fliehende beiseite, stemmte die Schultern an den Oberbalken und stützte sich mit einer Hand am Türpfosten ab. Deftmenen sausten unter seinen Armen hinweg und krochen zwischen den Beinen des großen Munrungs nach draußen.

Snibril führte die laut wiehernden Ponys aus den Ställen. Die Wagen hatten sich kaum in Bewegung gesetzt, als sie auch schon mit Männern, Frauen und Kindern gefüllt waren. Und es kamen noch mehr Flüchtlinge. Viele von ihnen schleppten Besitztümer, die sie offenbar für unverzichtbar hielten.

Der Thronsaal stand bereits in Flammen.

Snibril hob vier Deftmenen auf Rolands Rücken, schickte das Pferd den Wagen hinterher und schwamm gegen die Flutwelle der Fliehenden zum Saal. Glurk war inzwischen fast auf die Knie gesunken, und sein Gesicht hatte eine purpurne Tönung gewonnen. Im Hals pulsierten die Adern.

»Komm!« Snibril ergriff ihn am Arm. »Das ganze Gebäude stürzt ein!«

»Nein«, brachte Glurk mühsam hervor. »Pismire und die anderen sind noch drin.«

Neuerliche Erschütterungen erfaßten den Saal, und Risse bildeten sich in einer Säule. Glurk ächzte leise. »Verschwinde von hier!« klang es tief aus seiner Kehle. »Ich kann das Ding nicht mehr lange halten.«

Der Boden zitterte.

»Ich... ich hole Leute und Stützbalken und so weiter!« erwiderte Snibril. »Bin gleich wieder da. Bleib hier! Geh nicht fort!«

Glurk stöhnte, als Snibril davonhastete.

Pismire wankte durch den Rauch, mit einem Stoffetzen vor dem Gesicht. Er führte einige verwirrte Deftmenen zu Glurk und bedeutete ihnen, unter dem Arm des Munrungs nach draußen zu kriechen.

»Warum bist du noch hier?« fragte der Schamane.

»Bin bald Teil einer Geschichte«, antwortete das Stammesoberhaupt.

Bane kam aus den wallenden Schwaden und preßte sich ein Tuch auf Mund und Nase. »Kommt! Brocando hat die Geheimtür geöffnet.«

»Hilf mir mit diesem Narren!« bat Pismire.

»Scheint eingeklemmt zu sein«, meinte Bane.

»Bin gleich ein Held«, schnaufte Glurk.

»Ach, sei still!« zischte der Schamane. »Das kommt davon, wenn man einen leeren Kopf mit irgendwelchen Geschichten füllt. Und überhaupt: Welch dumme Idee, sich so in die Tür zu stellen …«

Glurk drehte langsam den Kopf.

»Wie bitte?«

»Um sich auf diese Weise zu verhalten, muß man ein echter Narr sein«, erklärte Pismire. Auf der gegenüberliegenden Seite des Saals stürzte die Decke ein.

»Du eingebildeter, hochmütiger und dreimal verfluchter …«, begann Glurk. Er streckte das eine Bein, dann auch das andere und stemmte den Sturz des Portals hoch über den Kopf. Dann trat er vor und hielt den Zeigefinger unter Pismires Nase.

»Ich habe vielen Deftmenen das Leben ge …« Es gelang ihm nicht, den Satz zu beenden, bevor er fiel.

Der Schamane nickte zufrieden. »Na bitte, es hat geklappt. Beeilen wir uns. Es dauert nicht mehr lange, bis auch die Wände nachgeben.«

Sie griffen nach Glurks Armen und wichen beiseite,

als der Oberbalken auf den Boden prallte und zerbarst. Pismire blickte zur Decke hinauf.

»Schnell!«

Brocando stand an der geheimen Pforte.

»Kommt!«

Glurk hustete, und Pismire drückte ihm einen Lappen in die Hand.

»Auf Mund und Nase halten!« wies er das Stammesoberhaupt an. »Feuchte Tücher helfen gegen den Rauch – das ist eine wichtige Sicherheitsinformation.«

»Riecht nach Wein«, entgegnete Glurk mühsam, als sie ihn durch das Holzportal dirigierten.

»Konnte kein Wasser finden«, erklärte Pismire. »Und jetzt – die Treppe runter!«

Die ganze Decke stürzte ein.

Sie liefen die Stufen hinunter und trugen Glurk dabei wie einen Rammbock zwischen sich. Das Donnern und Krachen ließ allmählich nach, und schließlich war nur noch das Geräusch ihrer hastigen Schritte zu hören.

»Noch nicht aus den Haaren!« schnaufte Brocando.

»Wie … meinst … du … das?« keuchte Pismire.

»Keine Fackeln!«

Der Schamane hatte nur genug Atem für ein kurzes Schnaufen.

»!«

Sie erreichten die kleine Tür am Ende der Treppe, la-gen dort in der Dunkelheit und schnappten nach Luft…

»Nun, eins steht fest«, erklang Brocandos Stimme. »Wir können nicht zurück. Das Portal befindet sich jetzt unter einem Berg aus Schutt.«

»Kannst du im Dunkeln den Weg zur Statue finden?« fragte Bane.

»Meine Güte, ich bin nie zuvor hier unten gewesen!« erwiderte der Zwergenkönig.

»Bestimmt gibt es noch andere Ausgänge«, vermutete Pismire.

Er dachte an die tiefen Abgründe und gewaltigen Höhlen in Unterlage, an die Geschichten von den dort lauernden Ungeheuern. Natürlich hielt er ihre Existenz für ausgeschlossen. Er *erzählte* jene Geschichten, weil die Weitergabe verbaler Mythologie für eine sich entwickelnde Kultur sehr wichtig war, aber er *glaubte* nicht an übernatürliche Schauerwesen. Pismire schauderte plötzlich und hoffte, daß sie ebensowenig an ihn glaubten.

Er hörte, wie sich die Tür mit einem leisen Knarren öffnete.

»Wenn wir zusammenbleiben und bei jedem Schritt aufpassen, müßten wir eigentlich sicher sein«, sagte Brocando. Seine Stimme vibrierte. »Wir sind vier. Wer würde es wagen, uns anzugreifen?«

»Viele Geschöpfe.«

»Abgesehen davon, meine ich.«

Als eine Stunde nach der anderen verging, wurde Glurk immer schwerer. Vorsichtig schoben sie ihn in der Finsternis über schmale Pfade und zerrten ihn durch gewaltige Höhlen, die nur durch eine feine Veränderung in der Luft als solche erkennbar waren. Sie trugen ihn mit dem Kopf oder mit den Füßen voran, lehnten ihn gelegentlich an eine Haarwurzel, um blind über einen verborgenen Pfad zu kriechen. Sie kletterten zwischen seltsamen Gewächsen herum und passierten Löcher, die so tief waren, daß ein warmer Wind aus ihnen heraufwehte.

Schließlich legten sie eine Rast ein. Ihre Wanderung schien endlos zu sein, und niemand von ihnen konnte abschätzen, ob sie die Entfernung zum Ziel um eine nennenswerte Strecke verkürzt hatten.

»Was befindet sich unter Unterlage?« fragte Brocando.

»Der Boden«, kam Pismires Stimme aus der Schwärze.

»Und *darunter?*«

»Nichts. Etwas muß unter allem anderen sein – der Boden. Tiefer geht's nicht. Genausogut könntest du fragen, was sich über dem Teppich erstreckt.«

»Nun, was *erstreckt* sich über dem …«

»Woher soll ich das wissen? Wir haben hier unten zu viele Probleme, um zu überlegen, wie's dort oben aussieht.«

»Der Teppich kann nicht ohne Ende sein.«

»Für mich ist er groß genug«, brummte Pismire.

Brocando spürte, wie sich die Luft vor seinem Gesicht bewegte. Es war sehr sonderbar, sich in absolut lichtloser Dunkelheit mit anderen Leuten zu unterhalten. Vielleicht saßen sie derzeit unmittelbar am Rand eines tiefen Abgrunds, ohne etwas davon zu ahnen. Der Tastsinn mußte die ganze Orientierungsarbeit übernehmen.

»Pismire?« fragte er.

»Ja?«

»Ich habe gerade an die Moule gedacht. Kommen sie hierher?«

»Es ist dein Tunnel. Daher solltest du in der Lage sein, dir diese Frage selbst zu beantworten. Wie dem auch sei: Was könnte den Moulen daran gelegen sein, einen solchen Ort aufzusuchen? Vermutlich gefiele es ihnen hier nicht mehr als uns.«

»Stimmt.«

Einige Sekunden lang herrschte Stille.

»Warst du das?«

»Ich dachte, du hättest gesprochen.«

»Brocando?«

»Pismire?«

»Bane?«

»Was?«

Gormaleeschs Stimme erklang dicht neben Pismires Ohr. »Wir können im Dunkeln sehen.«

Sie leisteten keinen Widerstand. Wie sollten sie ihre Waffen verwenden, wenn sie nicht wußten, ob sie damit Freund oder Feind trafen?

Die Dunkelheit erwies sich jetzt als besonders schlimm. An zweiter Stelle auf der Liste unangenehmer Dinge kamen die Klauen, die sie so mühelos festhielten, als seien sie Spielzeuge in den Händen eines Kinds.

»Na so was«, ließ sich Gormaleesch vernehmen. »Welch eine Überraschung!«

»Ist mein Bruder bei dir?« fragte Brocando.

Der Moul zögerte, bevor er antwortete: »In gewisser Weise. So, ihr werdet nun meinen Anweisungen gehorchen. Der kleine König hält sich an Purgischs Schwanz fest, der Alte am Gürtel des Königs und der Dumii-Soldat am Gürtel des Alten. Wer losläßt und zu fliehen versucht, stirbt auf der Stelle.«

Für einen König konnte Brocando bemerkenswert schnell zählen. »Aber was ist mit ... Au!«

»Entschuldigung«, sagte Pismire, der noch schneller zählen konnte. »Habe ich dich getreten? Reiner Zufall. Nun, es stimmt leider: Gourmaleesch hat *alle drei* von uns erwischt.«

»Aber wir können Gl ... Au! Oh. Ja. Natürlich. Ja, ich *verstehe.* Du hast recht.« Brocandos Stimme gewann jetzt einen aufgeregt-verschwörerischen Klang, der normalerweise sofort dafür gesorgt hätte, daß jemand Verdacht schöpfte. »Alle *drei* von uns. Ja. Völlig klar. Du hast uns *alle* erwischt. Übrigens: Wie gut können Moule in der Dunkelheit sehen? Vermutlich nicht hundertprozentig, oder?«

O nein, ächzte Pismire innerlich. *Jetzt* müssen *sie argwöhnisch werden.*

»Au!« entfuhr es Gormaleesch.

»Moulabschaum!« zischte Bane. »Wenn wir wieder oben sind, werde ich dir zeigen, was ...«

Es klatschte in der Finsternis.

»Wenn du wieder oben bist, wirst du genau das tun, was ich dir sage«, betonte Gormaleesch. »Los geht's!«

Gut gemacht, dachte der Schamane. *Auch Bane kann schnell zählen.*

Sie marschierten hintereinander, aber nicht sehr lange. Offenbar hatten sie sich bereits in der Nähe eines Wegs nach oben aufgehalten. Pismire spürte, wie man seine Hand zu einer Leiter lenkte. *Wir schicken uns an, Unterlage zu verlassen,* dachte er. *Wenn Glurk erwacht ... Woher soll er wissen, welchen Weg wir genommen haben?*

Er kletterte einige Sprossen nach oben und ließ sich fallen.

»Oh, mein Bein! Oh, oh!« Seine Stimme hallte laut durch die Gewölbe von Unterlage.

»Was ist los mit deinem Bein, Alter?« fragte Gormaleesch.

»Nichts«, sagte Pismire und begann erneut damit, an der Leiter hinaufzuklettern.

Wenn Glurk mich nicht gehört hat, sind wir erledigt.

Auf dem Teppich war es bereits Nacht.

Pismire und seine Begleiter gelangten auf eine Lichtung, weit von Wagnis entfernt. Offenbar versammelten sich hier die überlebenden Moule. Man fesselte die Gefangenen mit Lederriemen und stieß sie neben einem Busch zu Boden. Einige Snargs warfen ihnen hungrige Blicke zu.

Die Mouls berieten sich in ihrer Sprache, und gelegentlich sah einer von ihnen zu den am Boden liegenden Gestalten herüber.

»Kannst du sie verstehen?« fragte Pismire den Dumii-General.

»Nur einige Worte«, erwiderte Bane. »Ich nehme an, man will uns zu einem Ort bringen, der *Gargatass* heißt. Was auch immer das bedeuten mag ...«

»So nennen die Moule das Hochtorland«, sagte der Schamane. »Die Heimat der Vortgorner.«

»Die Vortgorner?« wiederholte Brocando. »Sie sind unsere Todfeinde.«

»Ich dachte, diese Ehre gebührt den Dumii«, entgegnete Pismire.

»Wir haben mehrere Todfeinde«, sagte Brocando. »Falls sie mal knapp werden sollten.«

Pismire schwieg. Er lag ein wenig abseits der beiden anderen Gefangenen und konnte hinter das Snarg-Rudel sehen. Im matten Schein des Lagerfeuers beobachtete er einen Wächter, der neben dem überwucherten Zugang zu Unterlage stand. Sein Snarg war an einem Staubbusch festgebunden.

Hinter dem ahnungslosen Moul wuchs langsam ein Arm aus einem Strauch. Er verharrte dicht über dem Kopf und nahm behutsam den Helm ab. Der Moul drehte sich und wandte seine Schnauze einer heranrasenden Faust zu. Der Arm packte den Bewußtlosen, bevor er zu Boden fallen konnte, und zog ihn ins Gebüsch ...

Kurze Zeit später erschien die Hand beim Snarg und begann damit, die Leine zu lösen. Das Wesen hob den Kopf, und Pismire sah entsetzt, wie es die Augen zusammenkniff. Doch er kam nicht dazu, laut zu knurren: Die Hand formte eine Faust und schmetterte gegen den Schädel. Der Snarg seufzte leise und kippte um. Bevor er ganz zu Boden sinken konnte, spannte sich die Leine, und etwas zog ihn hinter den Busch.

Pismire spürte, wie sich die Besorgnis in ihm verflüchtigte. Aus irgendeinem Grund glaubte er plötzlich, daß bald alles in Ordnung kommen würde.

Er hatte allen Anlaß, zuversichtlich zu sein, denn schlimmer konnte ihre Situation kaum werden.

Kapitel 12

Die ganze Nacht über waren sie nach Süden unterwegs. Die meisten Moule ritten, doch die Gefangenen und ihre Wächter mußten zwischen den Snargs laufen. Irgendwann dämmerte der Morgen, und im Licht des neuen Tages ragten keine purpurnen Haare, sondern rote Haare empor.

Für Pismire und seine Gefährten formten die nächsten Tage ein Durcheinander aus laufenden Füßen und Moulstimmen. Es kam zu weiteren farblichen Veränderungen bei den Haaren: Aus scharlachroten Tönen wurden orangefarbene, und orangefarbene Schattierungen wichen schlichtem Schwarz. Die Gefangenen holten sich blutige Blasen an den Füßen, und eine gewisse Benommenheit erfaßte sie. Zweimal überquerten sie weiße Dumii-Straßen, und zwar spät abends, wenn keine Gefahr bestand, jemandem zu begegnen. Wie Schatten huschten sie an schlafenden Dörfern vorbei.

Und dann gelangten sie zu einem Ort… über dem Teppich.

Die Haare krümmten sich unter dem Gewicht des Hochtorlands der Vortgorner. Zuerst zeigte es sich als ein undeutlicher Glanz. Eine Stunde später dehnte es sich über ihnen aus. Nie zuvor hatte Pismire etwas so Gewaltiges gesehen. Er kannte es aus Büchern, aber Beschreibungen auf Pergament wurden diesem… Phänomen einfach nicht gerecht. Man mußte ganz neue Wörter erfinden, um einen Eindruck von den Ausmaßen dieses Gebildes zu vermitteln.

Etwas Größeres schien überhaupt nicht existieren zu

können. Nun, der Teppich war riesig, aber er stellte ... alles dar. Und daher zählte er nicht. Angesichts seiner enormen Ausmaße konnte man überhaupt nicht von Größe im eigentlichen Sinn sprechen. Das Hochtorland hingegen war klein genug, um kolossal zu sein.

Es wirkte bereits nahe, wenn man es aus weiter Ferne beobachtete. Und es glänzte.

Es bestand aus Bronze. Snibril wußte: Alles Metall im Teppich kam von dort. Die Vortgorner tauschten es bei den Schlauen gegen Nahrungsmittel, denn im Hochtorland wuchs nichts.

»On Epen Ny«, sagte Pismire leise, als die Gruppe im Schatten des Bronzelands rastete. Brocando war sofort eingeschlafen – er hatte von allen die kürzesten Beine.

Jetzt erwachte er halb. »Was?« fragte er.

»So lautet der vortgornische Kampfschrei«, antwortete Pismire. »Er klang an die Ohren viele Leute, und nachher hörten sie meistens nichts mehr. *On Epen Ny.* So steht's auf dem Hochtorland geschrieben. In großen metallenen Buchstaben. Ich habe Bilder gesehen. Man braucht einen ganzen Tag, wenn man um einen jener Buchstaben herumgehen will.«

»Wer hat sie geschrieben?« fragte Brocando und beobachtete die Wächter.

»Die Vortgorner glauben, der Scheuerer steckt dahinter«, sagte Pismire. »Das ist natürlich Unfug. Bestimmt gibt es eine natürliche Erklärung. Die Vortgorner behaupten auch, es gäbe noch andere Buchstaben, und zwar *unter* dem Land. Sie gruben Tunnel und fanden sie. Einige von ihnen lauten ...« Er versuchte, sich zu erinnern. »IZABETH II. Nun, die Bewohner der Hochtorlands halten das für sehr wichtig.«

»Riesenbuchstaben entstehen nicht von allein«, stellte Brocando fest.

»Vielleicht doch. Wer weiß?«

Sie sahen zum Land auf. Unten verlief eine Straße.

Sie war breiter als gewöhnliche Dumii-Straßen, doch im Schatten der weit emporragenden Wand wirkte sie winzig.

»Weiß jemand was über die Vortgorner?« erkundigte sich Pismire. »Ich habe von ihnen gelesen, kann mich jedoch nicht daran erinnern, jemals einem begegnet zu sein.«

»Sie sind wie die Dumii, allerdings ohne ihre spezielle und überaus reizvolle Ausstrahlungskraft«, meinte Brocando.

»Danke«, sagte Bane ernst.

»Nun, wer die ganze Zeit über auf Metall wohnt, neigt vermutlich zu einer sehr düsteren und mystischen Perspektive hinsichtlich des Lebens«, überlegte Pismire laut.

»Auf welcher Seite stehen sie?« fragte der Zwergenkönig.

»Auf welcher Seite sie stehen? Auf ihrer eigenen, nehme ich an.«

Die Moule wanderten ziellos umher und schienen etwas zu erwarten.

»Ich schätze, wir warten darauf, nach oben zu gelangen«, murmelte Brocando. »Aber wie?«

»Dumii-Patrouillen haben alle Seiten des Hochtorlands untersucht, ohne einen Zugang zu finden«, teilte Bane seinen Begleitern mit.

Pismire spähte noch immer nach oben. »Oh, ich glaube, des Rätsels Lösung besteht in jenem erstaunlichen Mechanismus dort.«

Weit über ihnen zeigte sich ein Fleck an der Wand. Er wurde langsam größer, stellte sich schließlich als eine große Plattform heraus, die neben der Bronze nach unten glitt. Köpfe spähten über ihren Rand.

Sie landeten neben dem Snarg-Rudel, und Pismire sah, daß es sich um ein schlichtes Quadrat aus Haar-Planken handelte, ausgestattet mit einem Geländer.

Von jeder Ecke reichte eine Bronzekette nach oben und verschwand im Dunst. Vier Männer standen dort, jeder von ihnen so groß wie Bane. Sie trugen Helme und Brustplatten aus gehämmerter Bronze, und lange Bronzeschwerter hingen ihnen an den Gürteln. Die Schilde bestanden ebenfalls aus Bronze und waren so rund wie das Hochtorland. Das Haar glänzte in der Farbe von Metall. Hinzu kamen kurze, kantig anmutende Bärte und Augen, die ruhig geradeaus blickten. *Zuviel Metall,* dachte Pismire. *Es reicht bis in die Seele.*

»Äh«, flüsterte Brocando, als man sie zur Plattform trieb, »du hast nicht zufällig jemanden gesehen oder gehört, der uns folgt, oder? Zum Beispiel euer Stammesoberhaupt? Der große Bursche?«

»Es gibt keine Spur von ihm, seit wir Unterlage verließen«, erwiderte Pismire. »Und ich habe mit großer Aufmerksamkeit Ausschau gehalten und gelauscht.«

»Mist.«

»O nein. Das sind keine schlechten Nachrichten, sondern gute. Es bedeutet, er ist irgendwo dort draußen. Wenn ich etwas gesehen oder gehört hätte, so müßten wir daraus den Schluß ziehen, daß es nicht Glurk sein kann. Immerhin ist er ein *Jäger.*«

»Guter Hinweis. Au!« Eine Peitsche traf Brocandos Bein, als die Moule ihre nervösen Reittiere auf die Plattform führten.

Als alle auf dem Quadrat standen, holte einer der bronzenen Wächter ein Horn hervor, blies hinein und gab damit ein akustisches Signal. Die Ketten spannten sich mit lautem Rasseln, und die Plattform knirschte, als sie aufstieg und nach oben glitt.

Die Snargs beanspruchten eine Menge Platz, und ihre Masse drängte Pismire ans Geländer. Was ihn in die Lage versetzte, folgendes zu beobachten: Unten an der Metallwand löste sich ein Schatten von einem

Staubbusch, huschte zur Plattform und versuchte, sich irgendwo an ihrer Unterseite festzuhalten.

Der Schatten sprang, aber im gleichen Augenblick schwang die Plattform zu Seite, und deshalb konnte Pismire die Gestalt nicht länger beobachten.

Immer höher ging es hinauf, durch einige dichte Dunstschwaden, und plötzlich blickte der Schamane über den Teppich hinweg. Unter ihm ragten die Spitzen der Haare aus watteartigem Nebel. Schwindel erfaßte ihn, und er versuchte sich davon abzulenken, indem er seinen Gefährten einen Vortrag hielt.

»Bei den Deftmenen heißt es, das Hochtorland sei vor vielen Jahren vom Oben herabgefallen. Die Vortgorner waren ein kleiner Stamm, der in diesem Bereich lebte. Sie erkletterten die Bronze und ließen sich auf ihr nieder.«

»Und die Moule? Warum sind sie hier?«

»Der Gedanke daran bereitet mir ziemliches Unbehagen«, gestand Pismire. »Die Vortgorner neigen zwar zu Sturheit, aber sie stehen nicht in dem Ruf, gemein zu sein.«

Die Plattform glitt auch weiterhin nach oben, bis sie schließlich an einem Bronzetor an der Wand verharrte. Daneben und darüber bemerkte Pismire jene Flaschenzüge, die nötig waren, um das Quadrat heraufzuziehen oder hinabzulassen. Bronzeplatten glänzten an den Balken, und metallene Dorne ragten aus ihnen hervor. Auch Tor und Fallgatter waren mit derartigen Spitzen ausgestattet. Unten, *tief* unten erstreckte sich der Teppich.

»Die hiesigen Bewohner legen offenbar großen Wert darauf, nicht gestört zu werden«, meinte Bane.

Hinter ihnen zischte Gormaleesch: »Werft noch einen letzten Blick auf den Teppich. Ihr seht ihn nie wieder.«

»Oh, Melodrama!« kommentierte Pismire.

»Glaubst du vielleicht...«

Der Moul bekam keine Gelegenheit, den begonnenen Satz zu beenden. Dem dritten Wort folgte ein schmerzerfüllter Schrei – Brocandos Zähne bohrten sich in Gormaleeschs Bein.

Ein wütender Moul packte den Zwergenkönig, stapfte mit ihm zum Rand der Plattform und hob Brocando dort hoch über den Kopf.

Nach kurzem Zögern kamen die Arme wieder herab. »Nein«, sagte Gormaleesch langsam. »Nein. Bald wirst du dir *wünschen,* daß ich dich in die Tiefe geworfen hätte. Es wäre eine Gnade, dich jetzt zum Teppich hinabfallen zu lassen, in den sicheren Tod, und gerade jetzt bin ich nicht in der richtigen Stimmung, dir gegenüber gnädig zu sein...«

Er warf den zitternden Brocando zu den anderen Gefangenen, als das Fallgatter in Bewegung geriet.

»Ich habe nicht etwa aus *Furcht* gezittert«, betonte der kleine König. »Es war nur ziemlich kalt da oben.«

Die Moule betraten das Hochtorland. Pismire sah ein breites Metallplateau, und in der Ferne schienen sich Hügel zu erheben. Sie kamen an Käfigen mit dicken Gitterstangen vorbei, hinter denen Snargs hockten: braune Exemplare aus dem Holzwandland, rote aus dem Westen und schwarze mit besonders langen Zähnen. Was auch immer ihre Farbe sein mochte, sie alle hatten nur eins im Sinn: Heißhungrig zerrten sie am Gitter, und gierige Blicke folgten den Gefangenen.

Sie setzten den Weg fort, und der Schamane beobachtete Pferche, in denen man Snargs dressierte. An die Gehege schlossen sich weitere Käfige an, ein ganzes Stück größer als die ersten. Sie enthielten... seltsame Wesen.

Die Geschöpfe waren riesig. Geradezu absurd winzig erscheinende Flügel wuchsen aus tonnenförmigen dicken Körpern. Lange Hälse trugen Köpfe, die sich langsam drehten, als die Gruppe vorbeimarschierte. Das andere Ende bestand aus einem stummelförmigen Schwanz. Die Beine schienen nicht dick genug zu sein, um ein derartiges Gewicht zu tragen. Oh, sie *waren* dick, aber bei so großen Wesen erwartete man Beine, deren Dicke sich mit den Stämmen von Riesenhaaren vergleichen ließ.

Eins jener Geschöpfe schob den Kopf durchs Gitter und sah auf Pismire herab. Die großen Augen offenbarten einen intelligenten Glanz, und darüber wölbten sich lange buschige Brauen.

»Ein Pon«, sagte er. »Meine Güte, ein Pon! Aus dem fernen Osten, wo die Fransen des Teppichs den Boden berühren. Die größten Lebewesen des Teppichs. Wenn uns einige von ihnen helfen würden…«

»Ich fürchte, sie gehorchen den Moulen«, sagte Bane.

Der Pon sah ihnen nach.

Kurze Zeit später erreichten sie die kantigen Metallhügel und schritten durch eine dunkle Pforte. Drinnen übergab man sie der Obhut anderer Moule, deren Haut dunkler zu sein schien.

Pismire und seine Begleiter wurden durch ein Tunnellabyrinth geführt, und überall erklang das Klopfen und Pochen von Hämmern. Es ging immer tiefer hinab in den Berg aus Metall, bis sie schließlich ein nur matt erhelltes Gewölbe mit mehreren Türen erreichten. Eine der Türen stand offen, und man stieß die Gefangenen in den entsprechenden Raum.

Sie fielen auf einen feuchtkalten Boden, und als sie sich wieder erhoben, erschien das grinsende Gesicht Gormaleeschs am Gitter. Rötlicher Fackelschein verlieh seinen Zügen etwas Fratzenhaftes. »Genießt den Komfort des Verlieses, solange ihr Gelegenheit dazu habt! Bald beginnt für euch die Arbeit in den Stollen. Dort schlaft ihr nicht, seid aber vor dem Schrecklichen Scheuerer geschützt.«

»Warum redet der Kerl auf diese Weise?« murmelte Pismire. »Schon wieder Melodrama. Ich bin überrascht, daß er kein ›Harharhar‹ hinzufügt.«

»Gormaleesch!« rief Bane.

Der Moul kehrte ans Gitter zurück. »Ja, unbedeutender Abschaum?«

»Unbedeutender Abschaum«, wiederholte der Schamane. »Der Bursche hat überhaupt keine Phantasie.«

»Wenn wir hier herauskommen, werde ich dich finden und töten«, verkündete Bane im Plauderton. »Das wollte ich dir nur mitteilen. Damit du später nicht behauptest, niemand habe dich gewarnt.«

Gormaleesch trat einen Schritt zurück und intonierte: »Ich habe nur Verachtung für deine Drohungen übrig. Harharhar!«

Pismire nickte zufrieden. »Na bitte. Ich wußte, daß er es früher oder später sagen würde.«

Sie nahmen in der Dunkelheit Platz und lauschten dem fernen Hämmern.

»Wir sind hier also in einem Bergwerk«, brummte Brocando nach einer Weile. »Hierher hat man meine Untertanen verschleppt. Damit sie Metall abbauen.«

»Nicht nur deine Untertanen«, erwiderte Pismire. »Ich schätze, hier leisten auch noch viele andere Leute Zwangsarbeit.«

Er starrte in die Finsternis und dachte an Glurk. Vielleicht hatte er sich den dahinhuschenden Schatten nur eingebildet. Und Snibril... Nun, möglicherweise war es ihm *tatsächlich* gelungen, den Thronsaal zu verlassen, bevor die Decke einstürzte...

Stöße mit einem Speer rissen sie recht unsanft aus dem Schlaf.

Zwei Moule standen in der Tür und grinsten. »Drei für die Stollen, wie?«

»Ja«, knurrte es draußen. Pismire spitzte die Ohren.

»Der da ist ziemlich klein, und dann haben wir noch

einen Alten. Nun, wir lassen den Älteren immer den Vortritt, nicht wahr?«

»Sehen wir uns die Gefangenen an«, ertönte die Stimme im Gewölbe.

Man zerrte die Gefangenen hoch und prüfte ihre Fesseln, stieß sie dann durch die Tür. Draußen stand ein in Bronze gekleideter Vortgorner und bot einen ehrfurchtgebietenden Anblick im Halbdunkel.

»Ihr Dummköpfe!« fuhr er die Moule an. »Seht nur die Riemen! Sind viel zu locker!« Er trat vor und griff nach Pismires Händen. Der Schamane sah in vertraute braune Augen und bemerkte ein kurzes Zwinkern.

»Wir haben sie besonders fest verknotet!« erwiderte einer der Moule empört.

»Ach, tatsächlich? Und was ist das hier?«

Die beiden Wächter näherten sich und blieben zu beiden Seiten des Vortgorners stehen.

»Meiner Ansicht nach sind sie stramm ge...«, begann einer.

Der Vortgorner hob ruckartig die Arme, packte die haarigen Hälse mit knotigen Händen – aus der Stimme des ersten Mouls wurde ein ersticktes Gurgeln. Unmittelbar darauf schwang die Gestalt in Bronze die Arme nach vorn, und die Schädel der beiden Wächter prallten aneinander. Betäubt sanken die Moule zu Boden.

Glurk nahm den Helm ab.

»Tja, so sieht man sich wieder«, sagte er.

Er widerstand nicht der Versuchung, einen kleinen Freudentanz zu vollführen. Anschließend setzte er den Helm wieder auf.

»Wir haben dich in Unterlage zurückgelassen.«

»Wie kommst du hierher?«

»Ich habe dich gesehen, nicht wahr?« fragte Pismire. »Ich meine, *du* warst es, oder?«

»Wir sollten uns zuerst in Sicherheit bringen, bevor wir Geschichten erzählen«, sagte Glurk.

Er zog ein Messer hinter dem Gürtel hervor und zerschnitt die Riemen. Pismire und die anderen rieben sich Handgelenke und Unterarme, um die Durchblutung anzuregen. Glurk zerrte die beiden Moule in den Kerker und schloß die Tür; Brocando wies vergeblich darauf hin, daß man Feinde am besten dann umbrachte, wenn sie bewußtlos waren.

Das Stammesoberhaupt kehrte mit den Schwertern der Wächter zurück. »Es sind scheußliche Dinger, aber wenn's zu einem Kampf kommt, haben sie durchaus einen gewissen Nutzen. Versucht wie Gefangene auszusehen, wenn euch jemand beobachtet. Hier unten wimmelt's von den verschiedensten Leuten. Vielleicht fallt ihr überhaupt nicht auf.«

Der als Vortgorner verkleidete Glurk führte die Gruppe an. Zweimal begegneten sie Moul-Wächtern, die ihnen erst Beachtung schenkten, als es bereits zu spät für sie war.

»Wohin gehen wir?« fragte Pismire.

»Ich habe Freunde gefunden.«

»Wir sollten die übrigen Gefangenen befreien«, schlug Brocando vor.

»Es sind Tausende«, entgegnete Glurk. »Und es gibt hier auch mehrere tausend Moule – zu viele.«

»Ja«, pflichtete Bane dem Stammesoberhaupt der Munrungs bei, »wir müssen raus aus diesem Bergwerk. Erst *dann* können wir helfen. Und sag jetzt bloß nicht, viele hierher verschleppte Deftmenen bedeuten, daß ein Heer in den Reihen des Feindes wartet.«

»Vielen Gefangenen geht es eher schlecht«, fügte Glurk hinzu. »Sie sind gar nicht zu einem Kampf in der Lage, wenn ihr meine Meinung hören wollt.«

»Wir haben es hier mit Deftmenen zu tun«, sagte Brocando stolz.

Glurk spähte um eine Ecke, bevor er seine Begleiter

mit einem Wink aufforderte, ihm zu folgen. »Ich weiß«, erwiderte er. »Und ich bleibe dabei. Es geht hier nicht darum, einen Schlüsselbund zu finden, einige Türen aufzuschließen und zu rufen: ›Harharhar, getreue Untertanen, jetzt wird's Zeit für euch, die Ketten abzustreifen!‹ Dies ist die *Wirklichkeit*. Und ich habe *gelauscht*. Kennt ihr den Grund, der die Moule veranlaßte, Wagnis anzugreifen?«

»Sie wollten ein stolzes Volk unterwerfen und versklaven«, sagte Brocando sofort.

»Nein. Es ging ihnen um Schotter.«

»Um *Schotter?*«

»Darauf wurde Wagnis erbaut, nicht wahr? Steinsplitter. Und die Moule brauchen Dutzende von solchen Splittern, um ein wenig Metall aus ihnen zu gewinnen.«

»Meine prächtige Stadt ...«

»Schotter«, sagte Glurk.

»Mein Palast ...«

»Schotter.«

»Metall«, murmelte Bane. »Die Moule versuchen, möglichst viel Metall zu bekommen. Waffen aus Metall sind Lack und Holz weit überlegen.«

»Aber warum die ganze Mühe?« fragte Pismire.

»Wehr ist nur wenige Tagesreisen entfernt«, antwortete der General. »*Das* ist der Grund. Wir müssen die Hauptstadt des Reiches warnen.«

»Hier entlang!« sagte Glurk.

Mit ›hier‹ meinte er eine lange, aus der Bronze gemeißelte Höhle. Einige Löcher in der Ecke sorgten für Beleuchtung, und es drang auch etwas Licht durch die kleinen Öffnungen, genug, um trübe Schatten an den Wänden zu zeigen. Es war recht warm in der Höhle, und es roch nach Tieren. Pismire und die anderen hörten, wie sich große Geschöpfe bewegten, und dumpfes, schnaufendes Atmen gesellte sich dieser Geräuschkulisse hinzu. Schritte knirschten, und zwei grüne Augen glühten im Halbdunkel.

»Was wollt ihr hier?« fragte der Moul-Wächter.

»Ah«, brummte Glurk. »Ich habe die Gefangenen gebracht! Harharhar!«

Der Moul musterte die vier Gestalten argwöhnisch. »Weshalb?« fragte er.

Glurk blinzelte verwirrt.

»Genug geredet, harharhar«, sagte er schließlich und schlug dem Wächter auf den Kopf.

Das Glühen in den grünen Pupillen verblaßte.

»Nach einer Weile gehen mir die Ideen aus«, meinte das Stammesoberhaupt.

Pismires Augen hatten sich inzwischen ans Zwielicht gewöhnt. Die Höhle war groß, aber sie wirkte nicht annähernd so groß, wie es eigentlich der Fall sein sollte. Der Grund: Einige riesige Wesen in der Höhle verschoben die Perspektive.

»Das sind Ponen, nicht wahr?« fragte Brocando.

»Man kann sie kaum mit anderen Geschöpfen verwechseln, oder?« erwiderte Pismire. »Warum sind sie hier?«

»Sie drehen die Räder für die Plattform«, erklärte Glurk. »Man verwendet sie für schwere Arbeiten. Und wißt ihr was? Sie sind intelligent.«

Der Schamane winkte ab. »Das behaupten die alten Geschichten. Zugegeben, sie sehen intelligent aus, aber im Vergleich zum Körper ist der Kopf zu klein. Ihr Gehirn kann kaum größer sein als eine getrocknete Erbse.«

»Aber es ist eine sehr *kluge* getrocknete Erbse«, wandte Glurk ein. »In der vergangenen Nacht habe ich mich versteckt. Die Ponen können sich mit einer Art Sprache verständigen, die aus lautem Pochen und hupenden Lauten besteht. Seht nur ...«

Ein kleiner Kopf senkte sich ihm entgegen, und zwei funkelnde Augen blinzelten.

»Äh …«, begann Glurk. »Stampf zweimal, wenn du mich verstehst.«

Bumm. Bumm.

Selbst der Munrung wirkte überrascht.

»Dies sind Freunde. Ihr helft uns, einverstanden?«

Bumm. Bumm.

»Das bedeutet ›ja‹«, übersetzte Glurk.

»Ach, tatsächlich?« erwiderte Pismire.

»Da drüben liegt der Sattel.«

Das Ding sah eher aus wie ein kleines Schloß. Die Gurte bestanden aus rotem Tuch, mit Bronzebeschlägen geschmückt, und darüber wölbte sich ein Dach mit Vorhängen und kleinen Glocken. Der ›Sattel‹ wies gepolsterte Sitze auf, und am verzierten Geschirr bildeten bronzene Buchstaben den Namen ›Langzunge‹.

Während die anderen den Sattel holten, schob sich Pismire etwas näher an das große Geschöpf heran und hob die Hand.

»Wie viele Finger zeige ich dir?« fragte er skeptisch.

Bumm. Bumm. Bumm. Bumm.

»Aha! Von wegen Intelli …«

Bumm.

»Ein reiner Zufallstreffer.«

Der Pon sank auf die Knie, damit man ihm den Sattel auf den Rücken schieben konnte.

Dann öffnete er das Maul und trompetete.

Es klang wie das Knarren einer sich langsam öffnenden Tür – ums Tausendfache verstärkt. Und es blieb nicht allein dabei: Zarte Untertöne zitterten und vibrierten in dem Geräusch. *Sprache,* dachte Pismire. *Ohne Worte. Aber es handelt sich trotzdem um Sprache.*

Ich frage mich, ob das ebenfalls eine Erfindung der Schlauen ist. Früher hatten auch wir eine Sprache ohne Worte. In gewisser Weise haben wir sie noch immer. Wir sagen ›Mhm‹ und ›Hm?‹ und ›Äh‹, oder?

He, was denke ich da? Diese Wesen sind Tiere.

Aber man kann sie wohl kaum als dumm bezeichnen.

Die anderen Ponen beantworteten das ohrenbetäubende Knarren mit Blöken und Trillern. Glurk bedeutete seinen Gefährten, auf Langzunges Rücken zu klettern.

»Das haben die Moule bestimmt gehört«, meinte Pismire.

»Und wenn schon«, entgegnete das Stammesoberhaupt der Munrungs. »Die Ponen wollen jetzt heimkehren.«

»Soll das heißen, sie hatten jederzeit die Möglichkeit, diesen Ort zu verlassen?« fragte Brocando und beobachtete, wie die riesigen Wesen ihre Ställe verließen und eine lange Reihe bildeten.

»Es *gefiel* ihnen hier, als das Hochtorland den Vortgornern gehörte«, antwortete Glurk. »Sie mögen interessante Dinge. Aber jetzt interessieren sie sich nicht mehr für die Moule. Statt dessen halten sie uns für faszinierend.«

»Jetzt hör mal, Glurk«, sagte Pismire, »ich will keineswegs behaupten, daß es dir an Intelligenz mangelt, aber ich bezweifle, ob du in der Lage bist, innerhalb so kurzer Zeit eine ganz neue Sprache zu lernen und ...«

Glurk grinste vom einen Ohr bis zum anderen. »Ich wußte, was mich hier erwarten würde. Ich meine, ich wußte es schon *vorher*.«

»Aber wie ...«

»Genug geredet, harharhar«, unterbrach Glurk den Schamanen. »Ich erkläre dir später alles. Übrigens: Sei freundlich. Sie sagte, daß die Ponen Leute wie uns gut verstehen können.«

»Ich fasse es nicht«, murmelte Pismire.

Ein Pon schnaubte ihm ins Ohr.

»Es bedeutet, daß man dich für interessant hält«, ließ sich Glurk vernehmen.

»Wen hast du eben mit *sie* gemeint?« erkundigte sich Pismire.

»Das wirst du bald erfahren.« Glurk vergnügte sich prächtig, und zwar auf eine ganz besondere und persönliche Weise. Sein ganzes Leben lang hatte Pismire mehr gewußt als er, und nun genoß er es, selbst einmal in die Rolle des Herrn Antwort zu schlüpfen.

Am anderen Ende der Höhle fanden sie eine große und massive Bronzepforte. Die ersten beiden Ponen marschierten einfach durchs Portal und rissen es aus den Angeln. Draußen begann die Herde mit einem flotten Trab, und Langzunge führte sie an.

Er trompetete, und daraufhin wurde aus dem Trab ein Galopp. Die Wesen wirkten schwerfällig und fast komisch – bis man sich der Erkenntnis stellte, daß die hüpfenden Bälle durch ein Haus marschieren konnten, ohne etwas davon zu merken.

Pismire und seine drei Begleiter auf Langzunges Rücken wurden so hin und her geschüttelt wie Erbsen in einem großen Topf. Der Schamane beobachtete einige Moule, die auf Snargs ritten und der Herde mit wurfbereiten Speeren folgten. Langzunge bemerkte sie ebenfalls, denn er trompetete erneut, und diesmal klang es zornig.

Drei Ponen wandten sich den Moulen zu, die plötzlich begriffen, daß sie keine wehrlosen Geschöpfe verfolgten, sondern ...

Pismire richtete sich im Sattel auf. »Sie sind über die Moule hinweggegangen!« brachte er hervor.

»Sind sie gesprungen?« fragte Brocando.

»Nein! Sie haben sich nicht die Mühe gemacht, zu springen oder den Verfolgern auszuweichen.«

»Sie verabscheuen Moule«, sagte Glurk. »Sie verabscheuen sie noch mehr als wir. Weil sie uninteressant sind.«

Weiter vorn sahen sie einen Torbogen. Eine große

Menge aus Moulen und Vortgornern hatte sich dort eingefunden. »Sie brauchen nur die Plattform hinabzulassen – dann sind wir erledigt!« rief Pismire.

»Unmöglich«, erwiderte Glurk und streckte die Hand aus. »*Er* bewegt sie.«

Neben dem Tor sah Pismire nun ein großes Tretwerk, und darin befand sich ein Pon. Mehrere Moule schlugen mit Peitschen und Stöcken nach ihm, doch er rührte sich nicht von der Stelle und trompetete nur. Langzunge brüllte eine Antwort.

»Die Ponen sind entschlossen, ihren Artgenossen zu befreien«, sagte Glurk. »Übrigens: Sie hassen scharfe Dinge noch mehr als Moule, und deshalb sollten wir mit Speeren und so vorsichtig sein ...«

Einige Ponen stürmten dem Tretwerk entgegen und schleuderten achtlos alle Moule beiseite, die so dumm waren, sie anzugreifen. Zähne zerfetzten Gitterstangen. Der bis eben gefangene Pon schüttelte sich, hob ein Bein und zerstampfte zwei Moule, die ihm besonders zugesetzt hatten. Anschließend sprang er durchs Tor.

»Sind sie übergeschnappt?« entfuhr es Pismire erschrocken. »Ein solches Gewicht hält die Plattform bestimmt nicht aus.«

»Das wird sich gleich herausstellen«, sagte Glurk, als Langzunge auf die Planken wankte. Die anderen Ponen folgten ihm, und Pismire beobachtete: Zwar nutzten sie jede Gelegenheit, um auf Moule zu treten, aber sie verschonten die Vortgorner. *Offenbar haben sie sich einen Rest von Interesse an den Vortgornern bewahrt,* überlegte der Schamane.

Er rechnete damit, daß die Plattform unter dem enormen Gewicht splitterte, aber aus irgendeinem Grund hielten die Planken stand. Dafür geschah etwas anderes: Oben klirrte es, und das halb zerstörte Tretwerk drehte sich so schnell, daß es zu einem Schatten wurde. Die Ketten rasselten nicht nur – sie *heulten* an den Flaschenzügen. Die Bronzewand raste vorbei. Nur Glurk verharrte in Gelassenheit. Pismire duckte sich, fest davon überzeugt, daß ihnen tief unten ein verheerender Aufprall bevorstand. Brocando hielt sich irgendwo fest, kniff die Augen zu und stöhnte. Bane spannte die Muskeln, und sein Gesichtsausdruck wies darauf hin, daß er ihr Schicksal für besiegelt glaubte.

Und dann sprangen die Ponen von der Plattform, einer nach dem anderen.

Die winzigen Flügel entfalteten sich. Eigentlich waren sie viel zu klein, um so große Wesen zu tragen, aber sie erfüllten trotzdem ihren Zweck. Die Schwingen *wirbelten*, schlugen rasend schnell in der Art eines Kolibris; dadurch blieben die Ponen in der Luft und schwebten langsam zu den Haaren des Teppichs hinab.

Nur Langzunge stand auch weiterhin auf der Plattform, die jetzt langsamer wurde und mit einem dumpfen Donnern im Staub landete. Der Pon trabte sofort los, während um ihn herum seine Artgenossen wie Fallobst im Haarwald niedergingen.

Pismire, Bane und der Zwergenkönig starrten Glurk verdutzt an.

»Du hast gewußt, daß wir überleben würden!« platzte es vorwurfsvoll aus dem Schamanen heraus.

»Ich habe es *gehofft*«, entgegnete der Munrung. »Ganz sicher war ich nicht – obgleich Culaina meinte, ich brauchte mir keine Sorgen zu machen.«

»Culaina?« wiederholte Pismire. »Ist sie die *sie?*« Überaus unangenehme Verwirrung erfaßte ihn. Er mochte Glurk, aber es schien Teil seiner Existenz zu sein, immer mehr zu wissen als das Stammesoberhaupt. Die Umstellung fiel dem Schamanen sehr schwer.

Ein weiterer Pon landete in der Nähe. *Sie sind we-*

sentlich leichter, als es den Anschein hat, dachte Pismire. *Mit Flügeln ausgestattete Ballons. Kein Wunder, daß sie von spitzen Dingen nicht viel halten.*

»Culaina ist schwer zu beschreiben«, sagte Glurk. »Ich schätze, sie gehört zum Volk der Schlauen.«

»Bist du nicht sicher?« fragte Pismire. Seine Verwunderung wuchs.

»Frag sie selbst«, schlug Glurk vor. »Wir sind jetzt zu ihr unterwegs.«

Langzunge senkte den Kopf und stapfte an den Haaren vorbei.

»Nein«, erklang Banes Stimme. »Wir dürfen keine Zeit verlieren und müssen so schnell wie möglich nach Wehr.«

»Zuerst kehren wir nach Wagnis zurück«, brummte Brocando.

»Wehr ist nur einige Tagesreisen entfernt. Der Gebieter muß von den jüngsten Ereignissen erfahren.«

»Vielleicht weiß er schon Bescheid«, erwiderte Pismire düster.

Glurk schüttelte den Kopf. »Nein.«

»Wieso bist du so sicher?«

»Nur wir wissen von der Moul-Streitmacht«, sagte Glurk mit Nachdruck. »Wir ziehen nach Wehr, um die Bewohner der Hauptstadt zu warnen. Aber vorher *müssen* wir mit Culaina sprechen.«

»Mit der Schlauen?« Pismire runzelte die Stirn. »Aus welchem Grund?«

»Um ihr zu erzählen, was wir gesehen haben«, erklärte Glurk. Er lächelte schief und kratzte sich am Kopf. »Damit sie sich daran erinnern kann, was wir ihr jetzt sagen. Und damit sie imstande ist, mir vor zwei Tagen davon zu berichten. Als ich ihr zum erstenmal begegnete.«

Brocando öffnete den Mund, aber Pismire kam ihm zuvor und hob die Hand.

»Schlaue erinnern sich nicht nur an die Vergangenheit, sondern auch an die Zukunft«, sagte er. »Aber ... Sie *sprechen* nie davon.«

»Diese Schlaue bildet eine Ausnahme«, stellte Glurk fest. »Sieh mich nicht so an. Hältst du es etwa für möglich, daß ich eine solche Geschichte *erfunden* habe?«

Kapitel 13

»Es war nicht schwer, euch zu folgen«, sagte Glurk. »Ich meine, zwanzig Personen hinterlassen Spuren – in dieser Hinsicht ergaben sich keine Probleme. Ich mußte nur aufpassen, euch nicht direkt über den Weg zu laufen. Und dann dachte ich ... Sie ziehen in einer geraden Linie nach Süden – warum eilst du nicht voraus, um das Gelände zu erkunden und zu sehen, was geschieht? Nun, eine Person kann wesentlich schneller sein als zwanzig, oder? Außerdem: Ich hatte mir einen Snarg besorgt. Die Biester sind eigentlich gar nicht so übel, wenn man sie mit der richtigen Mischung aus Freundlichkeit und Gemeinheit behandelt. Tja, und so lernte ich schließlich Culaina kennen. Sie ist sehr seltsam.«

Stille folgte. »Ich fürchte, in deinem Bericht gibt es die eine oder andere Lücke«, bemerkte Pismire.

»Ich zeige euch, wo sie wohnt«, fuhr Glurk fort. »Ich, äh ... Vermutlich kann man den Ort nur sehen, wenn sie es zuläßt. *Ich* kenne nichts Vergleichbares, und ... Und da war sie plötzlich, und sie sagte mir, wohin ihr unterwegs seid und wie ich mich an der Plattform festhalten kann, und wie man einem Vortgorner die Rüstung abnimmt, und wie man die Ponen befreit, und daß sie fliegen können und ... alles.«

»Woher wußte sie davon?« fragte Brocando.

»Sie wußte davon, weil wir ihr alle Einzelheiten schildern«, sagte Glurk. »Um ganz ehrlich zu sein: Wie so was klappt, ist mir ein Rätsel.«

»Die Schlauen erinnern sich an Vergangenheit und Zukunft«, murmelte Bane.

»Aber sie dürfen nicht von zukünftigen Ereignissen erzählen!« entfuhr es Pismire. »Andernfalls könnten entsetzliche Dinge passieren.«

»Nun, ich weiß nicht …«, erwiderte Glurk vorsichtig. »So wie ich die Sache sehe … Eure Befreiung erscheint mir nicht sonderlich schlimm.«

»Wir müssen zum Stamm zurück«, befand der Schamane.

»Und zu meinem Volk!« fügte Brocando hinzu. »Es braucht uns!«

»Ich habe darüber nachgedacht«, meinte Glurk. »Zweihundert Munrungs und dreitausend Deftmenen, zusammen und bewaffnet … Warum sollten sie *unsere* Hilfe benötigen? Es gehören einige sehr tüchtige Burschen zum Stamm. Und außerdem ist Snibril bei ihnen. Oder?«

»Äh«, sagte Brocando. »Ja. Das hoffen wir.«

»Na bitte. Und deine Untertanen wissen, wie man wirkungsvoll kämpft. Wir sind vier, befinden uns in einer unbekannten Gegend, in der es von Feinden wimmelt … *Wir* brauchen Hilfe. Wie dem auch sei: Zuerst reden wir mit Culaina.«

»Aber sie hat dir alles erzählt, und uns *gelang* die Flucht«, wandte Brocando ein. »Wir können uns ein anderes Mal bei ihr bedanken …«

»Nein«, widersprach Pismire. »Wenn Glurk recht hat, wenn Culaina ihm die Zukunft schilderte und wir *nicht* zu ihr gehen … Dann könnte praktisch alles passieren. Meine Güte, vielleicht rollt sich der Teppich zusammen oder so. Wir müßten mit dem Schlimmsten vom Schlimmen rechnen …«

»Du meinst, schlimmer als …«, begann Brocando unsicher.

»Schlimmer als die entsetzlichsten Bilder, die deine Phantasie zu malen vermag«, betonte der Schamane.

»Diesen Hinweis hat mir die Schlaue angekündigt«, sagte Glurk.

Sie dachten darüber nach.

»Offenbar vertraut sie dir sehr«, kommentierte Bane.

Die Ponen stapften und trabten weiter. Die vier Reisenden auf Langzunges Rücken dösten oder beobachteten schweigend, wie die Schatten länger wurden. Die meiste Zeit über blieben sie mit ihren eigenen Gedanken beschäftigt.

Staubbüsche wuchsen dicht zwischen den Haaren, und in ihnen summten und klickten verborgene Wesen. Hoch oben bildeten Fusseln apfelgrüne flaumartige Vorhänge, und daran wuchsen Flusenblumen. Ihre Blütenblätter glänzten in tausend verschiedenen Tönungen, die von Grün über Olivfarben bis hin zu einem matten Gelb reichten. Ein intensiver Duft ging von ihnen aus, wehte über Lichtungen und roch nach der Farbe Grün.

»Das ist interessant«, sagte Pismire irgendwann und setzte sich auf. Es geschah zum erstenmal seit mindestens einer Stunde, daß jemand von ihnen sprach.

»So etwas sieht man nicht oft«, fügte er hinzu und streckte den Arm aus.

Auf der gegenüberliegenden Seite der Lichtung stand ein Wildschwein im grünen Gebüsch und beobachtete sie aufmerksam. Als es gleich mehrere Blicke spürte, drehte es sich um und verschwand hastig im Haarwald.

»Ein ganz normales Wildschwein«, brummte Bane.

»Aber es war braun«, sagte Pismire. »Und es hätte grün sein sollen. Fast alle frei lebenden Geschöpfe im Teppich nehmen die Farbe der Haare an, zwischen denen sie geboren werden. Zur Tarnung.«

»Vielleicht hat es sich in diese Region verirrt«, vermutete Bane.

»Nein.« Glurk lächelte. »Es wurde hierhergebracht. Wir sind fast da. Eine Überraschung erwartet euch. Ihr werdet staunen.«

Die Ponen änderten den Kurs und folgten dem Verlauf eines anderen Pfades. Sie bahnten sich einen Weg durch die Flusenvorhänge, und zahllose kleinere Geschöpfe ergriffen die Flucht vor den Kolossen. Sie repräsentierten alle Farben des Teppichs.

Und dann traten die Ponen durch...

Die Haare drängten sich am Rand einer großen Lichtung zusammen und reflektierten das matte Glühen eines Objekts in der Mitte des offenen Bereichs.

Es handelte sich um einen unbehauenen Zuckerkristall. Er ragte so weit auf wie der Große Palast von Wagnis, war weißer als Bein und glitzerte kalt im grünen Halbdunkel. Das durch die vielen Staubfladen filternde Licht schien allein von jenem Würfel beansprucht zu werden, und in seinem Innern tanzte etwas Weißes. An einigen Stellen schimmerte der Kristall wie polierter Lack und zeigte Spiegelbilder der Geschöpfe in seiner Nähe.

Pismire sah Staubhasen und Schlußfadenbohrer in allen Farben, Dutzende von Wildschweinen, Soraths mit langen Hälsen, dicke Bläser, Krustenknabberer, Ziegen mit spiralförmig gewundenen Hörnern, außerdem Tiere, die er nicht kannte: ein mit Schuppen ausgestattetes Etwas, aus dessen Rücken lange Stacheln wuchsen; ein langes Wesen, das nur aus Beinen zu bestehen schien. Ein seltsames Geräusch drang dem Schamanen an die Ohren: Es klang nach... tausend leckenden Zungen.

Langzunge und die anderen Ponen legten einen Sprint ein – Glurk und seine Gefährten wurden fast aus dem Sattel geschleudert. Kleinere Geschöpfe wichen rasch beiseite.

»Es ist... wundervoll«, flüsterte Brocando. Bane

starrte mit offenem Mund, und selbst Pismire war beeindruckt.

Sie kletterten von Langzunges Rücken und näherten sich langsam dem Kristall. Die Tiere leckten auch weiterhin am Zucker und schenkten ihnen kaum Beachtung.

Glurk setzte sein Messer an, löste ein Stück aus der glatten Wand und steckte es sich in den Mund. »Nicht übel«, sagte er einige Sekunden später und warf Bane einen Splitter zu. Der General biß vorsichtig davon ab.

»Zucker«, murmelte er. »Nur ein einziges Mal habe ich so etwas probiert. In der Nähe des Kaminlands gab es einen Kristall. Der Gebieter ließ sich kleine Teile davon servieren.«

»Schmeckt wie Honig und doch anders«, meinte Brocando. »Woher kommt der ... Zucker?«

»Er kommt aus der gleichen Richtung wie Schotter, Salz und Asche – von oben«, antwortete Pismire. »Mehr wissen wir nicht.«

Instinktiv blickten sie an den Haaren hinauf.

Der Zwergenkönig beendete das Schweigen. »Nun, wenigstens bleiben uns Probleme in Hinsicht auf die nächste Mahlzeit erspart. Gebratener Bläser oder gebackener Bohrer – wir können frei wählen. Kein Wunder, daß hier alle Farben vertreten sind. Der Kristall lockt die Tiere von weither an.« Er seufzte leise. »Es scheint kaum fair zu sein, sie zu töten, während sie einen nicht ansehen.«

»Steck das Messer weg« ertönte eine Stimme.

Pismire verschluckte sich am Zucker.

Eine Gestalt stand etwas abseits. Sie war recht groß, hatte das für Schlaue typische schmale Gesicht und wirkte geisterhaft im matten Schein des Kristalls. Langes weißes Haar umwogte den Kopf – man konnte kaum feststellen, wo es endete und wo das lange weiße Gewand begann. Eine junge Frau ... Doch wenn sie sich bewegte, verschwand die Jugend manchmal, wich Greisenhaftigkeit oder mittlerem Alter. Die Zeit huschte Schatten gleich über ihre Züge.

Die rechte Hand hielt das Halsband eines weißen Snargs, der drohend mit dem Schwanz wedelte.

»Äh«, sagte Glurk, »das ist Culaina.«

Die Schlaue wanderte an ihnen vorbei und klopfte Langzunge an die Flanke. Der lange Hals des Ponen geriet in Bewegung, und kleine Augen blickten auf Culaina hinab. Das riesige Wesen zögerte nur kurz, bevor es sich auf dem Boden ausstreckte und den Kopf senkte.

Culaina drehte sich um und lächelte, wodurch es zu einer jähen Veränderung kam – die ganze Lichtung schien das Lächeln zu erwidern.

»Da seid ihr also«, sagte die Schlaue. »Erzählt mir von euren Abenteuern. Ich weiß, daß ihr hier seid, um mir alles zu schildern, denn ich erinnere mich daran. Folgt mir. Ich gebe euch zu essen.«

Pismire und die anderen folgten der weißen Gestalt über die Lichtung. Culaina führte sie zu ihrem Heim, besser gesagt: zu einem ihrer Heime. Sie wohnte unter einem aus Staubfladen bestehenden Dach, das auf vier langen Stangen ruhte. Es gab weder Wände noch Türen, keinen Graben und keine Palisade, die des Nachts Schutz gewährte. Sogar eine Feuerstelle fehlte. Über dem Dach hing ein großes Hymetor-Nest; viele Tiere lagen in der Nähe und dösten friedlich.

Als sich Glurk und seine Begleiter näherten, summten die Hymetors, verließen ihr Nest und bildete einen zornigen Schwarm. Die vier Neuankömmlinge duckten sich und versuchten, die Gesichter mit den Armen abzuschirmen.

Culaina pfiff.

Sofort unterbrachen die brummenden Geschöpfe ihren Angriff, sausten über das Haupt der Schlauen hinweg und kehrten zum Nest zurück. Glurk sah den einen oder anderen Stachel.

»Sie hat die Hymetors zurückgeschickt«, flüsterte Brocando. »Sie pfiff, und daraufhin gehorchten sie ihr.«

Auf dem Boden unterm Dach lag Obst, und einige Schüsseln enthielten grüne Flüssigkeit.

»Das kenne ich«, sagte Glurk. »Saft aus den grünen Haaren. Sehr lecker.«

Sie setzten sich. Pismire rutschte unruhig hin und her; Culaina lächelte.

»Sprich deine Gedanken laut aus«, forderte sie den Schamanen auf. »Ich erinnere mich daran, daß du kein Blatt vor den Mund genommen hast. Aber du mußt die Worte jetzt formulieren.«

Sie warteten nur darauf, daß Pismire den Mund öffnete. »Schlaue verraten nichts von der Zukunft! Das ist allgemein bekannt. Sie geben *nie* Auskunft. Andere Leute dürfen nicht erfahren, was geschehen wird – sonst können die schrecklichsten Dinge passieren. Du hast …«

»Ich erinnere mich daran, dich an dieser Stelle unterbrochen zu haben«, sagte die Schlaue. »Ja, ich kenne die Regeln. Und genau das sind sie: *Regeln.* Weiter nichts. Nun, Pismire, ich bin nicht wie die anderen Schlauen. Hast du jemals die Bezeichnung … Thunorg gehört? Oh, ich *weiß,* daß sie dir bekannt ist.«

»Ja. So nennt man Schlaue, die sich an noch mehr erinnern, zum Beispiel an … Oh, meine Güte!« Pismire riß die Augen auf. »Ich dachte, das seien nur Geschichten. Ich habe Thunorgs für Ungeheuer oder so gehalten.«

»Es sind tatsächlich nur Geschichten. Aber deshalb können sie trotzdem stimmen. Was die Regeln betrifft … Es sind nur *Regeln.* Sie gelten nicht immer. Und sie gelten nicht für mich. Im großen und ganzen sind mir Städte gleich. Aber die Zerstörung des Teppichs, das Schmelzen von Bronze, die Herstellung metallener Waffen, das Herumtrampeln im Staub ...«

Culaina schüttelte den Kopf. »Nein, das gehört sich nicht. Morgen zieht ihr nach Wehr, bevor die Moule Wagnis verlassen. Es wird zu einem Kampf kommen, und ihr müßt ihn gewinnen. In Hinblick auf das Wie kann ich euch keinen Rat geben. Wichtig ist: Ihr müßt den Sieg erringen. Unbedingt.« Die Schlaue zögerte kurz. »Ich biete euch die Möglichkeit, hier zu übernachten. Habt keine Angst. Euch droht nicht die geringste Gefahr.«

»Warum hilfst du uns?« erkundigte sich Bane. »Bitte beantworte mir diese Frage. Schlaue erinnern sich daran, was geschehen ist und was geschehen wird. Nie sprechen sie darüber. Weshalb bist du anders?«

Culaina neigte den Kopf zur Seite.

»Hast du mich gehört?« fragte Bane.

»Ja. Und ich entsinne mich an die Antwort, die ich dir gegeben habe. Weißt du, es gibt soviel ... soviel ...« Die Schlaue unterbrach sich und trat beiseite. Nach einigen Schritten drehte sie sich um. »Pismire sollte folgendes erfahren: Manchmal ... wird ein Schlauer geboren, der sich von den übrigen unterscheidet. Die betreffende Person ist so selten wie mein Albino-Snarg, und sie erinnert sich an ... alles.«

»Das gilt für alle Schlauen«, sagte Bane.

»Nein«, widersprach Culaina. »Die meisten Schlauen erinnern sich an jene Dinge, die geschehen. Wir Thunorgs erinnern uns auch an das, was geschehen *könnte.* Ich weiß, was passiert, wenn ihr den Kampf von Wehr nicht gewinnt. Ich kenne alle Möglichkeiten. Für jede Sache, die geschieht, gibt es Millionen von Alternativen. Ich lebe in ihnen allen. Ich erinnere mich an euren Sieg, und ich erinnere mich an eure Niederlage. Ich erinnere mich an triumphierende Moule, und ich erinnere mich daran, wie ihr euren Erfolg feiert. Beides ist für mich Wirklichkeit. Beides ist für mich real und Teil der gleichen Vergangenheit. Die anderen Schlauen erinnern sich an den Faden der Geschichte, aber ich erinnere mich auch an die nie gesponnenen Fäden. Für mich sind alle Möglichkeiten und Alternativen Realität. Ich existiere in ihnen.«

»Warum?« hauchte Bane.

»Jemand muß so leben wie ich. Um die zahllosen Realitäten real werden zu lassen.«

Culaina schritt durch die Schatten, und ihre Gestalt schien sich aufzulösen.

Ihre Stimme kam von einem fernen Ort. »Nichts geschieht von ganz allein. Historische Strukturen bilden sich nicht von selbst – sie werden geformt, von Personen und Entscheidungen. Von vielen anderen Dingen. Nichts ist zu klein, um in völliger Bedeutungslosigkeit zu verharren. Alles kann Veränderung bewirken.«

Die Stimme verklang. Nach einer Weile stand Bane auf und starrte unbeholfen in die Dunkelheit.

»Sie ist fort.«

»Ich frage mich, ob sie jemals ganz an einem Ort sein kann«, sagte Pismire. »Was tun wir jetzt?«

»Ich lege mich aufs Ohr«, erwiderte Glurk. »Ich weiß nicht, wie's euch geht, aber ich bin müde – immerhin haben wir einen anstrengenden Tag hinter uns.«

Bane erwachte mehrmals und glaubte, irgendwo in weiter Ferne dumpfes Grollen und Schreie zu hören. Doch wenn er sich darauf konzentrierte, wurde es vollkommen still.

Pismire träumte. Von Haaren, die sich unter den Böen eines orkanartigen Winds duckten; von zehntausend Augen, die grün, rot und weiß glänzten; von Culaina, deren Haar einem Banner gleich wogte, die durch eine laute Finsternis wanderte und alles erlebte, nicht nur Vergangenes und Zukünftiges, sondern auch Mögliches und Denkbares.

Glurk träumte ebenfalls, von geschmeidigen Körpern, die durchs Gebüsch eilten. Der Teppich schien lebendig zu werden. Ein ähnlicher Vorgang wurde von etwas ausgelöst, das in einen Becher fiel: Wellen entstanden, dehnten sich immer weiter aus. In tiefen Höhlen schlafende Geschöpfe erwachten und knurrten. Glurk sah Fingerhut weit jenseits von Firnisholm: eine gewaltige silberne Kuppel. Er sah heißes Glühen, während die Schlauen Lack bei Firnisholm gewannen und ihn in Kesseln schmolzen.

In seinem Traum glitt er wie ein Phantom durch den Haarwald, bis er zur Endlosen Ebene gelangte. Ganz plötzlich endete der Teppich, und flache Grenzenlosigkeit folgte. Vergeblich hielt er nach Haaren Ausschau, sah nur Staubbälle, die im ewigen Wind dahinrollten. Am letzten Haar stand Culaina mit wehendem Umhang.

Ruckartig richtete sich Glurk auf.

Der Morgen hatte begonnen. Gelbes Licht glänzte auf die Lichtung herab, und in diesem Schein wirkten die Haare wie Bronze. Brocando schlief noch. Pismire und Bane sprachen leise miteinander.

Ein Blick genügte.

»Es waren keine gewöhnlichen Träume«, sagte der Schamane. »Nein, von normalen Träumen kann wohl kaum die Rede sein. Die Schlaue lebt alle ihre Existenzen gleichzeitig, und wir empfingen Echos ...«

»Ich habe gesehen, wie Culaina den Teppich durchstreifte«, meinte Glurk. »Und auch Snibril ist mir aufgefallen.«

»Mir zeigten die Bilder die Gebiete des Kaminlands und das Feuer am Himmel«, fügte Pismire hinzu.

»Überall wimmelte es von Geschöpfen aller Art«, murmelte Glurk.

Brocando drehte sich um und öffnete die Augen. Eine Zeitlang hörte er den Gefährten zu, dann nickte er. »Ich befand mich wieder im Hochtorland, in einer kuppelförmigen Höhle. Sie enthielt einen Thron aus Bronze, und darauf saß ein Vortgorner mit gelbem Bart und einer Krone auf dem Kopf. Zwei Moule standen vor ihm, und ich schwöre: Einer von ihnen war Gormaleesch. Sie lachten und griffen nach der Krone, doch der Vortgorner rührte sich nicht, stützte das Kinn auf die Hand und schwieg.«

»Das muß König Stagbat gewesen sein«, vermutete Glurk. »Ich habe die Gespräche der vortgornischen Wachen belauscht. Die Moule erschienen, nachdem der Schreckliche Scheuerer in der Nähe zugeschlagen hatte, und sie behaupteten, er sei eine Dumii-Waffe. Sie boten sich als *Verbündete* an, und inzwischen sind sie zu den Herren des Hochtorlands geworden.«

»Den Schrecklichen Scheuerer kann man nicht beherrschen«, sagte Pismire. »Um noch einmal ausdrücklich darauf hinzuweisen: Er ist ein natürliches Phänomen.«

»Die Moule finden immer unsere schwachen Punkte«, brummte Glurk. Er sah zum schweigenden Bane hinüber.

»Und was hast *du* geträumt?« fragte er.

»Ich... ich...« Der General schien erst jetzt richtig wach zu werden. »Von nichts. Ich habe traumlos geschlafen.«

Culaina war verschwunden. Im Gegensatz zu den Ponen.

»Sie finden dies alles interessant«, sagte Glurk. »Es gefiel ihnen, für die Vortgorner zu arbeiten. Manchmal kamen Leute und lasen ihnen Geschichten vor und so. Es muß ziemlich schwer sein, ein Gehirn zu haben und auf Hände verzichten zu müssen.«

»Wir sollten jetzt den Weg nach Wehr fortsetzen«,

ließ sich Bane vernehmen. »Ich schätze, in dieser Hinsicht bleibt uns kaum eine Wahl.«

»Oh, es stehen viele Möglichkeiten zur Wahl«, sagte Pismire. »Es ist nur... Wir müssen entscheiden, nach Wehr zu reisen.«

Glurk sattelte Langzunge. »Sicher stehen uns interessante Erlebnisse bevor«, teilte er dem Ponen mit. Es klang nicht sehr begeistert.

Bane sah sich noch einmal auf der Lichtung mit dem Zuckerwürfel um.

»Sie ist hier... irgendwo.«

»Irgendwo und überall«, meinte Pismire. »Überall dort, wo es eine Entscheidung zu treffen gilt.«

Banes Blick reichte in die Ferne. »Wie mag es sein, über alle möglichen Geschehnisse Bescheid zu wissen?« fragte er.

»Schrecklich«, antwortete der Schamane. »Komm jetzt! Bane? Es wird Zeit...«

Kapitel 14

Snibril leitete die Suche nach dem Sturm. Sie kletterten zwischen den Trümmern des Palastes herum. Sie wagten sich erneut in die Finsternis von Unterlage und riefen dort die Namen der Vermißten. Glurk und die anderen blieben auch weiterhin verschwunden.

Pismire hätte in diesem Zusammenhang vermutlich auf folgendes hingewiesen: Manchmal war es besser, nichts zu finden.

Es bedeutete, daß man nach wie vor hoffen konnte.

Schließlich entdeckten sie die Spuren auf einer fernen Lichtung: Viele Geschöpfe schienen sich an diesem Ort aufgehalten zu haben. Snibril gewann den Eindruck, daß sich dort jemand im Gebüsch verborgen hatte, aber er war nicht ganz sicher, denn durch den Sturm war Staub aufgewirbelt worden, der nun überall eine mehr oder weniger dicke Schicht bildete. Wie dem auch sei: Die noch erkennbaren Spuren führten nach Süden.

Die Munrungs halfen Brocandos Volk dabei, einigermaßen Ordnung zu schaffen, und dabei stellte sich heraus: Der Felsen beziehungsweise Schotterbrocken, auf dem Wagnis ruhte, hatte seine Position verändert und sich ein wenig zur Seite geneigt. Dennoch herrschte so etwas wie vorsichtige Zuversicht bei den Zwergen. Wenn der Schreckliche Scheuerer noch einmal zuschlug, mochte von der Stadt überhaupt nichts mehr übrigbleiben, aber ihre Bewohner kannten jetzt den Weg in die Unterlage, die ihnen Schutz bot vor dem Chaos im Teppich.

Snibril dachte darüber nach, als er auf Rolands Rücken durch den Haarwald ritt und nach weiteren Spuren Ausschau hielt.

Wir können uns jederzeit in die Unterlage zurückziehen, überlegte er. *Wir können damit aufhören, Leute zu sein, indem wir blind durch die Dunkelheit stapfen.*

Die Deftmenen glauben, kein Feind sei zu groß, als daß man nicht *gegen ihn kämpfen könne, aber den Scheuerer haben wir noch nicht einmal* gesehen.

Die Dumii denken ganz anders. Sie stehen auf folgendem Standpunkt: Wenn ein Feind zu groß ist, dann suche man sich einen kleineren.

Vielleicht hat Pismire recht. Den Schrecklichen Scheuerer können wir nicht aufhalten. Aber wir sind in der Lage, unsere Furcht vor ihm zu besiegen.

»Ich reite nach Wehr«, teilte er an jenem Abend dem Stamm mit. Die Munrungs starrten ihn erschrocken an. Glurk war nach wie vor das Stammesoberhaupt – vorausgesetzt, er lebte noch. Wenn nicht ... Dann mußte Snibril die entsprechenden Pflichten wahrnehmen, denn Glurks Kinder waren noch sehr jung. Niemand wollte erneut den Anführer verlieren.

»Du darfst uns nicht verlassen«, sagte Dodor Plint, Schuhmacher des Stammes. »Du trägst die Verantwortung für uns alle.«

»Wehr ist wichtig«, erwiderte Snibril. »Ohne das Reich wären wir einfach nur Jäger.«

Die Munrungs wechselten erstaunte Blicke.

»Wir *sind* einfach nur Jäger«, meinte Plint.

»Ja, aber wenigstens *wissen* wir das«, entgegnete Glurks Bruder. »Außerdem: Inzwischen geht's bei uns viel kultivierter zu.«

»Das stimmt«, pflichtete ihm Kruli Wulf bei, der fast so alt war wie Pismire. »Als Kind habe ich häufig gesehen, wie die Leute mit Keulen und Knüppeln aufeinander einschlugen. Heute ist das viel seltener der Fall. Heute streiten sie sich nur.«

»Was jedoch nicht bedeutet, daß wir besser geworden sind«, wandte Plint ein.

Kruli Wulf kratzte sich am Kopf. »Oh, ich weiß nicht... Die heutigen Munrungs sind größer. Und sie jammern nicht so häufig.«

»Und wenn schon«, schnaufte Plint. »Die Deftmenen haben nichts mit den Dumii zu tun. Und sie kommen trotzdem gut zurecht.«

»Die Deftmenen kämpfen gegen die Dumii«, warf Snibril ein. »Es ist erstaunlich, wie sehr Dinge abfärben, wenn man gegen jemanden kämpft. Zum Beispiel... die Idee, nicht dauernd irgendwelche Leute umzubringen.«

Ein Deftmene hob die Hand.

»Da hast du recht«, sagte er. »Damals warf der König seine Gegner vom Felsen.«

»Das tut er noch immer«, fügte ein anderer Deftmene hinzu.

»Ja, aber er lacht dabei nicht mehr so laut. Und er meint, es geschähe zu ihrem eigenen Besten.«

»Na bitte«, brachte Snibril rasch hervor. »Die Art der Dumii wirkt sich auf euch aus. Obgleich ihr sie für eure Feinde haltet. Ich reite nach Süden. Vielleicht finde ich die anderen. Vielleicht kann uns das Reich helfen.«

»Ja, aber du bist das Stammesoberhaupt...«, begann Plint erneut.

»Und deshalb habe ich das Recht, Entscheidungen zu treffen!« entfuhr es Snibril scharf. »Wer kommt mit mir?«

Einige der jüngeren Munrungs hoben die Hände.

Ein Deftmene stand auf. »Besteht die Möglichkeit, gegen eine weit überlegene Streitmacht zu kämpfen?«

»Ich denke schon«, sagte Snibril.

»Dann begleiten wir dich.« Viele Deftmenen nickten, und ein anderer fragte: »Bekommen wir Gelegenheit, bis zum Tod zu kämpfen?«

»Vielleicht bekommt ihr die Chance, bis zum Tod des *Feindes* zu kämpfen«, erwiderte Snibril.

»Ist das genausogut?«

»Sogar noch besser.«

»In Ordnung«, lautete die Antwort. »Dann begleiten wir dich nach Süden.«

Schließlich erklärten sich dreihundertfünfzig Deftmenen und fünfzig Munrungs bereit, Snibril zu folgen. Auf dem Felsen genossen ihre Familien ein hohes Maß an Sicherheit – sah man einmal von dem Schrecklichen Scheuerer ab –, aber trotzdem mußte jemand bleiben, um sie zu schützen. Man konnte nie wissen ...

Vierhundert, dachte Snibril. *Und wer weiß, mit wie vielen Gegnern wir es zu tun bekommen?*

Andererseits ... Wir kennen die Anzahl der Feinde nicht; vielleicht genügen vierhundert.

Man wähle immer einen größeren Gegner. Weil er leichter zu treffen ist.

Wir müssen jetzt nach Wehr, denn dort hat alles begonnen, in gewisser Weise. Dort kam zum erstenmal jemand auf den Gedanken, daß man sich nicht unbedingt gegenseitig auf den Kopf schlagen muß, um gewisse Dinge zu bewerkstelligen ...

Kapitel 15

Zwei Tage später.

In einem Wäldchen aus roten Haaren am Rand des blauen Lands kämpften sieben Schlaue gegen Moule. Nie zuvor waren Angehörigen jenes Volkes angegriffen worden, das sich an alles erinnerte.

Die Verteidiger verfügten nicht über Waffen – sah man von denen ab, die sie für den Verkauf hergestellt hatten.

Dieses spezielle Rudel wurde von einem besonders listigen Moul angeführt. Er wollte nicht nur Schwerter aus Lack und dergleichen erbeuten, sondern hielt die Schlauen auch für leichte Beute.

Es dauerte nicht lange, bis er damit begann, seine Entscheidung zu bereuen.

Die Schlauen führten zwar keine Waffen bei sich, aber sie besaßen Werkzeuge. Und ein Hammer *läßt* sich als Waffe verwenden, wenn man damit nicht auf einen Nagel schlägt, sondern auf Moul-Köpfe. Die Angegriffenen standen an ihrem großen Kessel und setzten sich zur Wehr: Aus Schöpfkellen wurden Keulen, aus brennenden Haarsplittern Speere.

Doch sie waren dem Feind zahlenmäßig unterlegen. Sie wußten um ihren bevorstehenden Tod – sie *erinnerten* sich daran.

Und es gab einen stummen Beobachter, der ebenfalls Bescheid wußte.

Die Thunorg Culaina stand tief im Schatten zwischen den Haaren. Wie soll man beschreiben, auf welche Weise ein Thunorg Dinge sieht? Ebensogut könnte man versuchen, einem Fisch die Sterne zu erklären. Folgender Hinweis muß als Beschreibung genügen: Culaina sah den Kampf im gleichen Augenblick mindestens eine Million Male, und immer verloren die Schlauen.

Doch unter all diesen Ergebnissen gab es ein Resultat, das sich von den übrigen unterschied und so einzigartig war wie eine weiße Perle an einem schwarzen Strand.

Die Thunorg drehte sich um, während sie gleichzeitig in Reglosigkeit verharrte, konzentrierte sich auf jene Möglichkeit...

Plötzlich stürmten Gestalten zwischen den Haaren hervor. Praktisch von einem Augenblick zum anderen sahen sich die Moule einem neuen Gegner gegenüber.

Die Deftmenen und Munrungs hatten eine überaus wirkungsvolle Kampfmethode entwickelt. Die größeren Munrungs standen hinter den kleinen Deftmenen und kämpften *über sie hinweg*. Kein Feind konnte auf zwei verschiedenen Ebenen Widerstand leisten.

Die Auseinandersetzung dauerte nicht lange.

Nach einigen Minuten flohen die überlebenden Moule, und einige Deftmenen folgten ihnen.

Und dann war es vorbei. Diese Realität, so selten wie eine weiße Perle auf einem schwarzen Strand, wurde zur dominierenden Wirklichkeit. Weil eine Person, die wählen konnte, eine Wahl traf.

Der Ofenmeister Athan, Oberhaupt dieser Schlauen-Gruppe, sah entsetzt auf, als ein weißes Roß durch die Reihen der Retter trabte. Jemand saß auf dem Rücken des Pferds.

»Wie ist das möglich?« entfuhr es Athan. »Wir hätten sterben sollen! Wir alle!«

»Wolltet ihr sterben?« fragte Snibril.

»Ob wir es wollten? Das spielt dabei überhaupt

keine Rolle.« Athan ließ seinen Hammer fallen. Irgendwo im Haarwald ertönte der Schrei eines Mouls.

»Ihr habt den Lauf der Ereignisse verändert«, fuhr der Ofenmeister fort. »Und bestimmt ergeben sich daraus schreckliche Folgen …«

»Nicht unbedingt«, widersprach Snibril. »Nichts *muß* geschehen. Man kann Dinge passieren *lassen,* aber das ist etwas ganz anderes. Wir ziehen nach Wehr. Mit ›wir‹ meine ich Munrungs, Deftmenen und einige Flüchtlinge, die wir unterwegs aufgelesen haben. Was haltet ihr davon, uns zu begleiten?«

Athan wirkte sowohl empört als auch verärgert. »*Wir?* Du erwartest von uns *Schlauen,* daß wir kämpfen?«

»Eben habt ihr gekämpft.«

»Ja«, gestand Athan, »weil wir wußten, daß wir keine andere Möglichkeit hatten.«

»Dann schlage ich vor, ihr kämpft noch einmal, und zwar mit der Absicht, den Sieg zu erringen«, sagte Snibril. Er drehte sich um, als ein Munrung mit einem Schlauen in den Armen näher trat.

»Unser Geridan ist tot, und auch ein Deftmene«, berichtete der Neuankömmling. »Darüber hinaus gehört ein Schlauer zu den Opfern. Aber diese junge Frau hier lebt noch …«

»Das ist Derna«, sagte Athan. »Meine … Tochter. Eigentlich sollte sie tot sein. In gewisser Weise … *muß* sie tot sein …«

»Wir haben Medizin«, erwiderte Snibril ruhig. »Aber wir können Derna auch begraben, wenn du möchtest.«

Er richtete einen erwartungsvollen Blick auf den erbleichenden Ofenmeister.

»Nein«, hauchte Athan.

»Gut.« Snibril lächelte dünn. »Wir hätten ohnehin versucht, deine Tochter vor dem Tod zu bewahren.

Nachdem wir sie mit unseren Arzneien behandelt haben, wirst du uns begleiten.«

»Aber ich… weiß gar nicht… was die Zukunft bringt«, stotterte der Schlaue. »Ich erinnere mich nicht!«

»Ganz einfach: Ihr habt euch uns angeschlossen und seid ebenfalls nach Wehr gezogen«, behauptete Snibril.

»Ich erinnere mich nicht daran, was geschehen wird!«

»Ihr habt uns begleitet«, wiederholte Glurks Bruder.

Erleichterung glättete Athans Züge. Plötzlich wirkte er so glücklich wie ein Kind, das ein neues Spielzeug erhalten hatte. »Tatsächlich?« fragte er.

»Warum nicht?« erwiderte Snibril. »Es dürfte besser sein als der Tod.«

»Aber… so denken Thunorgs«, sagte Athan. »Die Zukunft ist *die Zukunft* und nicht…« Er unterbrach sich verwirrt. »Glaubst du etwa, daß die Zukunft noch nicht, äh, feststeht? Hält sie verschiedene Möglichkeiten bereit?«

»Ja«, bestätigte Snibril, »und man kann zwischen ihnen wählen.«

»Aber das Schicksal…«

»Oh, das Schicksal kann man maßgeblich beeinflussen, wenn man sich ein wenig Mühe gibt«, sagte der Munrung. »Das weiß ich aus eigener Erfahrung.«

Er hob den Kopf, als er ein seltsames Geräusch hörte. Es war so leise, daß es nur die Aufmerksamkeit eines Jägers weckte, der selbst die leisesten Geräusche bemerken mußte, wenn er am Leben bleiben wollte. Für ein oder zwei Sekunden glaubte er, eine weiße Gestalt in der Dunkelheit zu erkennen. Die Erscheinung lächelte kurz und verschwand.

Man bestattete Geridan im Haarwald, zusammen mit dem deftmenischen Adligen Parleon, Sohn von Leondo, getötet von einem Snarg. Auch den gefallenen Schlauen legte man dort zu letzten Ruhe.

Die übrigen Schlauen drängten sich zusammen, und Snibril hörte das Brummen ihrer Streitgespräche. Er wußte, wie sich die Gemeinschaft entscheiden würde. Athans Gefährten *erinnerten* sich nicht mehr, und daraus folgte: Es gab jetzt nur noch eine Zukunft für sie – jene, die er dem Ofenmeister gegeben hatte. Es blieb ihnen gar nichts anderes übrig, als sich damit abzufinden.

Sie nutzten den Rest des heißen Lacks, um Schwerter und Speerspitzen herzustellen. Die Gegenstände bildeten einen großen Haufen, der rasch schrumpfte, als Munrungs und Deftmenen daran vorbeischritten. Die Schlauen folgten ihnen und ließen Wagen und Kessel zurück.

Eine Million Mal verloren die Schlauen Kampf und Leben. Doch das geschah woanders, in einer alternativen Es-hätte-sein-können-Welt. *Hier* lebten sie. Hier berichtete die Geschichte von ihrem Sieg – und die Geschichte wird von den Lebenden geschrieben.

Kapitel 16

Sie folgten dem Verlauf schmaler Pfade, die sich durch den Haarwald wanden, vorbei an dichten Staubbüschen. An manchen Stellen waren gewaltige Haare abgeknickt, und ihre umgestürzten Stämme versperrten den Weg. Fusseln formten natürliche Barrieren. Oft mußten Munrungs, Deftmenen und Schlaue Messer und Schwerter verwenden, um eine Gasse durch die Hindernisse zu schneiden.

Einmal, in einem Dickicht aus orangefarbenen Haaren, sauste etwas aus den Staubgespinsten und bohrte sich dicht neben Snibrils Kopf in einen Haarstamm – ein Speer.

Weit oben bewegte sich eine Gestalt und schwang am langen Faserstrang einer Kletterpflanze, von Deftmenen-Pfeilen umschwirrt. Sie fanden nie heraus, wer oder was den Speer geworfen hatte, doch kurze Zeit nach diesem Zwischenfall entdeckten sie etwas anderes: eine Stadt.

Sie fehlte auf allen Karten des Teppichs. Schon seit einer ganzen Weile waren sie auf überwucherten Straßen unterwegs und merkten es erst, als sie die Statuen fanden. Kleine blaue Staubblumen wuchsen an ihnen, und um sie herum hatten sich Fusseln angesammelt, aber sie erhoben sich nach wie vor im Zentrum einer verlorenen Stadt. Die Skulpturen stellten vier Könige dar: Hölzerne Kronen ruhten auf hölzernen Köpfen, und die ausgestreckten Arme deuteten in alle vier Himmelsrichtungen. Farnkraut gedieh an den Füßen, und kleine Geschöpfe hatten sich in den Armbeugen und Falten der hölzernen Gewänder niedergelassen.

Wenn man neben den Statuen verharrte und aufmerksam Ausschau hielt, wenn man darauf achtete, wie die Haare und Staubhügel aufragten... Dann erkannte man die Konturen der Stadt. Das Alter hing wie eine Rauchwolke über ihr. Haare wuchsen aus den Ruinen von Gebäuden, und das Pflaster der Straßen verbarg sich unter einer dicken Staubschicht. Kletterpflanzen und Ranken hatten ebenfalls einen Beitrag zum allgemeinen Verfall geleistet, mit ihren Wurzeln Mauern durchlöchert und zum Einsturz gebracht. Ausläufer von ihnen reichten bis in geheimnisvolle Gewölbe hinab. Insekten summten und zirpten in geborstenen Torbögen. Haarpollen glitzerten in der Luft.

»Kennt ihr diesen Ort?« fragte Snibril.

Niemand kannte ihn, nicht einmal Athan.

»Manchmal gehen Orte verloren«, sagte der Ofenmeister. »Die Bewohner verlassen ihn. Haare wachsen. Straßen verschwinden unter Staubbüschen.«

»So wie die Statuen aussehen...«, murmelte Snibril. »Vielleicht dachten die hier wohnenden Leute, ihre Stadt sei für die Ewigkeit geschaffen.«

»Dann haben sie sich geirrt«, erwiderte Athan schlicht.

Und jetzt existiert jenes Volk nicht mehr, dachte Snibril. *Oder es sind noch einige der Fremden übrig und jagen in den Resten ihrer Stadt. Niemand weiß, wer sie waren und was sie vollbrachten. Man hat sie einfach vergessen. So darf es uns nicht ergehen...*

Die Schlauen schwiegen die meiste Zeit über. *So muß es sich anfühlen, plötzlich zu erblinden,* fuhr es Snibril durch den Sinn. *Wir sind an eine unbekannte Zukunft gewöhnt, aber sie...*

Einige Stunden später erreichten sie eine Dumii-Straße. Sie war weiß und bestand aus Haarstreifen, die

Kante an Kante lagen. In regelmäßigen Abständen zeigten sich geschnitzte Fingersymbole in den Haarplanken – alle Finger deuteten nach Wehr.

Eine Zeitlang folgten sie dem Verlauf der Straße. Gelegentlich mußten sie nach rechts oder links ausweichen, weil Bewegungen des Teppichs das lange Band des Weges zerrissen hatte.

Und dann fanden sie die Legion – beziehungsweise das, was von ihr übrig war. Dumii-Soldaten lagen oder saßen zwischen den Haaren am Straßenrand. Einige von ihnen schliefen, andere verbanden ihre Wunden.

In Tregon Marus hatte Snibril viele Soldaten gesehen, aber dabei handelte es sich um Wächter mit makellosem Erscheinungsbild. *Dies* hier waren *Krieger,* die zerrissene und in vielen Fällen blutbesudelte Uniformen trugen.

Sie sahen kaum auf, als Snibril zu ihnen ritt. Jene wenigen Dumii, die den Kopf hoben, bemerkten die Deftmenen und stießen ihre Kameraden an. Hier und dort griff jemand nach seinem Schwert.

Die Zwerge schnitten finstere Mienen, brummten vor sich hin, rückten zusammen und beobachteten die Legionäre mißtrauisch.

Snibril drehte sich im Sattel.

»Reißt euch zusammen und seid friedlich!« rief er scharf.

»Warum?« erklang eine verdrießliche Deftmenenstimme. »Das sind Dumii!«

»Moule wären euch lieber, wie?«

Der Munrung dirigierte Roland zu einigen Soldaten, die neben einem umgestürzten Haar saßen.

»Wo ist euer Kommandeur?« fragte er.

Ein Dumii musterte ihn von Kopf bis Fuß.

»Wir haben keinen mehr«, antwortete er. »Der General fiel in der Schlacht.«

Kurze Stille schloß sich an.

»Du fragst dich bestimmt, wer wir sind«, sagte Snibril.

»Dazu bin ich viel zu müde«, erwiderte der Soldat und lehnte sich an ein Haar.

»Steh auf und nimm Haltung an!«

Snibril überlegte, wer diesen Befehl gegeben hatte – und begriff plötzlich, daß die Anweisung von ihm selbst stammte.

Sein Erstaunen wuchs, als er sah, daß der Soldat gehorchte.

»Bring mich zum ranghöchsten Offizier!« verlangte der Munrung. *Ich darf kein ›bitte‹ hinzufügen,* dachte er. *Und ich darf ihm keine Zeit geben, einen klaren Gedanken zu fassen. Er ist daran gewöhnt, Befehle zu empfangen. Er gehorcht lieber als über etwas nachzudenken.*

»Äh ... das wäre Sergeant Careus. Falls er noch lebt.«

»Bring mich zu ihm, und zwar *sofort!*«

Der Soldat betrachtete die traurigen Reste der Legion. Falten bildeten sich in seiner Stirn.

»Ich will mit dem Sergeant sprechen!« fauchte Snibril.

Der Legionär straffte die Gestalt. »Ja, Herr. Hier entlang.«

Snibril folgte dem Soldaten an mürrisch dreinblickenden Kriegern vorbei zu einem untersetzten Mann, der auf dem Boden saß. Der eine Arm steckte in einer Schlinge, und das Gesicht wirkte sehr blaß. Er schien sich kaum dafür zu interessieren, wer der Neuankömmling war. Vielleicht hatte er sich angesichts der erlittenen Niederlage in eine Art Gleichgültigkeit geflüchtet.

»Sergeant Careus«, stellte er sich müde vor. »Von der fünfzehnten Legion. Beziehungsweise von ihrem Rest. Wir waren in Ultima Marus stationiert und erhielten den Befehl, so schnell wie möglich nach Wehr zurückzukehren. Unterwegs ...«

»Kam es zu einem Sturm«, sagte Snibril automatisch.

»Und kurz darauf ...«

»Griffen Moule an, die auf Snargs ritten.«

»Ja. Auch das stimmt. Woher weißt du das?«

»Oh, ich kann gut raten«, meinte Snibril. »Wie viele von euch sind übrig?«

»Etwa dreihundert einsatzfähige Soldaten. Hinzu kommen viele Verwundete.«

»Ich kenne einen sicheren Ort für die Verletzten. Er ist nur zwei Tagesreisen von hier entfernt, und eine kleine Eskorte würde genügen.«

»Eine *kleine* Eskorte?« brummte der Sergeant. »Das bezweifle ich. Es wimmelt überall von Moulen.«

»*Hinter* uns gibt es keine mehr«, betonte Snibril. »Ein Teil meiner Gruppe begleitet eure Verwundeten, und der Rest folgt euch nach Wehr.«

Der Sergeant starrte in den Staub und überlegte. »Nun, eins steht fest: Wir können Hilfe gebrauchen. Wie heißt das Paradies, in dem angeblich keine Gefahr droht?«

»Wagnis.«

»Bist du übergeschnappt?«

Laute Stimmen erklangen auf der Straße. Snibril und der Soldat eilten zum Weg, wo sich Dumii und Deftmenen gegenüberstanden – die Munrungs hatten alle Mühe, sie voneinander zu trennen. Glurks Bruder bahnte sich einen Weg durch die Menge und blieb vor zwei Gestalten stehen: Ein Krieger und ein Zwerg wälzten sich am Boden, holten immer wieder aus und schlugen zu.

Snibril beobachtete den Ring- und Boxkampf eine Weile und rammte dann seinen Speer in den Boden.

»Hört auf!« rief er. »Ihr seid Soldaten! Ihr sollt nicht kämpfen!«

Die beiden Streithähne hielten inne und versuchten, in den eben gehörten Worten einen Sinn zu erkennen.

»Ich verstehe euch nicht!« donnerte Snibril, und seine Stimme hallte von den Haaren wider. »Überall um uns herum gibt es Feinde, und ihr fallt übereinander her! Warum?«

»Sie sind *hier*«, brummte ein Dumii.

»Er hat mich als ›schmutzig‹ bezeichnet!« klagte der am Boden liegende Deftmene.

»Nun, du *bist* schmutzig«, erwiderte Snibril. »Ebenso wie der Dumii. Niemand von uns ist sauber. Steht auf und ...«

Er unterbrach sich. Die Dumii starrten an ihm vorbei zu Athan und den Schlauen. Snibril hörte das Flüstern in den Reihen der Legionäre.

»Sie haben kämpfende *Schlaue auf ihrer Seite!«*

Er sah zu dem Ofenmeister, dessen Gesichtsausdruck von Kummer kündete. Der Munrung schob sich an ihn heran.

»Verratet ihnen bloß nicht, daß ihr keinen Blick mehr in die Zukunft werfen könnt«, raunte er ihm zu.

»Sie wissen, was geschehen wird! Und sie sind auf der Seite der Deftmenen und Munrungs!«

»Warum sollten wir für sie kämpfen, wenn sie uns so behandeln?« fragte ein Zwerg.

Snibril fuhr herum und packte den verblüfften Deftmenen am Kragen.

»Ihr kämpft nicht für die Dumii, sondern für euch selbst!«

Der kleine Mann war überrascht, aber keineswegs eingeschüchtert. »Wir haben immer für uns selbst gekämpft«, sagte er. »Und wir haben uns nie *zählen* lassen!«

»Aber die ganze Zeit über hat euch das Reich Sicherheit gewährt! Die Dumii sorgten dafür, daß in mehr als der Hälfte des Teppichs Frieden herrschte. Sie haben euch geschützt.«

»Unsinn!«

»Denk darüber nach. Überall in der Nähe eures Lands gibt es Dumii-Städte. Wenn sich die Dumii verteidigten, so verteidigten sie auch euch. Sie opferten sich auf dem Schlachtfeld, damit ihr allein zum Vergnügen kämpfen konntet.«

Snibril bebte vor Zorn.

Stille folgte seinen Worten.

Er setzte den Deftmenen auf dem Boden ab.

»Ich reite nach Wehr«, verkündete Glurks Bruder. »Die Entscheidung, ob ihr mitkommt oder nicht, liegt ganz bei euch ...«

Niemand verzichtete darauf, nach Wehr zu reisen, abgesehen von einer kleinen Gruppe, die Verwundete nach Wagnis bringen sollte. Zwei Schlaue schlossen sich ihr an, und ihre Anwesenheit erfüllte die Dumii mit Erleichterung. Vielleicht glaubten sie, daß Schlaue nur sichere Orte aufsuchten. In dieser Hinsicht übertrugen die Soldaten ihre eigene Denkweise auf Athans Gefährten ...

Alle anderen setzten den Marsch auf der Straße fort. Snibril stellte fest, daß er den Befehl hatte. Die Munrungs wollten ihm folgten, und die Deftmenen glaubten: Jemand, der auf so eindrucksvolle Weise die Beherrschung verlor, mußte wohl ein König sein. Was die Dumii betraf ... Sie waren daran gewöhnt, Sergeant Careus zu gehorchen, und Sergeant Careus ritt neben Snibril. Eigentlich werden die meisten Heere von den jeweiligen Sergeanten geleitet. Die Offiziere sind nur dazu da, der ganzen Sache etwas mehr Stil zu geben und zu verhindern, daß der Krieg in eine Art banale Massenschlägerei ausartet.

Careus drehte sich halb im Sattel um und blickte zu den Deftmenen zurück.

»Freut mich, daß wir wieder über Kavallerie verfügen«, sagte er. »Obgleich die Kavalleristen selbst auf ihren, äh, Rössern kleiner sind als unsere Infanteristen. Habe ein paarmal gegen sie gekämpft. Ziemlich zähe Hu... Burschen. Gehörte zu Baneus' Truppe. Er achtete die Deftmenen. Ließ sie in Ruhe. Den Typen in Wehr gefiel das nicht sonderlich, aber er meinte immer, es sei die Mühe wert, einige Feinde in Reserve zu haben. Du weißt schon: um nicht aus der Übung zu kommen. Ich glaube, er mochte sie. Seltsame kleine Hu... Burschen.«

»Baneus«, wiederholte Snibril vorsichtig. »Ja. Äh. Was geschah mit ihm? Stellte er irgend etwas an?«

»Kennst du ihn?«

»Ich... habe von ihm gehört«, erwiderte der Munrung.

»Er tötete jemanden. Einen Attentäter. Mir hat man's folgendermaßen erzählt: Irgendein Mistkerl versuchte, den jungen Gebieter während der Krönung umzubringen. Versteckte sich hinter einer Säule, mit 'nem Bogen. Baneus entdeckte ihn und warf sein Schwert. Erwischte ihn gerade noch rechtzeitig. Der Mordbube war sofort tot, und sein Pfeil verfehlte Targon nur knapp. Komische Sache: Baneus konnte Targon nicht ausstehen. Hatte sich deshalb schon mehrmals Probleme eingehandelt. Er meinte, es sei nicht richtig, daß jemand Titel und Macht des Gebieters *erbt*. Seiner Ansicht nach sollte der Herrscher des Reiches gewählt werden, so wie früher. Ihm lag immer viel an Aufrichtigkeit, dem General. Tja, es kam häufig zu Auseinandersetzungen, aber nach diesem besonderen Zwischenfall wurde er verbannt.«

»Warum denn?« fragte Snibril.

»Niemand, der weniger als fünfzig Schritte vom Gebieter entfernt ist, darf ein Schwert ziehen«, erklärte der Sergeant.

»Er hat ihm das Leben gerettet!«

»Trotzdem: Wir haben Regeln, die unter allen Umständen beachtet werden müssen«, entgegnete Careus. »Wo kämen wir sonst hin?«

»Aber ...«

»Später ließ der Gebieter das entsprechende Gesetz ändern und schickte jemanden, um den General zurückzuholen.«

»Hat der Betreffende Baneus gefunden?«

»Ich denke schon. Als er wieder in der Stadt erschien, war er am Pferd festgebunden und hatte einen Apfel im Mund. Der General schien angesichts seiner Verbannung ein wenig verärgert zu sein.«

Die Deftmenen sind verrückt, und die Dumii sind zu vernünftig, dachte Snibril. *Ihre Vernunft kommt einer ganz besonderen und* stillen *Form von Wahnsinn gleich. Wenn man beides miteinander vereinen könnte ... Das Ergebnis wären normale Leute, so wie ich.*

»Wir könnten ihn jetzt gut gebrauchen«, sagte der Sergeant.

»Ja«, pflichtete ihm Snibril bei. »Äh. Wie soll ich mich nun verhalten? Ich meine, wir müssen irgendwo lagern und übernachten. Welche Befehle gibt man in diesem Zusammenhang?«

Der Sergeant musterte ihn freundlich.

»Sag einfach ›Schlagt hier das Lager auf‹«, antwortete er.

Kapitel 17

Hier und dort bildete der Schein von Lagerfeuern helle Flecken in der Nacht. Die Angehörigen von vier verschiedenen Völker verbrachten nun die zweite Nacht zusammen; bisher war noch niemand getötet worden.

Snibril und der Sergeant sorgten dafür, daß an jedem Lagerfeuer mindestens ein Munrung saß und als Schlichter eingreifen konnte.

»Hätten wir nur mehr Schlaue, die auf unserer Seite kämpfen!« klagte Careus. »Eben, als meine Jungs übten, habe ich einen von ihnen beim Umgang mit dem Bogen beobachtet. Bestimmt hielt er eine solche Waffe zum erstenmal in der Hand, aber ... Nun, er betrachtete sie eine Zeitlang, setzte einen Pfeil auf die Sehne und traf das Zentrum der Zielscheibe. Einfach so.«

»Dann ist es vielleicht besser so, daß sie nicht kämpfen«, erwiderte Snibril. »Überlassen wir das den Leuten, die dabei nicht ganz so gut sind. Nach welchem Plan gehen wir vor?«

»Nach welchem Plan?« wiederholte der Sergeant. »Keine Ahnung. Ich kämpfe einfach nur. Daraus besteht mein Leben. Bin immer Soldat gewesen. Ich weiß nur, was uns der Kurier mitgeteilt hat. Alle Legionen sollen nach Wehr zurückkehren.«

»Alle fünfzehn?« fragte Snibril und rieb sich die Schläfen. Irgend etwas schien Druck auf seinen Kopf auszuüben.

Careus sah ihn überrascht an. »Fünfzehn? Es gibt

keine fünfzehn Legionen. Oh, man bezeichnet uns als die fünfzehnte, aber viele schieden aus dem Dienst aus. Wurden nicht mehr gebraucht, verstehst du? Wir sind nur noch ein kümmerlicher Rest. So geht's zu in einem Reich. Erst kämpft man gegen alle, und dann herrscht plötzlich überall Frieden, und es gibt Gesetze, und man benötigt keine Soldaten mehr.«

»Wie viele sind übrig?« erkundigte sich Snibril.

»Drei.«

»Drei Legionen? Und die Anzahl der Soldaten?«

»Etwa dreitausend.«

»Mehr nicht?«

Careus zuckte mit den Schultern. »Inzwischen dürften's noch weniger sein. Und vermutlich sind sie überall versprengt.«

»Aber das genügt nicht, um…« Snibril unterbrach sich und hob die Hände langsam zum Kopf. »Sag deinen Leuten, sie sollen sich hinlegen«, brachte er hervor. »Sie sollen die Lagerfeuer löschen und sich hinlegen.«

Einige der angebundenen Pferde begannen zu wiehern.

»Warum?« fragte der Sergeant. »Was ist…«

»Außerdem müssen sie kampfbereit sein!« fügte der Munrung hinzu. Sein Kopf fühlte sich jetzt so an, als stecke er in einer Presse. Er konnte kaum mehr denken. Irgendwo zwischen den Haaren heulte ein Tier.

Careus musterte ihn wie einen Kranken. »Was ist…«, begann er erneut.

»*Bitte!* Ich kann es nicht erklären! Gib die Anweisung weiter!«

Der Sergeant eilte fort und rief den Korporälen Befehle zu. Die Deftmenen und Munrungs kamen ihnen sofort nach.

Unmittelbar darauf schlug der Schreckliche Scheuerer zu.

Es geschah im Süden... nicht sehr weit entfernt. Der Druck nahm so sehr zu, daß ihn auch die Dumii spürten. Die Haare neigten sich, kippten von einer Seite zur anderen, als ein jäher Sturm Staub durch den Teppich wehte. Jene Soldaten, die zunächst gezögert hatten, wurden von den Böen erfaßt und umgeworfen.

Und dann donnerte es.

Es folgte eine besondere Art von Stille, die es den Leuten ermöglichte, sich folgender Erkenntnis zu stellen: Zwar zitterten sie am ganzen Leib und lagen im Schmutz, aber erstaunlicherweise lebten sie noch.

Careus kroch umher, fand seinen Helm unter einem Buch und schob sich an Snibril heran. Er wagte es noch nicht aufzustehen.

»Du hast es gefühlt«, sagte er. »Noch vor den Tieren.«

»Auch die Moule sind dazu imstande«, entgegnete der Munrung. »Sie spüren es eher als ich. Sie rufen den Scheuerer nicht herbei, aber sie wissen, wann und wo er zuschlägt. Und sofort danach greifen sie an, nutzen die allgemeine Verwirrung aus...«

Snibril und Careus blickten zu den Haaren hinüber.

»Zu den Waffen!« rief der Sergeant.

Ein Deftmene hob die Hand. »Zu *welchen* Waffen?« fragte er.

»Ihr sollt *eure* Waffen für den *Kampf* bereithalten!«

»Oh, gut.«

Wenige Sekunden später kamen die Moule. Aber wenige Sekunden genügten. Etwa hundert Angreifer galoppierten ins Lager und rechneten damit, dort auf desorientierte, verletzte und unvorbereitete Gegner zu stoßen. Statt dessen fanden sie desorientierte, verletzte sowie außerordentlich gut vorbereitete und sehr entschlossene Kämpfer vor.

Sie waren überrascht. Allerdings nur für kurze Zeit.

Es handelte sich im wahrsten Sinne des Wortes um die letzte Überraschung ihres Lebens.

Der Moul-Angriff veränderte alles. Deftmenen und Dumii hatten immer gekämpft, aber nie Seite an Seite. Es fiel sehr schwer, sich den Zorn auf jemanden zu bewahren, der am vergangenen Abend verhindert hatte, daß man von den Streitäxten und Speeren des Feindes getroffen wurde.

Das kleine Heer setzte den Weg auf der Straße fort und sang. Zugegeben, es wurden drei verschiedene Lieder gesungen, und auch die Melodien unterschieden sich sehr, aber das Ergebnis zeichnete sich durch eine gewisse Harmonie aus – falls man keinen Wert darauf legte, den Text der einzelnen Lieder zu verstehen.

»Manchmal singen die Burschen ein Lied über mich«, sagte der Sergeant. »Hat sieben Strophen. Einige von ihnen sind ziemlich unverschämt, und eine ist absolut unmöglich. Ich höre einfach nicht hin. Übrigens: Hast du gemerkt, daß die Schlauen in der letzten Nacht weggelaufen sind?«

»Oh, ich glaube nicht, daß sie *weggelaufen* sind«, erwiderte Snibril. »Zumindest nicht im eigentlichen Sinne. So etwas paßt nicht zu ihnen. Ich nehme an, sie haben einfach entschieden, sich ... mit anderen Dingen zu beschäftigen.«

»Nach dem Kampf haben sie sich beraten«, brummte der Sergeant.

»Vielleicht ging es ihnen darum, einen Plan zu entwi...«

Der Munrung unterbrach sich.

Sie hatten inzwischen eine Gegend erreicht, die direkt vom Schrecklichen Scheuerer heimgesucht worden war. Überall zeigten sich geknickte und umgestürzte Haare. Zu beiden Seiten der Straße ragten die traurigen Reste eines geborstenen Torbogens auf.

Tote Soldaten lagen in der Nähe. Und die Leiche eines Mouls.

Die Legionäre schwärmten stumm aus und beobachteten die Haare. Eine Gruppe erhielt den Auftrag, die Gefallenen zu begraben.

»Ohne dich wäre es uns vielleicht ebenso ergangen«, sagte Careus. »Wenn du etwas spürst ... Wieviel Zeit bleibt dann noch?«

»Ein oder zwei Minuten«, antwortete Snibril. »Vielleicht etwas mehr. Kommt darauf an, ob es ruhig ist.«

»Was empfindest du dabei?«

»Irgend etwas scheint mir langsam den Kopf zu zerquetschen. Wo sind wir hier?«

»Dies ist – beziehungsweise war – eins der großen Tore, die Zugang gewähren zum Land von Wehr. Die Stadt befindet sich weiter vorn.«

»Ich habe mich immer gefragt, wie sie aussieht«, sagte Snibril.

»Ich auch«, meinte der Sergeant.

»Soll das heißen, du hast die Hauptstadt des Reiches nie gesehen?«

»Nein. Ich bin in der Provinz geboren und aufgewachsen. Als Soldat kam ich viel herum – aber nie bis nach Wehr. Soll ziemlich eindrucksvoll sein. Eine Stadt mit vielen Sehenswürdigkeiten.« Careus seufzte. »Wir erreichen sie in einigen Stunden.«

»Wehr ...«, murmelte Snibril.

Kapitel 18

Wehr war an und zwischen fünf riesigen Haaren erbaut worden. Eigentlich bestand die Metropole aus drei Städten, die ineinander ruhten. Jenseits des dicken Außenwalls erstreckte sich das Imperiale Wehr, eine Stadt, deren breite Straßen mit Holz und Salz gepflastert waren. Statuen säumten die Alleen. Dort konnte man einen prächtigen Ausblick genießen. Prunkvolle Bauten ragten empor, und überall erhoben sich Denkmäler, die an alte Schlachten, glorreiche Siege und sogar an die eine oder andere ruhmvolle Niederlage erinnerten.

Nur wenige Personen wohnten im Imperialen Wehr, fast ausschließlich Kustoden, Gärtner und Dutzende von Bildhauern. Es handelte sich in erster Linie um eine Stadt zum Anschauen.

Hinter einer Barriere aus zugespitzten Haarpfählen begann Kaufmannswehr. Die meisten Leute hielten diesen Bereich für die eigentliche Hauptstadt. Normalerweise wimmelte es auf den dortigen Straßen von Verkaufsständen, Marktbuden und Besuchern aus allen Teilen des Teppichs. Sie alle versuchten mehr oder weniger geschickt, sich auf jene Weise übers Ohr zu hauen, die man ›Geschäfte abschließen‹ nannte. Hier hörte man viele verschiedene Sprachen, oft ziemlich laut. Das kommerzielle Herz des Reiches.

Die Dumii hatten ihr Herrschaftsgebiet mit dem Schwert ausgedehnt, und sie bewahrten es mit Geld. Diese Erfindung stammte von ihnen. Vor der Existenz des Geldes bezahlte man mit Kühen und Schweinen, was nicht besonders gut funktionierte: Man mußte die Tiere füttern und dauernd für ihre Sicherheit sorgen, und manchmal starben sie einfach. Dann erfanden die Dumii das Geld: kleine Gegenstände, die man leicht aufbewahren, in einer Socke unter der Matratze verstecken konnte, was mit Kühen und Schweinen erhebliche Schwierigkeiten bereitete. Und das Geld zeichnete sich durch die sonderbare Fähigkeit aus, sich in Schweine und Kühe zu *verwandeln.* Außerdem war Geld mit Bildern vom Gebieter und anderen Dingen geschmückt, die interessant aussahen. Zumindest interessanter als Kühe und Schweine.

Pismire hatte einmal darauf hingewiesen, daß die Dumii auf diese Weise für Stabilität in ihrem Reich sorgten. Wenn man erst einmal damit begann, das Dumii-Geld zu verwenden (es war so praktisch, und nie muhte es die ganze Nacht über), so dauerte es nicht lange, bis man sparte, irgendwelche Dinge auf dem nächsten Markt verkaufte, sich niederließ und die Nachbarstämme nicht mehr so häufig überfiel wie früher. Mit dem Geld konnte man ganz neue Sachen erwerben: bunte Tücher, andere Arten von Obst und Bücher. Schon nach kurzer Zeit eignete man sich die Art der Dumii an, *weil dadurch das Leben leichter wurde.* Oh, natürlich pries man das Leben in der guten alten Zeit, vor Geld und Frieden und so. Man wies darauf hin, wie angenehm es gewesen sei, am Abend schwer bewaffnet aufzubrechen und für eine ganz besondere Art von Unterhaltung zu sorgen. Aber eigentlich war niemand versessen darauf, in jene Zeit zurückzukehren.

»Ökonomischer Imperialismus!« hatte Pismire einmal gesagt und dabei nach einer Handvoll Münzen gegriffen. »Eine wundervolle Idee. Ebenso einfach wie wirkungsvoll. Sobald man alles in Bewegung gesetzt hat, geht's von allein weiter. Weißt du, der *Gebieter* garantiert den Wert des Geldes. Mit anderen Worten: Jedesmal dann, wenn jemand eine Münze als Bezahlung annimmt, verwandelt er sich in einen kleinen Soldaten, der das Reich verteidigt. Erstaunlich, nicht wahr?«

Snibril verstand nicht, was der Schamane damit meinte, aber es schien sehr wichtig zu sein.

Etwas abseits vom regen Kaufmannswehr gab es einen dritten, vom Rest getrennten Ort, nicht größer als ein kleines Dorf.

Wehr. Das ursprüngliche Wehr. Jene Siedlung, wo die Dumii begonnen hatten. Niemand wußte, wie und warum das Schicksal diesen kleinen Stamm ausgewählt und in die Lage versetzt hatte, den größten Teil des Teppichs zu erobern. Heutzutage gab es kaum mehr jemanden, der Altwehr besuchte. Vielleicht verschwand jenes Viertel irgendwann, um Platz zu schaffen für Statuen und Denkmäler.

Snibril sah Altwehr erst viel später. Zunächst fiel sein Blick auf den Außenwall, der sich endlos nach rechts und links zu erstrecken schien. Oben glänzten die Rüstungen von patrouillierenden Wächtern. Alles wirkte friedlich, als existiere der Schreckliche Scheuerer überhaupt nicht.

Careus nahm den Helm ab und rieb ihn mit dem Ärmel. »Es könnten sich Probleme ergeben, wenn wir versuchen, die Deftmenen ins Innere der Stadt mitzunehmen«, flüsterte er dem Munrung zu.

»Ich fürchte, da hast du recht«, erwiderte Snibril.

»Ich schlage vor, wir lagern hier draußen. Und du solltest mich begleiten.«

Snibrils Blick glitt über den Wall. »Alles ganz ruhig und friedlich«, bemerkte er. »Ich habe hier mit einem Krieg gerechnet! Warum hat man euch zurückbeordert?«

»Genau das will ich herausfinden«, sagte der Sergeant. Er spuckte sich in der Hand und versuchte, sein

Haar zu glätten. »Irgend etwas geht hier nicht mit rechten Dingen zu. Du kannst spüren, wann der Scheuerer zuschlägt, stimmt's?«

»Ja.«

»Auf eine ähnliche Weise erahne ich Schwierigkeiten. Unangenehmes steht uns bevor. Ich fühle es. Komm!«

Snibril folgte Careus durch die Straßen. Alles erweckte einen normalen Eindruck. Besser gesagt: Alles sah mehr oder weniger so aus, wie die Dinge Snibrils Meinung nach aussehen sollten, wenn normale Zustände herrschten. Wehr schien wie Tregon Marus zu sein, nur größer. Viel größer. Der Munrung versuchte, nicht den Anschluß zu verlieren, während er hinter dem Sergeanten herritt und danach trachtete, wie ein Einheimischer zu wirken.

Wenn er sich früher die Hauptstadt vorgestellt hatte, zeigte ihm seine Phantasie eine Art Glanz darüber. Es lag daran, wie die Leute über Wehr sprachen. Damals hielt er das Zentrum des Reiches für einen besonders exotischen Ort, voller Wunder und Rätsel. Und jetzt erwies sich Wehr als eine ganz gewöhnliche Stadt, die nur wesentlich größer war als andere ganz gewöhnliche Städte. Der Unterschied betraf in erster Linie ein Mehr an Bewohnern und Statuen.

Careus führte Snibril zu einer Kaserne am Rand des Imperialen Wehr, und dort näherten sie sich einem draußen stehenden Tisch. Ein Dumii saß hinter hohen Stapeln von Papier. Kuriere griffen nach Zetteln und eilten fort, doch andere Leute kamen und brachten neue. Gewisse Anzeichen im Gesicht des Mannes deuteten darauf hin, daß er einem Nervenzusammenbruch nahe war.

»Ja?« fragte er.

»Ich bin...«, begann der Sergeant.

»Ich weiß nicht, wer du bist. Dauernd kommen und gehen Leute. Ich schätze, du hast keine Papiere, oder? Nun? Natürlich hast du keine.« Der kleine Mann schob verärgert einige Dokumente hin und her. »Man erwartet von mir, daß ich hier die Übersicht wahre, aber wie soll das in einem solchen Durcheinander möglich sein? Verwaltet man so ein Heer, frage ich dich? Nun, heraus damit: Name und Rang, Name und Rang ...«

Der Sergeant hob die Hand. Ein oder zwei Sekunden lang glaubte Snibril, daß dem dürren Burschen am Tisch eine Ohrfeige drohte, aber statt dessen salutierte Careus.

»Sergeant Careus, fünfzehnte Legion«, sagte er. »Wir lagern vor der Stadt. Was von uns übrig ist, meine ich. Verstehst du? Ich bitte um Erlaubnis, die Kaserne aufsuchen zu dürfen. Wir haben blutige Kämpfe hinter uns, und zwar gegen ...«

»Fünfzehnte Legion, fünfzehnte Legion«, murmelte der kleine Mann und kramte in seinen Unterlagen.

»Man hat uns zurückbeordert«, fügte Careus hinzu. »Ein Kurier kam und überbrachte uns den Befehl, sofort nach Wehr zurückzukehren. Unterwegs mußten wir dauernd käm ...«

»Hier ist vieles anders geworden«, sagte der Mann.

Sein Tonfall wirkte auf Snibril fast so wie ein bevorstehender Angriff des Schrecklichen Scheuerers.

»Wie meinst du das?« entfuhr es ihm.

Der Mann sah ihn an. »Wer ist das?« fragte er argwöhnisch. »Hat was ... Eingeborenenhaftes.«

»Hör mal ...«, sagte Careus geduldig. »Wir haben einen weiten Weg hinter uns, weil ...«

»Oh, die Angelegenheit mit dem Scheuerer«, brummte der Dürre. »Alles geklärt. Es wurde eine Vereinbarung getroffen.«

»Eine Vereinbarung?« wiederholte Snibril. »Mit dem Schrecklichen Scheuerer?«

»Ein Friedensabkommen mit den Moulen. Weißt du denn *überhaupt nichts?*«

Snibril öffnete den Mund, und Careus ergriff ihn am Arm. »Oh«, sagte er betont laut und deutlich. »Gut. Ausgezeichnet. Nun, wir möchten dich nicht länger stören. Komm, Snibril.«

»Aber ...«

»Dieser Herr muß sich um seine überaus wichtigen Zettel kümmern und kann nicht noch mehr Zeit für uns erübrigen«, sagte der Sergeant.

»Warum hast du mich daran gehindert, weitere Fragen zu stellen?« erkundigte sich der Munrung, als er Sergeant Careus folgte.

»Weil wir von dem Schreiber selbst dann nicht mehr in Erfahrung bringen, wenn wir drohen, ihn mit seinen verdammten Zetteln zu füttern. Wir sehen uns eine Zeitlang um, sperren Augen und Ohren auf, sondieren die Lage ... Und vielleicht kehren wir später zurück, um den dürren Burschen zu zwingen, seine Dokumente zu verspeisen.«

»Ich habe hier nicht viele Soldaten gesehen«, sagte Snibril.

»Nur einige Wächter«, bestätigte der Sergeant, als sie über die Straße eilten.

»Vermutlich sind die übrigen Legionen noch nicht eingetroffen«, spekulierte Snibril.

»Ich frage mich, ob wir sie hier überhaupt erwarten dürfen«, murmelte Careus.

»Was soll das heißen?«

»Du bist mit deinem Stamm und den Deftmenen zu uns gestoßen«, sagte der Sergeant dumpf. »Andernfalls hätten wir wahrscheinlich nicht überlebt.«

»Glaubst du etwa, die anderen Legionen ... existieren nicht mehr?«

»Das könnte sein.«

Und wir sind nicht einmal tausend, dachte Snibril. *Wie*

soll man Frieden mit Moulen vereinbaren? Sie zerstören einfach alles. Was hat sie dazu veranlaßt, ein Abkommen mit den Dumii zu treffen?

Die Streitmacht lagerte zwischen den Haaren. Ein Deftmene beschrieb die Situation mit folgenden Worten: Es war alles andere als leicht, sich wohl zu fühlen, solange man sich von Feinden umgeben wußte, die zu den eigenen Verbündeten zählten. Nun, wenigstens lächelte er bei diesen Worten.

Einige Gruppen brachen auf, um Feuerholz zu sammeln. Sie fanden nicht nur Äste und Zweige, sondern auch noch etwas anderes: Ponen.

Man zählte insgesamt zwölf. Ponen konnten sich gut im Teppich verstecken – aufgrund ihrer Größe. Viele Leute glauben, daß sich kleine Dinge besonders gut verstecken lassen, aber fast ebenso leicht ist es, Objekte zu verbergen, deren Größe über ein kritisches Maß hinausreicht. Die Ponen wirkten wir Hügel und verrieten sich nur durch ihr Wiederkäuen sowie ein gelegentliches leises Aufstoßen. Sie alle senkten den Kopf, um die Entdecker zu betrachten, rülpsten und wandten den Blick ab.

Die riesigen Wesen schienen auf jemanden zu warten.

Auf dem Schild stand ›Apotheke‹, was bedeutete: Der Laden gehörte einem früheren Chemiker, der Kranken Kräuter und so weiter verkaufte, damit sie nicht noch kranker oder sogar wieder gesund wurden.

Dieser Apotheker hieß Eulenglas. Er summte leise vor sich hin, während er im Hinterzimmer arbeitete. Vor einer Weile hatte er eine neue Art blauer Flusen gefunden und zerrieb sie nun zu einem Pulver. Bestimmt konnte man damit etwas heilen. Welche Krankheiten kamen in Frage? Einige Versuche an vielversprechenden Kunden sollten ihm Antwort geben.

Eine Hand berührte ihn an der Schulter.

»Hmm?« murmelte Eulenglas.

Er drehte sich um. Er spähte über den Rand seiner Brille hinweg, die aus zwei sorgfältig geschliffenen Lackscheiben bestand.

»Pismire?« kam es ihm verblüfft von den Lippen.

»Sprich leise!« mahnte der Schamane. »Wir sind durch die Hintertür hereingekommen. Niemand soll wissen, daß wir hier sind.«

»Oh, ich verstehe. Keine Sorge, es ist niemand im Laden.« Eulenglas sah an Pismire vorbei zu Glurk, Bane und Brocando. »Potzblitz«, sagte er. Und: »Nach so langer Zeit... Willkommen. Mein Haus ist dein Haus.« Plötzlich runzelte er besorgt die Stirn. »Was ich natürlich nur in einem übertragenen Sinne meine, in dieser Hinsicht möchte ich Zweifel vermeiden, ich meine, ich bewundere deine direkte, offene Art, der sich Aufrichtigkeit, Ehre und Würde hinzugesellen, aber ich kann dir mein Haus nicht *wirklich* überlassen, immerhin habe ich nur dieses eine, und deshalb möchte ich betonen, daß die eben zitierte Redewendung nur dazu dient, Gastfreundschaft zum Ausdruck zu bringen und außerdem...«

Eulenglas hatte offensichtliche Schwierigkeiten, den Satz zu beenden. Glurk klopfte Pismire auf die Schulter.

»Er ist ebenfalls Philosoph, nicht wahr?« fragte er leise.

»Das hast du gut erkannt«, erwiderte Pismire. »Äh, Eulenglas... herzlichen Dank.«

Der Apotheker gab den verbalen Kampf auf und lächelte erleichtert.

»Wir sind hungrig«, fuhr der Schamane fort. »Und wir brauchen...«

»Informationen«, sagte Bane. »Was ist hier geschehen?«

»Was möchtet ihr zuerst? Essen oder Antworten?«

»Essen«, platzte es aus Glurk heraus. Die anderen warfen ihm finstere Blicke zu. »Entschuldigt. Ich dachte, er hätte *mich* gefragt.«

»Fühlt euch wie zu Hause und macht es euch bequem.« Eulenglas zögerte. »Obwohl, wenn ich davon spreche, daß ihr euch wie zu Hause fühlen sollt, so meine ich ...«

»Ja, ja, besten Dank«, sagte Pismire hastig. Der Apotheker trat zu einem Schrank, während Glurk die vielen Töpfe und Krüge im Zimmer betrachtete. Einige davon enthielten *Dinge,* die seinen Blick erwiderten.

»Eulenglas und ich sind gemeinsam zur Schule gegangen«, erzählte Pismire. »Irgendwann nahm er sich vor, den Teppich zu untersuchen. Er wollte feststellen, woraus er besteht und welche Eigenschaften unterschiedliche Haare haben. Es ging ihm darum, mehr über seltene Tiere und so weiter herauszufinden.«

»Pismire hingegen beschloß, sich mit Personen zu befassen«, sagte Eulenglas. Er holte einen Laib Brot und Butter hervor. »Und er wurde zum Tod verurteilt, weil er den letzten Gebieter ... Wie hast du ihn genannt?«

»Er hat's verdient«, ließ sich Pismire vernehmen. »Er wollte mir kein Geld geben, um die Bibliothek zu erhalten. Dort fielen die Bücher auseinander, verwandelten sich allmählich in Staub. Meine Aufgabe bestand darin, sie für die Nachwelt zu bewahren. Sie enthalten *Wissen.* Der Gebieter meinte, wir brauchen keine alten Bücher, weil wir schon genug wissen. Ich habe versucht, ihn auf folgendes hinzuweisen: Eine Zivilisation benötigt Bücher als Grundlage für allgemeine Bildung und einen fundierten Meinungsaustausch.«

»Ich versuche gerade, mich daran zu erinnern, wie du den Gebieter damals genannt hast.«

»Ich bezeichnete ihn als ignoranten Hohlkopf, der

nicht einmal so intelligent sei wie eine Fleischpastete«, sagte Pismire.

»Ich halte es für übertrieben, allein deshalb jemanden zum Tode zu verurteilen«, brummte Glurk und legte das Brot auf den Teller. Immer wieder drehte er den Kopf und starrte zu dem Krug hinter ihm im Regal – das Gefäß enthielt etwas Haariges.

»Das Todesurteil verdankt er dem Umstand, daß er sich entschuldigte«, erklärte Eulenglas.

»Warum sollte man jemanden bestrafen, weil er sich entschuldigt?«

»Pismire meinte, es täte ihm leid. Nach sorgfältigem Nachdenken sei er zu dem Schluß gelangt, daß der Gebieter doch die Intelligenz einer Fleischpastete habe. Zu jenem Zeitpunkt befand er sich bereits auf der Flucht.«

»Ich kann am besten denken, wenn ich schnell laufe«, verkündete Pismire stolz.

»Du hast den Gebieter beleidigt?« vergewisserte sich Brocando. »Meine Güte, ich wußte gar nicht, daß du *berühmt* bist.«

»Außerdem hatte er recht«, fügte Bane hinzu. »Targons Vater war eine Schande fürs Reich.«

»Wo hast du dich die ganzen Jahre über versteckt?« Eulenglas zog sich einen Stuhl heran. »Wenn ich *versteckt* sage, meine ich natürlich …«

»Oh, in einem kleinen Dorf, von dem du nie etwas gehört hast«, entgegnete Pismire.

»Hast du was dagegen, wenn ich diesen Krug woanders hinstelle?« fragte Glurk. »Ich mag es nicht, wenn mich *Dinge* beim Essen beobachten.«

Bane versuchte, wieder das zentrale Thema in den Vordergrund zu rücken. »Was passiert in Wehr? Nur wenige Wächter sind an den Toren postiert. Warum? Weiß hier niemand, wie dort draußen die Lage beschaffen ist? Das Reich wird angegriffen. Mein Reich!«

»Wenn niemand das Stück Käse dort drüben möchte...« Glurk streckte die Hand aus. »Gebt es mir.«

»Wir haben von den jüngsten Ereignissen gehört«, sagte Eulenglas. »Aber der Gebieter vertritt den Standpunkt, daß uns hier keine Gefahr droht. Dieser Meinung sind auch seine neuen Berater.«

»Berater?« Pismire verschluckte sich fast an diesem Wort.

»Du hast nicht zufällig eingelegtes Gemüse, oder?« erkundigte sich Glurk.

»Berater«, sagte Bane leise. »Hat jemand die neuen... Berater gesehen?«

»Ich glaube nicht«, erwiderte Eulenglas. »Soweit ich weiß, wurde General Vagerus degradiert, weil er die Legionen zurückrief. Der Gebieter meinte, er hätte unnötige Aufregung verursacht. Und die Palastwachen lassen niemanden eintreten.«

»Gibt es noch mehr von diesen Gurken?« fragte das Stammesoberhaupt.

»Es ist *ihre* Taktik«, meinte Bane. »Das *wißt* ihr ja. Sie arbeiten von innen. Wie in Wagnis und später im Hochtorland.«

»Was, Gurken?« stieß der Munrung überrascht hervor.

»Ja, aber nicht in Wehr«, sagte Pismire. »Nicht *hier.* Das ist... unmöglich. Im Zentrum der Macht...«

Bane bedachte ihn mit einem bedeutungsvollen Blick. »Gibt es einen besseren Ansatzpunkt für *sie?*«

Brocando nickte langsam. »Nun, ich hätte es auch für ausgeschlossen gehalten, daß sie Wagnis unter Kontrolle brachten.«

»Reden wir noch immer über Gurken?«

»Ja, aber nicht... Wehr«, beharrte Pismire.

»Davon wäre ich auch in Hinsicht auf meine Heimat überzeugt gewesen«, sagte Brocando.

»Seit einer Weile ist kaum mehr jemandem Zutritt erlaubt«, fügte Eulenglas hinzu.

»Wir sprechen *nicht* von Gurken, oder?« In Glurks Stimme erklang nun leiser Zweifel.

»Was sollen wir jetzt unternehmen?« fragte Pismire.

Der Munrung hob eine Gurke. »Wie wär's, wenn wir sie in Stücke schneiden?«

Banes rechte Hand tastete nach dem Schwert. »Ja«, knurrte er. »Ich wußte, daß es früher oder später dazu kommen würde. Einst war Wehr eine großartige Stadt. Wir haben für Ideale gekämpft. Und als wir das Ziel erreicht hatten, ruhten wir uns auf den Kissen der errungenen Erfolge aus. Keine Anstrengungen mehr. Weder Stolz noch Ehrlichkeit. Nur junge dicke Gebieter und dumme Höflinge. Nun, ich lasse nicht zu, daß es auf diese Weise weitergeht. Wehr hat Besseres verdient. Gehen wir!« Er stand auf.

»He, wohin willst du?« fragte Pismire. »Hast du vor, mit gezücktem Schwert in den Palast zu stürmen und alle Moule zu töten, die dir über den Weg laufen?«

Brocando erhob sich ebenfalls. »Gut überlegt«, lobte er. »Ein ausgezeichneter Plan. Freut mich, daß wir diesen Punkt geklärt haben. Kommt ...«

»Das ist doch lächerlich!« ereiferte sich Pismire. »Von einem *Plan* kann überhaupt nicht die Rede sein! Du bist ein vernünftiger Mann, Glurk. Sag's ihnen!«

»Es *ist* lächerlich«, brummte Glurk.

»Na bitte«, seufzte der Schamane.

»Wir beenden die Mahlzeit«, fuhr das Stammesoberhaupt fort. »Und *dann* greifen wir den Palast an. Mit leerem Magen kämpft es sich nicht gut.«

»Sind denn alle übergeschnappt?« ächzte Pismire.

Bane wandte sich an ihn. »Erinnerst du dich an *ihre* Worte? ›Nichts ist zu klein, um in völliger Bedeutungslosigkeit zu verharren.‹ Eine Person am richtigen Ort und zur richtigen Zeit ...«

»Wir sind zu dritt«, stellte Brocando fest.

»Um so besser!«

»Ach, was soll's...« Pismire seufzte erneut. »Ich komme mit. Wenn auch nur deshalb, um zu verhindern, daß ihr etwas *zu* Dummes anstellt.«

»Darf ich euch begleiten?« fragte Eulenglas.

Bane lächelte. »Stellt euch einmal vor, was *fünf* Personen leisten können. Wenn wir uns irren, wenn keine Moule im Palast sind ... Nun, dann wissen wir wenigstens, daß hier alles in bester Ordnung ist. Aber wenn wir uns *nicht* irren... Welche anderen Möglichkeiten stehen uns offen? Sollen wir durch die Stadt laufen und schreien? Sollen wir versuchen, eine Streitmacht zusammenzustellen? Meiner Ansicht nach müssen wir die Angelegenheit *jetzt* klären.«

»Die Mauern des Palastes sind ziemlich hoch und dick«, gab Pismire zu bedenken.

»Ein Pon läßt sich durch nichts aufhalten«, sagte Bane. »Und das gilt auch für mich.«

Stille schloß sich an.

»Ich habe immer wieder darüber nachgedacht«, beendete Brocando das Schweigen. »Und jetzt weiß ich endlich Bescheid.«

»Worüber weißt du Bescheid, um Himmels willen?« fragte Pismire verärgert.

»Ich kenne nun die Antwort auf die Frage, warum die Dumii den Teppich eroberten«, sagte der Zwergenkönig. »Weil ab und zu jemand so dachte wie Bane.«

Nach einer Weile erkundigte sich Glurk: »Hat jemand eine Idee, wie wir in den Palast gelangen?«

Kapitel 19

Unterdessen sammelte auch Snibril neue Erfahrungen: Er lernte die Macht der Sergeanten kennen.

Careus hatte die Palastküche gefunden, und zwar aus gutem Grund: Ein Sergeant verstand sich immer darauf, die nächste Küche zu entdecken. In diesem Fall handelte es sich um einen niedrigen langen Raum mit sechs Kaminen und einer rußgeschwärzten Decke.

Der Chefkoch erwies sich als alter Freund.

»Das ist Rührgut«, sagte Careus und stellte Snibril einem großen Mann mit rotem Gesicht vor. Eine Narbe reichte ihm über die Nase hinweg, und eine schwarze Klappe bedeckte das linke Auge. Darüber hinaus fehlte ihm der eine Arm. »War früher Soldat, so wie ich.«

»Ist er auch Sergeant gewesen?« fragte der Munrung.

»Ja«, bestätigte Rührgut und lächelte, wodurch die Narbe in Bewegung geriet und ebenfalls zu lächeln schien. Als er um den Tisch herumtrat, sah Snibril ein Holzbein. Der Koch folgte seinem Blick. »Habe an Dutzenden von Feldzügen teilgenommen«, erklärte er. »Eines Tages trug mich Careus vom Schlachtfeld und meinte: ›Rührgut, alter Knabe, zieh dich besser in den Ruhestand zurück, solange noch was von dir übrig ist, das nach Hause geschickt werden kann.‹ Freut mich, dich wiederzusehen, Kumpel.«

»Es geschehen seltsame Dinge, Rührgut«, sagte der Sergeant.

»Und ob. Es gibt viele hohe Tiere, die ihren Posten

verloren haben. Seit zwei Wochen hat niemand den Gebieter gesehen. Scheint seine Gemächer überhaupt nicht mehr zu verlassen. Läßt sich die Mahlzeiten bringen.«

»Und die neuen Berater …«, sagte Snibril. »Was hat es mit ihnen auf sich?«

»Bisher haben sie darauf verzichtet, sich in der Öffentlichkeit zu zeigen.« Rührgut kratzte sich mit einer Schöpfkelle am Rücken. »Aber einmal bin ich mit 'nem Tablett im Palast gewesen, und der Geruch …«

»Roch's zufälligerweise nach Moulen?« fragte Snibril.

Einige andere Köche kamen näher und hörten interessiert zu. Sie alle ähnelten Rührgut. Es waren insgesamt sechs, aber Arme, Beine, Augen und Ohren reichten nur für vier voll ausgestattete Personen. Hinzu kamen zahllose Narben in allen Formen und Farben.

»Ja«, sagte Rührgut. »Ich hab's oft genug mit Moulen zu tun bekommen, um zu wissen, wie sie riechen. Die Sache gefällt uns nicht. Aber wir sind hier nur 'n paar Leute. Wenn wir Hilfe hätten …«

Careus und Snibril wechselten einen Blick.

»Hilfe befindet sich bereits hier im Palast«, stellte der Munrung fest.

Er musterte die Köche. Sie waren alle recht kräftig gebaut.

»Ihr seid Sergeanten gewesen«, sagte er. »Man sieht's sofort.«

»Nun, weißt du, als Sergeant lernt man, gewisse Dinge zu bewerkstelligen«, erwiderte Rührgut. »Zum Beispiel sorgt man dafür, daß man nach der Pensionierung eine ruhige Kugel schieben kann. Daß man's den ganzen Tag über warm hat und regelmäßige Mahlzeiten bekommt. Alte Sergeanten findet man überall.«

»Ich schlage vor, wir gehen jetzt und …«, begann Snibril.

Er starrte in die Dunkelheit am Ende der rußigen Küche.

»Wer ist das?«

»Wen meinst du?«

Die Köche drehten sich um.

Snibril zögerte. »Dort drüben stand jemand«, murmelte er. »Eine Frau. In Weiß gekleidet. Ein weißes Tier hockte neben ihr. Und sie sagte ...«

Er unterbrach sich.

»In dieser Küche gibt's keine Frauen«, brummte Rührgut. »Weil sie sich mit der Kunst des Sergeantseins nicht so gut auskennen wie wir.«

Snibril schüttelte sich. *Vermutlich habe ich mir die Gestalt nur eingebildet,* dachte er. *Es liegt eine Menge hinter uns ...*

»Sergeant Careus ... Was hältst du davon, wenn du zurückkehrst und die Streitmacht holst?«

»Um Wehr anzugreifen?« fragte Careus.

»Um die Stadt zu verteidigen«, korrigierte Snibril.

»Gegen wen sollen wir kämpfen?«

»Wenn ihr hier eintrefft, habe ich bestimmt einen Gegner für euch gefunden. Was die Köche betrifft ... Verfügt ihr über Waffen?«

Rührgut grinste. Er nahm ein Beil von einem großen Holztisch, holte damit aus und schmetterte es auf den Hackklotz herab, der daraufhin in zwei Teile zerbrach.

»Wer, wir?« fragte er.

Nervosität begleitete die Wächter am Palasttor. Der derzeitige Dienst gefiel ihnen nicht, aber Befehl war Befehl – selbst wenn man nicht genau wußte, woher die Anweisungen kamen. So dachten Dumii: *Wir haben Regeln, die unter allen Umständen beachtet werden müssen. Wo kämen wir sonst hin?*

Die Wächter wurden noch nervöser, als vier schwerbewaffnete Schlaue mit einem Karren am Tor erschienen. Einer der Soldaten trat vor.

»Halt!« sagte er.

Sein Gefährte stieß ihm sanft in die Rippen. »Das sind Schlaue. Ich schätze, Schlaue darf man nicht einfach so auffordern anzuhalten. Zweifellos kommen sie aus gutem Grund hierher.«

»Stimmt«, ertönte es.

»Aber einer von ihnen ißt eine Gurke«, sagte der erste Wächter skeptisch.

»Ich nehme an, auch Schlaue müssen ab und zu etwas essen.«

»Und außerdem sind's nur vier«, fuhr der argwöhnische Dumii fort. »Es sollten zumindest sieben sein.«

»Wir sind krank gewesen«, antwortete ein Schlauer.

Ein anderer fügte hinzu: »Obwohl, wenn wir in diesem Zusammenhang von *wir* sprechen, so bedeutet das ...«

Ein Schlauer trat ihm auf den Fuß.

Der erste Wächter gab nicht so einfach auf. »Ich glaube, ihr seid gar keine richtigen Schlauen«, sagte er. Die Gestalt mit der Gurke wandte ihm die Kapuze zu.

»Ich kann's beweisen, indem ich für dich einen Blick in die Zukunft werfe.«

»Ach, tatsächlich?«

Der angebliche Schlaue nahm einen Knüppel vom Karren.

»Jemand gibt dir was auf die Rübe«, sagte er.

»Schlag nicht so fest zu wie sonst.« Bane schob die Kapuze zurück. »Er ist kein Feind, er stellt nur ein Hindernis dar.«

Glurk schlug den Wächter so sanft wie möglich nieder. Der zweite Soldat schickte sich an, sein Schwert zu ziehen, und außerdem öffnete er den Mund, um zu schreien. Doch er blieb stumm, als er etwas Spitzes am Rücken spürte.

»Laß das Schwert fallen!« befahl Pismire.

»Und wenn wir *fallen* sagen, so meinen wir damit *nach unten*.« Eulenglas hüpfte auf und ab. »Ach, ist das aufregend!«

Rührgut klopfte an eine breite verzierte Tür. Hinter ihm schoben zwei Köche einen großen Servierwagen her. Eine weiße Tischdecke reichte auf allen Seiten fast bis zum Boden.

Ein Höfling öffnete das Portal.

»Das Essen«, sagte Rührgut. »Sollen wir's hineinbringen?«

»Oh, der Koch«, kam es von den Lippen des Höflings. »Na schön.« Der Wagen rollte ins Gemach, und dort saßen zwei Wächter auf einer Bank. Sie schienen nicht sehr glücklich zu sein.

In der gegenüberliegenden Wand zeigte sich eine zweite Tür. Der Höfling öffnete sie.

Ein weiterer Raum erstreckte sich dahinter, und offenbar hielt sich dort niemand auf. Durch die offene Tür war eine dritte Pforte zu sehen.

»Laßt den Wagen dort stehen«, sagte der Höfling. »Und kehrt anschließend in die Küche zurück.«

»In Ordnung«, bestätigte Rührgut. Die Köche schoben den Wagen ins nächste Gemach und verließen den Raum. Hinter ihnen schloß der Höfling die Tür.

»Hast du dich nie gefragt, was jetzt passiert?« fragte Rührgut.

»Es gehört nicht zu meinen Pflichten, über die Angelegenheiten des Gebieters nachzudenken«, entgegnete der Höfling scharf. »Und einem *Koch* stehen derartige Überlegungen gewiß nicht zu.«

»Aber vielleicht darf sich ein Sergeant darüber Gedanken machen.« Rührgut nahm den Hut ab. »Ihr dort – nehmt Haltung an!«

Die beiden Wächter standen stramm, bevor ihnen

die eigene Reaktion bewußt wurde. Weitere Köche kamen herein, und jeder von ihnen trug irgendeinen scharfkantigen Gegenstand.

»Das ist…«, begann der Höfling. Plötzlich wurde ihm klar, daß er den Raum mit sechs großen, kräftig gebauten und bewaffneten Männern teilte, die es vielleicht nicht mochten, angeschnauzt zu werden.

»… gegen die Befehle«, beendete er den Satz.

»Wir haben den Servierwagen ins Nebenzimmer geschoben – so *lautete* der Befehl«, stellte Rührgut fest. Er hinkte zur Tür und lauschte dort. »Jetzt warten wir ab, was passiert.«

Die lange Tischdecke formte eine Art mobiles Zelt.

Snibril hörte, wie sich die Tür hinter ihm schloß. Kurze Zeit später öffnete sich eine andere.

Es roch nach Moulen, und diesmal war der Geruch noch schlimmer als sonst. Die Geschöpfe stanken wie ein Pelzmantel, der dringend gereinigt werden müßte.

Der Servierwagen geriet in Bewegung. Erneut schloß sich eine Tür hinter dem Munrung, und es klang irgendwie *endgültig*.

Der Moul-Geruch wurde immer stärker, und jetzt erklangen auch Stimmen.

»Das Essen, Herr«, sagte ein Moul.

»Ich habe keinen Hunger«, antwortete jemand. Ein verdrießliches Nörgeln erklang in jener Stimme, und es deutete darauf hin, daß die betreffende Person als Kind zu viele Süßigkeiten und zu wenige Ohrfeigen bekommen hatte. Die Eigentümer solcher Stimmen waren an ein Leben ohne Ecken und Kanten gewöhnt.

»Der Herr muß essen«, erwiderte ein Moul. »Sonst bleibt nichts übrig vom Herrn.«

»Was geschieht draußen? Warum sagt mir niemand, was draußen geschieht? Warum gibt es Leute, die sich nicht an meine Anweisungen halten?« Snibril glaubte zu hören, wie jemand mit dem Fuß aufstampfte. Bisher hatte er geglaubt, daß sich ein solches Gebaren auf Personen in Geschichten beschränkte.

»Es herrscht noch immer das Chaos des Bürgerkriegs«, behauptete ein Moul. »Du hast Feinde auf allen Seiten, Herr. Nur wir können dich schützen. Du mußt uns erlauben, deine Sicherheit zu gewährleisten.«

»Beauftragt den Schrecklichen Scheuerer, meine Feinde zu vernichten!«

Der Gebieter, dachte Snibril entsetzt. *Nur vornehme Leute können so grob sein.*

»Bald, bald«, ließ sich ein dritter Moul vernehmen. »Früher oder später rufen wir ihn, so wie in Wagnis. In der Zwischenzeit kämpfen meine Krieger für dich. Wir bitten den Scheuerer um Hilfe, wenn uns nichts anderes übrigbleibt.«

»Ich bin von Feinden umgeben!« heulte der Gebieter.

»Ja, ja«, sagte ein Moul. Er sprach wie zu einem kleinen Kind.

»Und alle müssen mir gehorchen!«

»Ja, ja«, entgegnete der Moul. »Innerhalb gewisser Grenzen.«

»Du weißt ja, was mit Feinden passiert«, zischte der Gebieter. »Sie werden fortgeschickt. Zu einem schlimmen Ort.«

Unser altes Dorf war eigentlich gar kein so schlimmer Ort, dachte Snibril. *Pismire wies des öfteren darauf hin, daß es bei uns jede Menge von schlichtem Luxus gab. Und der Gebieter … Ich habe ihn mir ganz anders vorgestellt, viel … edler und würdevoller.*

»Jetzt bin ich hungrig. Seit ihr damit fertig, meine Mahlzeit zu kosten?«

»Noch nicht ganz, Herr.«

»Aber es ist kaum mehr was übrig!«

»Selbst im letzten Bissen könnte sich Gift verbergen«, antwortete ein Moul – er schien mit vollem Mund zu sprechen.

»Ja«, sagte der Gebieter unsicher. »Ja, das stimmt natürlich. Ich habe den Köchen nie getraut. Ihnen fehlen zu viele Dinge. Wie dem auch sei … Wie wär's mit einer Kruste?«

»Ich glaube, das können wir riskieren. Wir fügen ihr sogar ein wenig Bratensoße hinzu …«

Haben wir den ganzen weiten Weg zurückgelegt, um so etwas *zu verteidigen?* überlegte Snibril.

Und dann fragte er sich: *Was hielte Bane davon?*

Vermutlich gäbe der General folgenden Kommentar ab: Er ist der Gebieter, was auch immer er sonst sein mag. Wir müssen ihm helfen.

Und Pismire? Er würde sagen: Hör zu und beobachte aufmerksam; handle anschließend auf der Grundlage der gesammelten Informationen, ohne dabei etwas zu überstürzen. Nun, ein solcher Rat nutzt kaum etwas.

Und Brocandos Reaktion? Oh, ich höre seinen Schrei: Angreifen!

Glurk verlöre nicht einmal Zeit mit einem Schrei.

Na schön. Ich hoffe nur, Rührgut ist noch immer da draußen.

Bane spähte um eine Ecke und winkte den anderen zu.

»Wir dürfen nicht zu verschwörerisch wirken«, sagte Pismire. »Wenn wir uns so verhalten, als hätten wir ein Recht darauf, hier zu sein … Dann schöpfen die Wächter bestimmt keinen Verdacht.«

Hinter ihm erklang die Stimme eines sehr kleinen Schlauen. »Ich habe es satt, dauernd umherzuschleichen. Ein solches Verhalten ist einem König unangemessen.«

Bane streifte den Umhang ab.

»Eigentlich blieben die Wächter erstaunlich gelassen, wenn man bedenkt …«, meinte Pismire.

»Wenn man was bedenkt?« fragte Glurk.

»Daß wir sie niedergeschlagen haben. Ich glaube, sie *wollten* gefesselt werden. Jene Pflicht, die sie bis dahin erfüllen mußten … Sie gefiel ihnen nicht.«

»Trotzdem waren sie im Dienst«, erwiderte Brocando. »Sie fuhren damit fort, Befehlen zu gehorchen. Wie dumm von ihnen. Was würde aus den Deftmenen, wenn sie bereit wären, dauernd irgendwelche Anweisungen zu befolgen?«

»Dann könnten sie über den ganzen Teppich herrschen«, antwortete Pismire.

»Ha!« machte Brocando. »Es ist gefährlich, Befehlen zu gehorchen – weil man sich daran gewöhnt. Und dann hängt alles davon ab, wer die Befehle erteilt.«

Sie erreichten ein weiteres Tor, an dem zwei Wächter standen. Glurk schloß die Hand fester um seinen Knüppel.

»Nein«, sagte Bane. »Ich versuche es auf meine Weise.«

Er trat vor.

»Soldaten … Augen geradeaus! Uuuhhhnd stillgestanden! Sehr gut. Ausgezeichnet.« An die Adresse seiner Begleiter gerichtet fügte Bane hinzu: »Kommt!«

Einer der beiden Wächter runzelte die Stirn.

»Wie sind angewiesen, niemanden passieren zu lassen«, brachte er unsicher hervor.

»Wir sind nicht ›niemand‹«, erwiderte Bane. »Und das ist ein Befehl.«

Der Soldat straffte die Schultern.

»Ja, Herr! Verstanden, Herr!«

»Sprich nicht mit mir! Ich bin überhaupt nicht hier.«

Der Wächter klappte den Mund auf – und schloß ihn wieder.

»Gut. Weiter geht's, Leute!«

Eulenglas klopfte dem Soldaten auf die Schulter.

»Wenn wir ›nicht hier‹ sagen, so meinen wir das natürlich nur im übertragenen…«

Pismire packte ihn am Kragen. »Komm!«

Vier Moule standen im Zimmer und starrten Snibril verblüfft an. Darüber hinaus war ein junger Mann zugegen, kaum älter als der Munrung, und erstaunlicherweise reagierte er schneller als die Moule. Als er sprach, hatte er die Überraschung bereits überwunden und das Stadium heiß brennenden Zorns erreicht. Der Gebieter hob eine pummelige Hand, an deren Wurstfingern zahlreiche Ringe glänzten.

»Das ist kein Koch!« heulte er. »Ich kenne ihn nicht! Warum befindet er sich hier?«

Snibril ließ seinen Speer fallen und griff nach dem Arm des Herrschers. »Kommt mit«, sagte er. Nach kurzem Zögern fügte er hinzu: »Herr.« Er hob das Schwert und sah die Moule an. »Einer gegen vier«, brummte er. »Mit anderen Worten: Mit fällt es viermal leichter als euch, einen Gegner zu treffen, und wer weiß, wer zuerst von meiner Klinge berührt wird?«

Die Moule rührten sich nicht von der Stelle, und einer von ihnen lächelte. Der Gebieter wand sich in Snibrils Griff hin und her.

»Sehr klug von dir, Herr«, lobte der lächelnde Moul.

»Ich bin gekommen, um dich zu retten!« entfuhr es Snibril. »Das sind *Moule*. Sie zerstören dein Reich.«

»Dem Reich droht keine Gefahr«, erwiderte der Gebieter selbstgefällig.

»Und der Schreckliche Scheuerer?« fragte Snibril verdutzt.

»Jornarileesch und seine Leute beherrschen den Scheuerer«, sagte der Herrscher. »Er schlägt nur zu, um meine Feinde zu vernichten. Stimmt's?«

»Ja, Herr«, bestätigte der recht große Jornarileesch.

Dieser Moul ist nicht wie Gormaleesch, fuhr es Snibril durch den Sinn. *Er scheint sehr intelligent zu sein.*

»Der Schreckliche Scheuerer zerstört überall!« rief er.

»Was bedeutet, daß ich viele Feinde habe«, sagte der Gebieter.

Die Moule kamen jetzt näher, und plötzlich erschien es weniger attraktiv, die Erfolgswahrscheinlichkeit beim Kampf auf die Art der Deftmenen zu berechnen.

»Weg mit dem Schwert!« rief Jornarileesch. »Und laß den Herrn los. Wenn du nicht gehorchst, rufen wir den Schrecklichen Scheuerer.«

»Jetzt sofort?« fragte Snibril.

»Ja!«

»In diesem Augenblick?«

»Ja!«

»Nur zu!«

»Nein!« wimmerte der Gebieter.

Snibril hatte keine Kopfschmerzen. »Dazu seid ihr überhaupt nicht imstande. Es sind nur leere Drohungen, Herr. Die Moule haben ebensowenig Einfluß auf den Schrecklichen Scheuerer wie ich.«

Er blickte sich um, und in einer Ecke des saalartigen Zimmers bemerkte er ein Loch im Boden. Haarfransen zeigten sich am Rand.

»Ihr seid von Unterlage hochgeklettert«, stellte er fest. »Schlau von euch. Die Dumii sind daran gewöhnt, Befehlen zu gehorchen. Es war also nur nötig für euch, das Zentrum der Macht zu erreichen und diesen ... diesen Idioten einzuschüchtern.«

Die Wangen des Gebieters glühten. »Dafür lasse ich dich hinri ...«, begann er.

»Ach, sei still!« schnauzte Snibril.

Die Moule zogen ihre Schwerter und stürmten auf ihn zu. Aber vier gegen einen brachte auch Nachteile mit sich. Es bedeutete: Jeder der vier wartete darauf, daß die anderen drei zuerst angriffen.

In diesem Fall wurde nicht ausgeholt, zugestoßen und pariert – so etwas geschieht nur, wenn man allein aus Spaß mit dem Schwert kämpft. Wenn's ernst wird, hat es den Anschein, als träten zwei Windmühlen mit scharfen Kanten gegeneinander an. Es geht nicht darum, möglichst eindrucksvoll auszusehen; man ist vielmehr bestrebt, der anderen Person möglichst viele Wunden beizubringen und selbst unverletzt zu bleiben.

Snibril wich zur Tür zurück und versuchte dabei, die gegnerischen Hiebe abzuwehren. Ein Moul rief etwas in seiner Sprache, und zwei Köpfe erschienen im Loch.

Der Munrung trat nach dem Portal. »Mach auf, Rührgut!«

Die Tür öffnete sich, und das Zimmer dahinter war leer. Snibril hastete über die Schwelle und zerrte den Gebieter mit sich.

Die Moule waren so dumm, ihm zu folgen – hinter den beiden Türflügeln warteten die Köche. Sie traten (beziehungsweise humpelten) vor.

Rührgut schmetterte seine Schöpfkelle auf den Kopf eines Mouls.

»Sieben gegen vier – das ist nicht fair«, kommentierte er. »Drei von uns haben gar keine Gelegenheit, jemanden zu schlagen. Schnappt sie euch, Jungs!«

»Da drüben kommen noch mehr aus dem Loch!« rief Snibril und hielt den Gebieter fest.

»Gut!«

»Was geht hier vor?« winselte der Herrscher. »Was geht hier vor?« Er wirkte nicht mehr wütend, sondern ängstlich und noch viel jünger. Jetzt weckte er fast so etwas wie Mitleid in Snibril.

Die Köche waren enttäuscht. Die meisten Moule eilten in den Raum des Gebieters zurück und sprangen dort ins Loch. Sie hatten es so eilig, sich in Sicherheit zu bringen, daß sie übereinander hinwegkletterten.

Die Streitmacht aus der Küche kippte einen Tisch um und zerrte ihn über die Öffnung im Boden.

Rührgut wischte sich die Hand an der Schürze ab. »Na bitte«, sagte er. »Das wäre erledigt.«

»Ich fürchte, es ist erst der Anfang«, erwiderte Snibril. »Vielleicht befinden sich Tausende von Moulen direkt unter uns ...«

»Alle müssen mir gehorchen!« kreischte es. »Ich bin der Gebieter!«

Die Sergeanten drehten sich um und musterten ihn.

»Wir sollten den Herrscher schützen«, brummte einer von ihnen.

»Wir könnten ihn ins Loch werfen, zu seinen Freunden«, meinte Rührgut. »Bei ihnen wäre er gut aufgehoben.«

In den kleinen Schweinsaugen des Gebieters funkelte es, und der Blick glitt zwischen Rührgut und dem Tisch hin und her. Schließlich starrte er Snibril an und rief:

»Wachen!«

Die Tür zum Flur schwang auf, und zwei Bewaffnete kamen herein.

»Nehmt diese Männer fest!« keifte der Gebieter.

»Ach?« entgegnete Bane. »Und warum?«

In einer Stunde kann sich viel ändern.

Sie holten das Heer in die Stadt und verwendeten zu diesem Zweck eine vom Gebieter unterzeichnete Anweisung – auf diese Weise sparten sie sich viele Erklärungen.

Der Herrscher unterschrieb aus freiem Willen, nachdem ihm Glurk auf folgendes hingewiesen hatte: Wenn er *nicht* aus freiem Willen unterzeichne, so ergäben sich sehr unangenehme Konsequenzen für ihn.

Anschließend hielten sie Kriegsrat.

»Ich habe immer befürchtet, daß es dazu kommt«,

verkündete Bane. »Einst wurde der Gebieter gewählt, doch Targon sorgte dafür, daß er Titel und Macht auf seinen dämlichen Sohn übertragen konnte. Kaum jemand erhob Einwände. Meine Güte, genausogut könnte man *Könige* einführen.«

»Das geht zu weit!« protestierte Brocando.

»Entschuldige! Du hast recht. Bei euch Deftmenen gibt es schon seit langer Zeit Könige. Ihr wißt, worauf es bei einem guten König ankommt.«

»Fangt jetzt nicht an, euch zu streiten«, warf Snibril ein. »Wir sollten uns statt dessen überlegen, was die Moule anstellen.«

»Ist doch ganz klar«, erwiderte Bane. »Sie warten auf den Schrecklichen Scheuerer – um anzugreifen, wenn es bei uns drunter und drüber geht. Sie sind nur ein wenig ungeduldig geworden.«

»Vielleicht haben wir Glück«, sagte Eulenglas. »Nun, wenn ich hier von ›Glück‹ spreche, so meine ich natürlich ...«

»Es wird passieren.« Bane deutete bedrückt auf eine Karte. »Wenn man das Dorf, Wagnis und Wehr mit Strichen verbindet, so entsteht eine gerade Linie.«

»Und was folgt daraus?« erkundigte sich Snibril.

»Unheil«, antwortete Pismire düster. »Wo steckt der Gebieter?«

»Glurk und die Köche haben ihn in der Küche eingesperrt«, erklärte Bane. »Der richtige Ort für ihn. Dort kann er sowohl essen als auch schreien.« Er blickte auf einen Zettel. »Insgesamt besteht unser Heer aus nicht mehr als eintausendfünfhundert einsatzfähigen Kämpfern.«

»Es sind sogar noch weniger«, sagte der Schamane. »Die Frauen, Kinder und Alten dürfen nicht allein und schutzlos in der Stadt bleiben. Denk an Tregon Marus! Gebäude stürzen ein. Wir müssen die Bewohner in Sicherheit bringen und sie schützen.«

»Und wenn wir die Frauen bewaffnen?« schlug Brocando vor.

»So ein Unsinn«, schnaufte Bane. »Frauen wissen nicht, wie man kämpft.«

»Deftmenische Frauen verstehen sich gut darauf.«

»Ach? Und gegen wen kämpfen sie?«

»Gegen deftmenische Männer«, sagte Brocando.

»Eigentlich ist die Idee gar nicht so schlecht«, murmelte Pismire nachdenklich. »Die Faust meiner Oma war weit und breit gefürchtet – wo sie zuschlug, hatten Zähne keine Zukunft mehr. Ihr wäre es bestimmt nicht schwergefallen, einen Moul gründlich durch die Mangel zu drehen.«

»Ich verbiete es«, sagte Bane kategorisch. »Kämpfende Frauen? Dann wird kein Krieg geführt; dann gibt es schlicht und einfach ein ordinäres Durcheinander. Nein, kommt nicht in Frage. In dieser Hinsicht lehne ich jeden Kompromiß ab, Euer Majestät. Bring die Frauen meinetwegen in Sicherheit – aber damit hat es sich. Meine Güte, sie haben nicht die geringste Ahnung von Taktik und so.«

»Na schön.« Brocando nickte. »In Ordnung. Keine kämpfenden Frauen.« Bei den letzten Worten zuckte der Hauch eines Lächelns in seinen Mundwinkeln.

»Außerdem gibt es gar nicht genug Waffen«, fügte Bane hinzu.

»Zum Palast gehört auch ein großes Arsenal«, sagte Eulenglas.

»Ja, aber als wir uns dort umsahen, fanden wir nur ein Loch im Boden«, teilte ihm der Dumii-General mit. »Die Moule haben alles fortgeschafft.«

»In dem Fall ...«, begann Brocando.

»Vermutlich möchtest du vorschlagen, die Moule anzugreifen, um ihnen die Waffen abzunehmen, oder?« fragte Bane kühl.

»Nun ...«

»Nein.« Bane schlug mit der flachen Hand auf den Tisch. »Sie sind dort draußen. Und sie sind unter uns. Ich weiß es. Sie warten. Um anzugreifen, nachdem der Schreckliche Scheuerer zugeschlagen hat. Das ist ihre Strategie. So gehen die Moule vor, wenn es ihnen nicht gelingt, sich beim Feind einzuschleichen und ihn zu besiegen, ohne daß er etwas davon merkt.«

Snibril hatte aufmerksam zugehört. Als er schließlich sprach, gewann er den Eindruck, niedergeschriebene Worte vorzulesen. Die Silben lagen ihm bereits auf der Zunge – er brauchte nur den Mund zu öffnen, damit sie eine Botschaft vermittelten.

»Ich kann helfen«, sagte er. Eine Sekunde später fühlte er die Blicke aller Anwesenden auf sich ruhen.

»Ich weiß, wann der Schreckliche Scheuerer zuschlägt«, fuhr er fort. »Ich spüre es, zwar nicht so deutlich wie die Moule, aber eher als die meisten Tiere.«

»Er hat recht«, meinte Sergeant Careus. »Ich hab's selbst erlebt.«

»Nun, das wäre tatsächlich eine große Hilfe«, sagte Bane.

»Ich glaube, ihr versteht nicht ganz.« Snibril gestikulierte. »Wie verhalten sich die Moule vor einem Angriff des Scheuerers?«

»Woher soll ich das wissen?« erwiderte Bane. »Sie legen sich hin und heben die Hände über den Kopf, wenn sie vernünftig sind. Und anschließend greifen sie den verwirrten Gegner an.«

Falten bildeten kleine Täler in seiner Stirn, als er darüber nachdachte.

»Besser gesagt: Sie greifen einen Gegner an, den sie für verwirrt halten.«

»Genau«, bestätigte Snibril.

»Es könnte klappen.« Pismires Miene zeigte so

etwas wie Zuversicht. »Wie heißt es so schön? Gefahr erkannt, Gefahr gebannt.«

Stille folgte.

Nach einer Weile räusperte sich Brocando. »Gefahr gebannt? Bedeutet das, wir bekommen überhaupt keine Gelegenheit, gegen die Moule zu kämpfen?«

Kapitel 20

Sie gewannen die Schlacht.

Mehr stand nicht in den Geschichtsbüchern, die später geschrieben wurden, nachdem man Neuwehr aus den Trümmern der alten Stadt erbaut hatte. Die entsprechenden Berichte drehten sich vor allem um Banes Wahl zum Präsidenten, denn er galt als ehrlich, tapfer und phantasielos. Die Dumii mißtrauten der Phantasie – sie sahen in ihr die Saat der Unzuverlässigkeit.

Nun, die Verfasser der Geschichtsbücher nahmen nicht an den Geschehnissen teil. Sie wußten nicht, *wie* alles geschah.

Und sie kannten auch nicht die vielen alternativen Ereignisketten.

Zuerst mußte das Problem der Waffen gelöst werden. Rührgut kümmerte sich darum. Zum Beispiel Speere. Wenn man Küchenmesser ans Ende von Stöcken band, konnte niemand einen Unterschied feststellen. Erst recht dann nicht, wenn man von so einem Ding getroffen wurde. Außerdem: Eine Handvoll Nägel in einem Stück Haar ergab eine Keule, die gewiß nicht als exklusiv bezeichnet werden durfte – man konnte *jeden* damit schlagen. Die Sergeanten trommelten alle kampffähigen Männer und Jungen in der Stadt zusammen und unterwiesen sie im Umgang mit den improvisierten Kriegswerkzeugen.

Glurk verbrachte viel Zeit damit, ihnen zu helfen. Rührgut meinte einmal, er sei von Natur aus ein Sergeant – was auch immer das bedeuten mochte.

Brocando erhielt den Auftrag, sich um die Frauen und Kinder zu kümmern. Er lächelte, als er sein Einverständnis erklärte – was Snibril verdächtig erschien. Bane war praktisch überall und verteilte Befehle. Er entwickelte Pläne und beaufsichtigte jene besonderen Arbeiten, die außerhalb des Wehrwalls stattfanden.

Pismire und Eulenglas vertrieben sich die Zeit mit einem Spiel. Dabei ging es darum, kleine Figuren von Kriegern auf einem in Quadrate unterteilten Brett zu bewegen. Angeblich spielte der Schamane, weil er sich dadurch leichter konzentrieren konnte. Nun, es gab auch noch einen zweiten Grund: Eulenglas neigte zu hohen Wetteinsätzen – und verlor fast immer.

Snibril kam sich nutzlos vor.

Schließlich fand er Bane auf dem Wall. Der General lehnte sich über dem Haupttor an die Brüstung und blickte zum Haarwald hinüber. Mit Hörnern ausgestattete Wächter standen in der Nähe – um die Stadt zu warnen, falls es zu einem Angriff kommen sollte.

»Ich sehe nichts«, sagte Snibril. »Wir haben Patrouillen ausgeschickt, und sie kehrten ohne eine Sichtung des Feindes zurück.«

»Ich halte nicht nach Moulen Ausschau«, erwiderte Bane.

»Nach wem dann?«

»Hmm? Oh. Nach niemandem.«

»Du suchst nach einer in Weiß gekleideten Gestalt, nicht wahr?« vermutete Snibril. »Ich habe sie ebenfalls gesehen.«

»Sie muß die Dinge beobachten, wenn sie geschehen sollen...« Bane riß sich zusammen. »Die Sache gefällt mir nicht«, brummte er leise. »Es ist zu ruhig.«

»Ich ziehe die Ruhe dem Lärm vor.«

»Was macht dein Kopf?«

»Alles bestens«, sagte der Munrung. »Kein Druckgefühl. Keine Schmerzen.«

»Bist du ganz sicher?«

»Ja.«

»Hmm ...«

Bane betrachtete die besonderen Verteidigungsanlagen. Alle Bewohner der Stadt, die nicht woanders gebraucht werden, hatten dort gearbeitet, Gräben ausgehoben und den Staub dammartig aufgehäuft. Vom Haarwald her war davon nichts zu erkennen.

»So ist Wehr früher gewesen«, sagte der General. »Nur ein Graben und ein Wall. Überall von Feinden umgeben.«

»Glurk glaubt, die Moule seien weitergezogen. Bestimmt haben sie uns gehört. Warum greifen sie trotzdem an?«

»Jeder versucht, sich zu beschäftigen«, entgegnete Bane, und es klang ein wenig mürrisch.

»Hör mal ... Alles ist bereit«, sagte Snibril. »Zumindest so bereit, wie es unter den gegebenen Umständen möglich ist. Die Löcher sind blockiert – es können uns also keine Moule in den Rücken fallen. Was geschieht jetzt? Du hast den Gebieter einsperren lassen. Was passiert nachher mit ihm?«

»Du glaubst, daß es ein Nachher gibt?« fragte Bane.

»Es gibt *immer* ein Nachher«, betonte Snibril. »Darauf wies Culaina meinen Bruder hin. Man muß jedoch das richtige Nachher wählen.«

Er kratzte sich am Kopf. Hinter dem Ohr juckte etwas.

»Wir können nur für eine gewisse Zeit bereit sein«, murmelte Bane.

Snibril rieb sich erneut das Ohr.

»Bane ...«

»Falls man überhaupt von Bereitschaft reden kann. Aufgrund deiner Schilderungen habe ich gehofft, daß uns die Schlauen helfen, aber sie sind einfach weggelaufen ...«

»Bane ...!«

Der Dumii drehte sich um.

»Was ist los?«

Snibril gewann den Eindruck, daß etwas versuchte, ihm die Ohren in den Schädel zu pressen.

»Der Scheuerer?« fragte Bane.

Der Munrung nickte, und selbst *das* tat weh.

»Wieviel Zeit bleibt uns?«

Snibril hob die Hand und streckte alle Finger. Bane schritt über den Wehrwall zum nächsten Wächter und nahm sein Horn. Staub wallte auf, als er hineinblies.

Es ist seltsam ... Die Leute wissen von der Existenz eines Alarmsignals, aber wenn es wirklich einmal erklingt, bewirkt es die sonderbarsten Reaktionen. Männer, Frauen und Kinder verlassen die Häuser, wandern verwirrt umher und sagen: »Jemand spielt mit dem Alarmsignal herum, nicht wahr?« Oder: »Wer hat das Alarmsignal ausgelöst? Es soll doch nur bei einem *Notfall* erklingen.«

Genau das geschah jetzt. Bane blickte in Straßen hinab, die sich mit verwunderten Bürgern von Wehr füllten, und er stöhnte.

»Es geht gleich los!« rief der General. »Uns bleiben nur wenige Minuten.«

Ein Dumii hob unsicher die Hand.

»Ist dies eine weitere Übung?« fragte er. Während der vergangenen Tage waren viele Übungen veranstaltet worden.

»Nein!«

»Oh. Na gut.«

Wenige Sekunden später erklangen überall Befehle.

Snibril sank auf die Knie, als sich Wehr allmählich leerte.

»Gruppe drei! Zum Großen Platz! Von den Gebäuden fernhalten!«

»Verbände! Verbände! Wer hat die Verbände?«

»Und denkt daran: Die Moule können auch von unten kommen, aus Unterlage ...«

Snibril wünschte sich nichts sehnlicher, als in irgendein Loch zu kriechen und es hinter sich zu verschließen. Sein Kopf fühlte sich *flach* an.

»In Ordnung. Und jetzt die Ponen aufmarschieren lassen ...«

Er mußte fort. Der Munrung gab dem Drang nach. Die anderen beachteten ihn nicht, als er fast die Leiter hinunterfiel und auf Roland zutaumelte. Mühsam schwang er sich auf den Rücken des Rosses und schloß sich dem Strom der Flüchtlinge an, die Wehr verließen.

Kurz darauf spürten die Tiere den Schrecklichen Scheuerer. Die Ponen befanden sich bereits außerhalb der Stadt und trompeteten. Pferde wieherten, einige von ihnen rissen sich los und galoppierten in Richtung Haarwald. Hunde und Katzen liefen zwischen den Beinen der Dumii-Bürger herum.

Sie wollen ebenfalls fort, dachte Snibril.

Die Häuser begannen zu zittern.

Es blieb zunächst still, als sich die über Wehr hinwegwölbenden Haare krümmten.

Dann knarrte und knirschte es ohrenbetäubend laut, so als presse ein gewaltiges Gewicht Tausende von Haaren nach unten.

Der Scheuerer ist direkt über uns, dachte Snibril.

Die Flüchtlinge mußten jetzt nicht mehr aufgefordert werden, sich zu beeilen. Die Haare über der Stadt kamen näher und näher, krachten und splitterten unter dem enormen Druck.

Wir schaffen es nicht rechtzeitig ...

Roland sauste wie ein Pfeil durch den Torbogen.

Wände stürzten ein. Der Boden bewegte sich wie die Haut eines Tiers, und Häuser brachen auseinander. Wehr verwandelte sich in einen Trümmerhaufen.

In Snibrils Ohren knackte es, und fast hätte er vor Erleichterung geschluchzt.

Er sah zur Stadt zurück. Noch immer stürzten Wände ein, während der Teppich unter dem Schrecklichen Scheuerer erbebte, aber fast allen Bewohnern war es gelungen, Wehr zu verlassen.

Einige Soldaten passierten das Tor, und hinter ihnen wurde das prächtige Portal zu einer Ruine.

Direkt über uns, dachte Snibril. *Als ob uns etwas umbringen wollte. Aber Pismire hält den Scheuerer für ein natürliches Phänomen, das wir nicht verstehen. Wäre es besser, wenn wir von etwas getötet werden, das* überhaupt nichts von unserer Existenz weiß?

Außerhalb der Stadt sah er einige Leute, und es gab keine Möglichkeit, die Ponen zu verbergen.

Snibril blickte zum Haarwald hinüber.

Moule kamen dort zum Vorschein. Rasch zwang er Roland herum und ritt zur Stadt zurück.

Bane blickte auf, als das Pferd über den Graben im Staub sprang.

»Es sind Tausende!«

»Wir warten, bis sie näher gekommen sind«, erwiderte der Dumii-General.

Weitere Moule und Snargs erreichten die Lichtung.

Snibril sah am Graben entlang. In diesem Bereich bestand die Streitmacht der Verteidiger aus Dumii-Bogenschützen: Gelassen lagen sie hinter dem Staubwall und beobachteten, wie die schwarze Horde heranrückte.

»Sind sie jetzt nahe genug?«

»Nein, noch nicht«, sagte Bane. »Sergeant Careus, gib das Bereitschaftssignal!«

»Ja, Herr!«

Snibril erkannte einzelne Geschöpfe.

Bane kratzte sich am Kinn. »Noch nicht«, wiederholte er. »Noch nicht. Die erste Salve ist besonders wichtig...«

Etwas schimmerte auf dem Staubhügel hinter ihnen. Snibril und Bane drehten sich um und bemerkten eine weiße Gestalt, die zu den Moulen hinübersah. Eine Sekunde später verschwand sie.

»Sergeant Careus?« fragte Bane ruhig.

»Herr?«

»Es ist soweit.«

Careus straffte die Schultern und grinste.

»Ja, Herr! Gruppe eins... wartet noch, wartet noch... Gruppe eeeiiiins – Feuer! Gruppe eins zurücktreten! Gruppe zwei nach vorn! Gruppe zweeeiii – Feuer! Gruppe eins, auf zweite Salve vorbereiten! Gruppe eins nach vorn! Gruppe eeeiiiins – Feuer...«

Nur wenige Personen hatten Dumii-Bogenschützen in Aktion gesehen. Besser gesagt: Es gab viele Augenzeugen, aber da die Pfeile in ihre Richtung unterwegs gewesen waren, hatten sie kaum Gelegenheit gefunden, sich Einzelheiten für einen späteren Bericht zu merken. Bei der von den Dumii verwendeten Methode ging es schlicht und einfach darum, dem Feind möglichst viele Pfeile zu schicken. Die Bogenschützen brauchten nicht gut zu sein, nur schnell. Wenn man ihnen zusah, gewann man den Eindruck, eine Art Maschine zu beobachten.

Die Angreifer heulten. Auch das gehörte zur Dumii-Taktik: Man setzt die erste Reihe außer Gefecht – dann hat der Gegner genug damit zu tun, nicht über die eigenen Gefallenen zu stolpern. Bogenschützen eilten im Graben hin und her; nur eine recht kleine Gruppe nahm die Moule auch weiterhin unter Beschuß.

Snibril eilte ebenfalls los.

Überall hatten mit Bogen bewaffnete Dumii auf den

Feind gewartet, und nur an einer Stelle war es ihm gelungen, den Graben zu erreichen. Dort fanden nun zwei Kämpfe statt: Deftmenen traten gegen Moule an, und andere Deftmenen kämpften gegen die ersten, um ebenfalls eine Gelegenheit zu erhalten, gegen Moule zu kämpfen.

Die Deftmenen hatten eine ganz besondere Technik entwickelt, um mit Gegnern fertig zu werden, die dreimal so groß waren wie sie selbst: Sie liefen an ihnen hoch, hielten sich in Höhe der Schultern mit einer Hand fest und nutzten die andere, um irgendwelche Waffen zu schwingen. In diesem Fall bedeutete es, daß die Moule nach ihren eigenen Köpfen schlugen.

Es erfolgten zwei weitere Vorstöße, bevor der Feind langsam ahnte, daß nicht alles nach Plan lief.

Die Moule sammelten sich dicht vor dem Haarwald, und es waren noch immer zu viele.

»Wir könnten den ganzen Tag so weitermachen«, sagte Brocando.

»Nein«, widersprach Bane.

»Wir haben nicht einen einzigen Verteidiger verloren.«

»Mag sein. Aber möchtest du zu den Moulen gehen und sie bitten, uns die Pfeile zurückzugeben?«

»Oh!«

»Unser Vorrat genügt, um einen weiteren Angriff abzuwehren, und damit hat es sich. Wenn's zum Nahkampf kommt... Der Gegner hat mehr Hände als wir.«

»Dann schlagen wir ihm eben ein paar ab«, meinte Brocando.

»Was nichts an unserer zahlenmäßigen Unterlegenheit ändert. Außerdem haben die Moule mehr und bessere Waffen.«

»Gut«, brummte der Zwergenkönig. »Wir Deftmenen lieben Herausforderungen.«

»Da kommen sie wieder«, sagte Snibril. »Das heißt... Es sind nur einige wenige. Seht nur!«

Sechs Snargs lösten sich aus den Reihen des Feindes, verharrten auf halbem Weg zwischen dem Moul-Heer und der Stadt.

»Sie wollen mit uns reden«, vermutete Bane.

»Können wir ihnen trauen?« fragte Glurk.

»Nein.«

»Gut. Ich verabscheue es, solchen Wesen Vertrauen entgegenzubringen.«

»Aber wir sollten uns anhören, was sie zu sagen haben«, riet Pismire. »Es kann nie schaden, miteinander zu sprechen.«

Sie ritten zu den Moulen, und Snibril erkannte ihren Anführer, der eine Krone aus Salzkristallen trug und die Vertretern der Verteidiger mit einem herrischen Blick bedachte. Banes Interesse galt vor allem Gormaleesch, der zu den Begleitern des hochnäsigen Anführers zählte.

»Nun?« fragte der Dumii-General. »Was habt ihr uns mitzuteilen?«

»Ich bin Jornarileesch«, stellte sich der Moul mit der Krone vor. »Ich biete euch Frieden. Ihr könnt unmöglich den Sieg erringen. Die Zeit arbeitet für uns.«

»Wir haben jede Menge Waffen, und es fehlt uns auch nicht an Soldaten, die mit ihnen umgehen können«, erwiderte Bane.

»Was ist mit Nahrungsmitteln?« erkundigte sich Jornarileesch.

Der General achtete nicht darauf. »Erläutere dein Friedensangebot.«

»Werft eure Waffen weg. Anschließend setzen wir das Gespräch fort.«

»Ich soll *zuerst* mein Schwert wegwerfen?« Banes Tonfall schien darauf hinzudeuten, daß er diese Möglichkeit ernsthaft in Erwägung zog.

»Ja. Du hast keine Wahl.« Jornarileeschs Blick glitt weiter, als er auch die Begleiter des Generals musterte. »Das gilt für euch alle. Wenn ihr es ablehnt, meine Bedingungen anzunehmen, so seid ihr des Todes. Ihr sechs sterbt hier, und die anderen teilen euer Schicksal nur wenig später.«

»Du darfst nicht auf ihn hören!« platzte es aus Snibril heraus. »Denk an Wagnis und das Hochtorland!«

»Ich soll mein Schwert wegwerfen...«, murmelte Bane. »Eigentlich gar keine so schlechte Idee.«

Er zog die Klinge aus der Scheide und hob sie.

»Gormaleesch?«

Banes Arm bewegte sich so schnell, daß er zu einem Schatten wurde. Einem Messer gleich zuckte das Schwert durch die Luft und bohrte sich in den Hals des Mouls. Gormaleesch riß entsetzt die Augen auf und rutschte stumm vom Rücken seines Snargs.

»Auf diese Weise werfen wir in Wehr unsere Schwerter weg«, verkündete Bane. »Ich habe ihn gewarnt. Aber er wollte nicht auf mich hören.«

Er trieb sein Pferd an und ritt zur Stadt. Die anderen folgten ihm und hatten Mühe, nicht den Anschluß zu verlieren. Jornarileesch blieb wie erstarrt zurück.

»Das entsprach keineswegs der Dumii-Art«, sagte Pismire. »Ich bin überrascht.«

»Nein«, erwiderte Bane. »Gormaleesch war überrascht. Du bist nur erstaunt gewesen. Er wollte sein Schwert ziehen. Hast du das nicht gesehen?«

»Die Moule bereiten sich auf einen neuerlichen Angriff vor«, warf Glurk ein.

»Ich bin überra...« Pismire verbesserte sich sofort: »Es erstaunt mich, daß sie bisher noch nicht versucht haben, sich von Unterlage hochzugraben.«

»Einige *haben* es versucht.« Glurk lächelte humorlos. »Sie erschienen direkt unter Rührguts Gruppe. Und sie bekamen allen Grund, es zu bereuen.«

Bane sah die Verteidiger an und bemerkte die Sorge in ihren Gesichtern. »Der nächste Angriff«, brummte er. »Nun gut. Die Moule sollen ihn nicht vergessen. Bereitet die Ponen auf den Einsatz vor. Diesmal verwenden wir alles.«

»Alles?« vergewisserte sich Brocando. »Na schön.« Er ritt mit seinem Pony am Graben entlang.

Sie warteten.

»Wie viele Nahrungsmittel stehen uns eigentlich zur Verfügung?« fragte Snibril nach einer Weile.

»Sie reichen aus, um jedem von uns vier oder fünf Mahlzeiten zu ermöglichen«, antwortete Bane geistesabwesend.

»Das ist nicht viel.«

»Vielleicht ist es mehr als genug«, sagte der General.

Sie warteten.

»Das Warten ist der schlimmste Teil«, meinte Pismire.

»Nein«, entgegnete Eulenglas, dem man kein Schwert anvertraut hatte. »Ich schätze, am schlimmsten ist es, wenn einem scharfe Klingen in den Leib gestoßen werden. Das Warten ist nur langweilig. Nun, wenn ich in diesem Zusammenhang von Langeweile spreche, so meine ich ...«

»Da kommen sie.« Glurk griff nach seinem Speer.

»Der Angriff erfolgt jetzt nicht mehr an verschiedenen Stellen gleichzeitig, sondern nur noch an einer«, stellte Bane fest. »Na gut. Hat jemand ein Schwert für mich?«

Und so begann die entscheidende Schlacht. Sie bestand aus Angriffen und Gegenangriffen. Überall wimmelte es von Pfeilen und Speeren. Schwerter schlugen zu, zerschnitten Teile von Körpern. Später zeichneten Historiker Karten, schoben darauf bunte Rechtecke umher und fügten ihnen große Pfeile hinzu, um zu verdeutlichen: Hier überraschten die Deftmenen eine große Moul-Gruppe; dort zerstampften die Ponen einige Snargs; an jener Stelle gerieten Rührguts Irreguläre in Bedrängnis und kamen nur durch den mutigen Vorstoß der Munrungs mit dem Leben davon. Es gab auch Kreuze: Hier tötete Bane einen hochrangigen Moul-Offizier; dort erledigte Eulenglas einen Snarg, und zwar durch Zufall.

Die Karten zeigen nicht die Furcht, den Lärm und die allgemeine Aufregung. *Nachher* ist es besser. Aus gutem Grund: Wenn es ein persönliches Nachher gibt, so hat man den Beweis dafür, noch am Leben zu sein. Die meiste Zeit über weiß niemand, was passiert – bis es vorbei ist. Unter gewissen Umständen kann man nicht einmal feststellen, wer gewonnen hat, bis man schließlich Gelegenheit findet, die Überlebenden zu zählen.

Snibril duckte sich, schlug zu und parierte – auf diese Weise bahnte er sich einen Weg durch das Chaos. Wohin er auch gelangte: Überall schien er von Moulen umringt zu sein. Einer traf ihn an der Schulter, doch er merkte es erst später.

Irgendwann fand er sich in einem Bereich wieder, der etwas mehr Platz bot, doch auch hier war er auf allen Seiten von Moulen umgeben. Sie holten mit ihren Schwertern aus …

»Wartet!«

Jornarileesch hob eine pfotenartige Hand.

»Noch nicht. Sorgt dafür, daß uns niemand stört.« Der Moul-Anführer blickte auf den Munrung herab. »Du warst dort draußen, zusammen mit den anderen. Und du hast versucht, den kleinen dicken Gebieter zu retten. Ich bin neugierig. Warum setzt du den Kampf fort? Eure Stadt ist zerstört. Ihr könnt unmöglich den Sieg erringen.«

»Wehr ist erst dann zerstört, wenn wir nicht mehr dafür kämpfen«, erwiderte Snibril.

»Wie meinst du das?«

»Wehr ist ... ist überall«, erklärte Glurks Bruder. »Wehr ruht ... in uns.«

»Dann bin ich gespannt, ob wir die Stadt in euch finden«, sagte Jornarileesch bedeutungsvoll.

Hinter ihm erklang lautes Trompeten, und die Gruppe stob auseinander, als ein Pon durchs Getümmel stampfte. Snibril wich rasch zur Seite aus, und als er zurücksah, war der Moul-Anführer irgendwo im Durcheinander verschwunden.

Es zeichnete sich tatsächlich eine Niederlage der Verteidiger ab. Man spürte es ganz deutlich. Für jeden überwältigten Moul erschienen zwei neue auf dem Schlachtfeld.

Snibril rollte einen Hang hinunter und sah Bane, der gegen zwei Feinde kämpfte. Als der Munrung wieder auf die Beine kam, sank ein Moul in den Staub, und ein Rückhandschlag tötete den anderen.

»Wir verlieren«, sagte Snibril. »Wir brauchen ein Wunder.«

»Mit Wundern gewinnt man keine Schlacht«, erwiderte der General. Sechs Moule kletterten über die Trümmer eines halb zerstörten Gebäudes. »Für den Sieg braucht man zahlenmäßige Überlegenheit und eine gute Taktik ...«

Weiter hinten erklang ein Horn. Die Moule drehten sich um.

Ein zweites Heer rückte an. Es war eher klein, aber es mangelte ihm nicht an Entschlossenheit. Brocando führte es an, und seine Stimme übertönte den Lärm.

»Man hält es am *anderen* Ende, Verehrteste! Ich bitte euch, meine Damen – drängelt nicht so! Sei vorsichtig mit dem Speer. Du könntest jemanden verletzen ...«

»Das ist doch Sinn der Sache, oder?« fragte eine alte Frau, die sich eigentlich nicht einmal in der Nähe eines Schlachtfelds befinden sollte.

»Du hältst ihn falsch herum«, erwiderte Brocando. »Das spitze Ende gehört nach vorn.«

»Dann geh aus dem Weg, junger Mann – damit ich von diesem Ding *Gebrauch* machen kann.«

Die Moule starrten verblüfft. Snibril schlug zwei von ihnen nieder, bevor die anderen reagieren konnten, und daraufhin war es bereits zu spät für sie.

Bane hatte schon geschicktere Kämpfer gesehen, doch das konnte kaum überraschen: Immerhin beschränkte sich die Zeit der geheimen Ausbildung auf zwei Tage. Rührgut hatte Brocando dabei geholfen. Den Frauen von Wehr fehlte es zweifellos an Kampferfahrung, aber ihre Entschlossenheit schuf einen guten Ausgleich. Außerdem erwies es sich sogar als ein Vorteil, daß sie nicht wie richtige Soldaten ausgebildet waren. Dumii lernten, das Schwert in der Tick-tock-Art zu benutzen, und sie neigten nur selten dazu, ganz neue offensive Methoden auszuprobieren. Die Frauen hingegen bewiesen großen Einfallsreichtum. Zum Beispiel hämmerten sie das Ende des Speers in die Kniebeugen eines Gegners und stachen zu, wenn der Feind das Gleichgewicht verlor und fiel. Mit anderen Worten: Die Damen von Wehr kämpften *gemeiner.*

Trotzdem rückten die Moule immer weiter vor.

Die Verteidiger mußten zurückweichen, und schließlich verlagerte sich der Kampf in die Ruinenstadt.

Bane und seine Gefährten … erlitten eine Niederlage. Sie wurden geschlagen und besiegt. Wehr blieb ein Trümmerfeld, und es entstand keine Republik. Die Überlebenden flohen in alle Himmelsrichtungen, und damit endete die Geschichte der Zivilisation. Für immer.

Tief im Haarwald wanderte die Thunorg Culaina, ohne einen Fuß vor den anderen zu setzen. Sie wandelte von Zukunft zu Zukunft, und sie ähnelten sich alle.

Niederlage. Das Ende des Reiches. Das Ende phantasielo-

ser Leute, die glaubten, es gebe bessere Mittel und Wege als den Kampf. Bane – tot. Snibril – tot. Der Tod holte sie alle. Und sie starben umsonst.

Culaina bewegte sich nun, ohne zu *laufen*. Schneller und immer schneller eilte sie durch die zahllosen Alternativen der Zukunft. Tausendfaches Vielleicht flog an ihr vorbei. Es handelte sich um Möglichkeiten, die noch keine endgültige Gestalt angenommen hatten, denen die Substanz der Realität fehlte. In ihnen siegten die Moule und zerstörten, was Hoffnung gab. Winzige Chancen genügten nicht, um die Situation zu verändern. Irgendwo und irgendwann mußten sich jene Ereignisse zutragen.

Aber nicht hier und jetzt, beschloß Culaina.

Und dann fand sie eine *andere* Zukunft. Nur eine einzige, stellte die Thunorg verblüfft fest. Normalerweise waren die verschiedenen Zukunftsformen in Bündel aus Hunderten von Alternativen unterteilt, die sich nur in winzigen Details voneinander unterschieden. Doch in diesem besonderen Fall stand die *andere* Zukunft ganz allein da. Eigentlich hatte sie gar kein Recht zu existieren. Sie repräsentierte den überaus unwahrscheinlichen Fall, daß die Verteidiger gewannen; sie symbolisierte eine Chance von eins zu einer Million.

Fasziniert beobachtete Culaina die Einzelheiten. Ein seltsames Volk, die Dumii. Sie hielten sich für vernünftig, für so praktisch wie eine Schaufel. Doch in einer großen Welt voller Chaos, Dunkelheit und Phänomenen, von denen sie nicht einmal etwas ahnten, verhielten sie sich so, als *glaubten* sie an ihre kleinen Erfindungen wie ›Gesetz‹ und ›Gerechtigkeit‹. Sie hatten nicht genug Phantasie, um aufzugeben.

Es war erstaunlich, daß es für sie überhaupt eine einzige Zukunftschance gab.

Culaina lächelte.

Und setzte den Weg fort, um sich die Sache aus der Nähe anzusehen.

Man verändert Dinge, die man betrachtet…

Die Moule zogen sich zurück, wenn auch nur mit der Absicht, sich neu zu gruppieren. Immerhin: Die Dumii konnten nicht fliehen; für sie gab es keinen Platz mehr, der Sicherheit bot. Snibril dachte an Jornarileesch. *Wahrscheinlich stellt er sich vor, wie wir auf ihn warten und uns dabei das eigene Ende ausmalen.*

Glurk und Bane lehnten erschöpft an den Resten einer Mauer. Drei Dumii-Frauen leisteten ihnen Gesellschaft. Eine von ihnen hatte ein hübsches Gewand zerschnitten und benutzte einige Streifen, um Glurks Arm zu verbinden.

»Wenigstens wird man von uns sagen, daß wir im Kampf gestorben sind«, brummte das Stammesoberhaupt der Munrungs. »Au!«

»Halt still!« murrte die Frau.

»Ich bezweifle, ob die Moule großes Interesse an Geschichte haben«, überlegte Bane laut. »Wenn sie den Sieg erringen, gibt es keine Bücher mehr. Und auch keine Geschichte. Woraus folgt: Niemand wird Zeit damit vergeuden, irgendwelche Geschichtsbücher zu schreiben.«

»Das scheint mir besonders schlimm zu sein«, murmelte Snibril.

»Entschuldigt bitte«, ließ sich eine der Frauen vernehmen. »Äh. Ich bin Lady Cerilin Vortex, die Witwe des verstorbenen Majors Vortex.«

»Ich erinnere mich an ihn«, erwiderte Bane. »Ein ausgezeichneter Soldat.«

»Nun, meiner Ansicht nach gibt es schlimmere Dinge als das Fehlen von Geschichtsbüchern«, sagte Lady Vortex. »Zum Beispiel den Tod. Die Geschichte kommt auch allein zurecht.«

»Ich, äh, wir alle sind euch dankbar dafür, daß ihr uns ein wenig geholfen habt«, sagte Bane mühsam.

»Wir haben euch nicht ›ein wenig geholfen‹«, entgegnete Lady Vortex scharf. »Wir haben *Seite an Seite gekämpft.*«

Überall in den Ruinen von Wehr saßen Verteidiger in kleinen Gruppen und kümmerten sich um die Verwundeten. Zwei Ponen waren getötet worden – *sie* konnte man leicht zählen. Snibril dachte daran, daß er Brocando und Pismire schon seit einer ganzen Weile nicht mehr gesehen hatte.

Bewegung kam in die Reihen des Feindes.

Der Munrung seufzte. »Der nächste Angriff«, sagte er und stand auf.

»Geschichte, wie?« Glurk nahm seinen Speer. »Noch einmal treten wir gegen den Feind an, um letzten Ruhm zu erwerben.«

Lady Vortex griff nach einem Schwert, und in ihren Augen funkelte es zornig. »Es muß sich erst noch herausstellen, ob es wirklich der *letzte* Ruhm ist«, sagte sie in einem Tonfall, der in Snibril fast Mitgefühl für jene Moule weckte, die es mit dieser Frau zu tun bekamen. Sie wandte sich an Bane. »Wenn wir dies alles hinter uns haben, junger Mann, so müssen wir ein ernstes Gespräch führen«, kündigte Lady Vortex an. »Wir Frauen kämpfen, und das bedeutet, wir verlangen einen Teil der Zukunft für *uns* ...«

Die Moule kamen.

Aber sie schienen es nicht so eilig zu haben wie vorher. Die vorderen Reihen näherten sich, doch die hinteren wurden langsamer. Verwirrte Stimmen erklangen, und verwunderte Blicke glitten zum Haarwald. Die Formation des Gegners geriet durcheinander.

Die Verteidiger staunten, ohne zu verstehen.

»Warum greifen sie nicht an?« fragte Glurk.

Snibril spähte zu den Schatten zwischen hohen Haarstämmen hinüber.

»Da kommt jemand«, sagte er.

»Weitere Moule?«

»Ich kann's nicht genau erkennen … Ein Kampf beginnt … Meine Güte …!« Snibril blinzelte. »Es sind Schlaue. Tausende von Schlauen! Und sie rücken gegen die Moule vor!«

Bane sah zu den Verteidigern. »Dann können wir den Feind doch noch besiegen.« Er holte tief Luft. »Also los!«

Die Moule befanden sich plötzlich zwischen den Fronten, und ihnen blieb nicht einmal eine Chance von eins zu einer Million. Die Schlauen kämpften wie Irre … Besser gesagt: Sie verhielten sich wie Leute, die versuchten, möglichst rational, vernünftig und vor allem wirkungsvoll zu kämpfen. Dabei verwendeten sie die besten Waffen, die sie herstellen konnten, schnitten und schnitten … Wie Chirurgen, sagte Pismire später. Warum zogen die Schlauen in die Schlacht? Weil sie sich zu folgender Erkenntnis durchgerungen hatten: Die beste denkbare Zukunft ist jene, die man sich selbst schafft.

Nachher stellte sich heraus, daß der Ofenmeister Athan zu den Gefallenen gehörte. Wenigstens hatte er nichts von seinem bevorstehenden Tod gewußt. Nun, Schlaue kommunizieren auf eine sehr sonderbare Weise, und zwar über den ganzen Teppich hinweg. Athans neue Ideen sprangen wie ein Lauffeuer von einem Schlauen zum nächsten: Man muß die Zukunft nicht hinnehmen; man kann direkten Einfluß auf sie ausüben.

Auf diese Weise hatten sie nie zuvor gedacht.

Und *dann* war es vorbei.

Der Gebieter schien spurlos verschwunden zu sein.

Nun, niemand suchte besonders aufmerksam nach ihm, und anschließend gingen alle davon aus, daß es Banes Anweisungen zu befolgen galt.

Es hört nicht mit dem Ende des Kampfes auf, dachte Snibril. *Eigentlich fängt es dann erst richtig an. Ganz gleich, ob man gewonnen hat oder nicht – es ergeben sich viele Probleme. Tausende von Überlebenden haben nur Proviant für einen Tag und keine Unterkunft. Außerdem streifen noch immer Moule durch den Haarwald. Obwohl ... Ich glaube, sie halten sich jetzt von uns fern. Das Reich ist in einem ähnlichen Zustand wie Wehr: Es gleicht einem Trümmerhaufen. Und das Hochtorland wird noch immer vom Feind beherrscht.*

Nahrung ließ sich leicht beschaffen: Überall lagen tote Snargs. Glurk wies zu Recht darauf hin, daß es dumm gewesen wäre, ihr Fleisch zu verschmähen.

Bane verbrachte den ganzen Tag damit, in den Ruinen des Palastes zu sitzen, den vielen Leuten zuzuhören, die ihn besuchten, und gelegentlich Befehle zu erteilen. Er schickte eine Gruppe nach Wagnis, mit dem Auftrag, die restlichen Munrung-Wagen zu holen.

Jemand schlug ein Fest vor, und Bane reservierte einen Tag dafür.

Und dann brachte man Jornarileesch. Er war von einem Speer verletzt worden, sogar ziemlich schwer, doch Glurks Snargfleisch-Sammler hatten ihn lebend gefunden. Sie *zerrten* ihn zu Bane – wenn auch nur deshalb, weil sich der Moul aus eigener Kraft kaum auf den Bein halten konnte.

»Wir sollten ihn vor Gericht stellen, nach dem alten Brauch«, meinte Pismire.

»Und danach töten wir ihn«, sagte Glurk.

»Ein Gerichtsverfahren würde zu lange dauern«, brummte Bane. »Jornarileesch?«

Trotz seiner Wunden hob der Moul stolz den Kopf.

»Ich werde euch zeigen, wie ein Moul stirbt«, zischte er.

»Das wissen wir bereits«, erwiderte Bane in einem sachlichen Tonfall. »Ich möchte folgendes von dir wissen: Warum? Warum habt ihr uns angegriffen?«

»Wir dienen dem Schrecklichen Scheuerer! Und er haßt das Leben im Teppich.«

»Der Scheuerer ist ein natürliches Phänomen«, dozierte Pismire. »Ein natürliches Phänomen, das sich mit Hilfe wissenschaftlicher Beobachtung und Deduktion enträtseln läßt.«

Jornarileesch knurrte.

»Werft ihn in irgendeinen Kerker!« verlangte Bane. »Ich will keine Zeit damit vergeuden, ihm zuzuhören.«

»Ich glaube, wir haben hier gar keinen Kerker«, entgegnete Glurk.

»Dann sorg dafür, daß er einen baut. Und wirf ihn anschließend hinein.«

»Wir sollten ihn hinrichten.«

»Nein«, widersprach Bane. »Du bist zu oft und zu lange mit Brocando zusammen gewesen.«

Der Zwergenkönig schnaufte. »Du weißt doch, wer oder was er ist! Warum sollten wir darauf verzichten, ihn zu tö ...«

Er kam nicht dazu, den Satz zu beenden.

»Es spielt keine Rolle, wer er ist. Es kommt nur darauf an, wer *wir* sind.«

Alle drehten sich um. Auch Jornarileesch.

Die Worte stammen von mir, merkte Snibril verblüfft. *Ich wußte gar nicht, daß ich sie laut ausgesprochen habe. Nun, da wir schon mal dabei sind ...*

»Nur das ist wichtig«, fuhr er fort. »Deshalb wurde Wehr erbaut. Um nicht mehr zu kämpfen. Um keine Angst mehr vor der Zukunft zu haben.«

»*Wir* schlossen uns nie dem Reich an!« knurrte Brocando.

»Wenn euch die Umstände zwangen, eine Wahl zu treffen – für welche Seite habt ihr euch dann entschieden?« fragte Snibril. »Außerdem: Ihr *wart* Teil des Reiches – ohne es zu wissen. Ihr seid immer so stolz auf eure Unabhängigkeit gewesen, daß euch überhaupt nicht klargeworden ist, längst Teil einer größeren Gemeinschaft geworden zu sein. Ohne das Reich führest du vermutlich damit fort, irgendwelche Leute von Felsen zu stürzen.«

»Ich werfe keine Leute von Felsen!«

Jornarileeschs Blick wanderte zwischen Brocando und Snibril hin und her. Der Moul wirkte fasziniert.

»Warum hast du damit aufgehört?« fragte der Munrung.

»Nun, es schien nicht richtig zu ...« Brocando verschluckte sich fast an den letzten Worten. »Ach, was weiß ich?«

Jornarileesch konnte es kaum fassen. »Von diesen Leuten bin ich besiegt worden? Von Schwachen, die sich dauernd streiten?«

»Erstaunlich, nicht wahr?« Bane winkte. »Bringt den Kerl fort und schließt ihn irgendwo ein.«

»Ich verlange einen ehrenvollen Tod!«

»Jetzt hör mal ...« Banes Stimme klang wie Bronze. »Ich habe Gormaleesch umgebracht, weil Wesen wie er überhaupt nicht existieren sollten. Was dich betrifft, bin ich nicht ganz sicher. Aber wenn du mich noch einmal ärgerst, töte ich dich auf der Stelle. Und nun ... *Fort* mit ihm!«

Jornarileesch öffnete den Mund und schloß ihn wieder. Snibril starrte Bane erstaunt an. *Es ist keine leere Drohung,* dachte er. *Er würde ihn tatsächlich töten. Nicht aus Wut oder Zorn, sondern weil die Umstände es verlangen.*

Er begriff plötzlich, daß er lieber gegen Brocando oder Jornarileesch gekämpft hätte. Bane konnte ein überaus unangenehmer Gegner sein.

»Snibril hat recht«, sagte Pismire, als man den stummen Moul wegführte. »Es gibt zuviel vom Alten. Es kommt nun darauf an, ein stabiles Fundament für das Neue zu schaffen. Denn sonst gibt es bald *überhaupt nichts mehr.* Wir haben nicht gekämpft, um anschließend erneut mit irgendwelchen Auseinandersetzungen zu beginnen. Das Reich ...«

»Ich weiß nicht, ob es wieder ein Reich geben wird«, murmelte Bane.

»Wie bitte?« entfuhr es dem Schamanen. »Das Reich ist unverzichtbar!«

»Vielleicht können wir es durch etwas Besseres ersetzen«, sagte Bane. »Ich denke schon seit einer ganzen Weile darüber nach. Viele kleine Länder und Städte, durch ein Bündnis miteinander vereint ... Das wäre doch nicht schlecht, oder?«

»Und eine Stimme für Frauen!« rief Lady Vortex irgendwo aus der Menge.

»Möglicherweise sogar das«, räumte Bane ein. »Alle sollten an der Gestaltung der Zukunft beteiligt werden.«

Er sah auf. Weiter hinten standen die Schlauen. Sie hatten bisher geschwiegen. Niemand kannte ihre Namen.

»Alle«, wiederholte Bane. »Sprechen wir darüber ...«

Ein Schlauer trat vor, schob die Kapuze nach hinten – und gab sich dadurch als Frau zu erkennen.

»Ich muß mit dir reden«, sagte sie.

Alle anwesenden Schlauen schlugen nun die Kapuzen zurück.

»Ich bin Tarillon, die Minenmeisterin. Wir brechen jetzt auf. Wir ... wir glauben, jetzt wieder eine Zukunft zu spüren. Dadurch sind uns erneut Erinnerungen ans Kommende möglich.«

»Äh ...«, begann Bane.

»Wir haben einen neuen Faden gewählt.«

»Ich verstehe nicht ganz ...«

»Wir sind wieder Schlaue. Richtige Schlaue. Wir erinnern uns nun an den Beginn einer neuen Geschichte, und aus diesem Grund möchten wir zu unserem normalen Leben zurückkehren.« Tarillon lächelte. »Ich erinnere mich an diese Worte.«

»Oh«, kommentierte Bane und wirkte verlegen. Er war ein Mann, der vor allem an die praktischen Dinge dachte und sich jetzt mit etwas auseinandersetzen mußten, das eine Menge Theorie erforderte und ihn zudem von Angelegenheiten ablenkte, die er für wichtiger hielt. »Na schön. Gut. Freut mich für euch. Wenn wir irgendwie helfen können ...«

»Wir werden uns wiedersehen. Wir sind ... sicher.«

»Ausgezeichnet. Nochmals besten Dank ...«

Die Schlauen schritten zur Tür.

Snibril folgte ihnen nach draußen und hörte, wie die Leute im Saal ihren Streit fortsetzten. Man bezeichnete so etwas als ›diskutieren‹ ...

Es war Morgen. Die Schlauen eilten durch die Ruinen der Stadt, und Snibril mußte sich beeilen, um zu ihnen aufzuschließen.

»Tarillon?«

Sie drehte sich um. »Ja?«

»Warum geht ihr fort? Warum bleibt ihr nicht?«

Falten bildeten sich in Tarillons Stirn. »Wir haben versucht, eigene ... Entscheidungen zu treffen. Athan erzählte uns, es sei möglich, eine Wahl zu treffen. Wir bemühten uns, seinen Rat zu beherzigen, aber ... Es ist schrecklich. Wie werdet ihr damit fertig? Zu leben und nicht zu wissen, was geschieht! Sich an jedem Morgen zu fragen, ob man den Abend erlebt! Es triebe uns in den Wahnsinn! Nun, wir sind Schlaue. Wir müssen unserer Natur gehorchen. Wir haben dabei geholfen, eine neue Geschichte zu schaffen, und jetzt erinnern wir uns wieder.«

»Oh.«

»Wie stark ihr sein müßt, um solche Ungewißheit zu ertragen ...«

»Wir halten das für normal«, erwiderte Snibril.

»Seltsam. Überaus seltsam. Ein derartiger Mut ... Wie dem auch sei – leb wohl. Du hast entschieden, Wehr zu verlassen.«

»Ja, ich ... Woher weißt du das?«

Tarillon lächelte glücklich. »Wie ich schon sagte: Wir erinnern uns wieder.«

Snibril fand Roland dort, wo er den Hengst angebunden hatte. Der Rucksack des jungen Munrungs enthielt jetzt nicht mehr viel. Der Glücksstaub war irgendwann und irgendwo verlorengegangen, ebenso wie die Münzen. Er trug das zweite Paar Stiefel. Und sonst? Eine Decke, einige Messer, ein Seil. Und ein Speer. Viel mehr brauchte man eigentlich gar nicht.

Pismires Stimme erklang hinter ihm, als er das Pferd sattelte.

»Du verläßt uns?«

»Oh, ich habe dich gar nicht gehört.«

»Ich bin lange bei den Munrungs gewesen. Ihr wißt, wie man sich an etwas heranschleicht. *Und* wie man sich fortschleicht.«

»Ich bin sicher, die Leute bringen hier alles in Ordnung«, sagte Snibril.

»Wenn sie auch weiterhin diskutieren«, fügte Pismire hinzu. »Sie dürfen nicht damit aufhören. Diskussionen sind sehr wichtig.«

Glurks Bruder drehte sich um. »Ich möchte mehr über den Teppich herausfinden. Wer oder was ist der Schreckliche Scheuerer? Wo endet alles? Du hast gesagt, man sollte sich immer Fragen stellen ...«

»Ja. Und deinen Fragen mangelt es gewiß nicht an Bedeutung.«

»Glaubst du, Banes Ideen bewähren sich?«

»Wer weiß? Es ist an der Zeit, etwas Neues zu erproben.«

»Ja.« Snibril schwang sich auf Rolands Rücken. »Die Schlauen halten uns für mutig und stark, weil wir in der Lage sind, Entscheidungen zu treffen. Sonderbar. Sie sind nicht dazu imstande. Sie empfinden die Ungewißheit als eine unerträglich schwere Last. Und wir dachten, sie seien etwas Besonderes. Erstaunlich, was man so alles lernt...«

»Habe ich das nicht immer gesagt?« erwiderte Pismire.

»Nun, ich möchte noch mehr in Erfahrung bringen. Und ich will *jetzt* aufbrechen, weil... Wenn ich nicht sofort losreite, bleibe ich hier, vermutlich für immer. Ich möchte alle jene Dinge sehen, von denen du mir erzählt hast: Stuhlbein, Kamin, Rand...«

»Berichte mir davon!« bat der Schamane den Munrung. »Ich habe nur von jenen Phänomenen gelesen.«

Snibril sah ihn groß an. »Als ich klein war, hast du mir viele Geschichten über den Teppich erzählt. Bedeutet das etwa, es ist alles erfunden?«

»Oh, die Geschichten sind wahr. Sonst wären sie nicht niedergeschrieben worden.« Pismire hob und senkte die Schultern. »Auch ich habe mir einmal gewünscht, auf Reisen zu gehen. Fand jedoch nie die Zeit dazu. Wenn du, äh, Gelegenheit hast, dir die eine oder andere Notiz zu machen...«

»Verstehe. Klar. Natürlich. Wenn ich Gelegenheit dazu habe. Nun, äh... Leb wohl!«

»Gleichfalls.«

»Und grüß die anderen von mir!«

»Insbesondere deinen Bruder.«

»Du weißt ja, wie das ist.«

»Vielleicht. Leb wohl! Kehr irgendwann zurück, um uns von deinen Abenteuern zu erzählen.«

Pismire sprach immer lauter, und bei den letzten

Worten schrie er fast – Snibril ritt bereits fort. Als der Munrung kaum mehr war als ein Fleck in der Ferne, drehte er sich noch einmal um und winkte.

Pismire wanderte zu den Ruinen des Palastes, wo noch immer die erregten Stimmen der Diskutierenden zu hören waren.

Ein ganzes Stück von Wehr entfernt hielt Snibril an und atmete die Teppichluft tief ein.

Er fühlte sich ein wenig traurig, aber er wußte auch: Es gab einen Ort, zu dem er zurückkehren konnte. Diese Erkenntnis veranlaßte ihn zu einem Lächeln, und er klopfte Roland auf den Hals. Hoffnung und Zuversicht keimten in ihm, als er das weiße Pferd zu einem Galopp antrieb und zwischen den Haaren verschwand.